F. Scott Fitzgerald

Der gefangene Schatten

Erzählungen
Aus dem Amerikanischen von
Walter Schürenberg,
Anna von Cramer-Klett,
Elga Abramowitz und
Walter E. Richartz

W0099926

Diogenes

Die Erzählungen sind dem Band
›Taps at Reveille‹ (1935) entnommen
Copyright © 1988 by
Trustees under agreement dated July 3, 1975,
created by Frances Scott Fitzgerald Smith
Nachweis der einzelnen Erzählungen
am Schluß des Bandes
›Der Tanz‹ erschien erstmals 1972 in
›Dolly Dolittle's Crime Club²‹ im Diogenes Verlag,
›Der gefangene Schatten‹ 1954 und
›Die Skandaldetektive‹ 1972
Alle übrigen Erzählungen erschienen
erstmals 1980 in diesem Band
Umschlagillustration: Georges Lepape,
Umschlag für eine Menukarte des *Savoy* Hotels,
erschienen als Beilage in ›Art et Décoration‹,
September 1913 (Ausschnitt)

Alle deutschen Rechte vorbehalten
Copyright © 1980
Diogenes Verlag AG Zürich
30/99/8/3
ISBN 3 257 20746 8

Inhalt

Der Tanz

Mein Leben lang habe ich einen ganz merkwürdigen Horror vor Kleinstädten gehabt – nicht vor Vorstädten, die sind wieder etwas anderes, sondern vor den kleinen, abgelegenen Provinzstädten in New Hampshire und Georgia, in Kansas und im oberen Teil des Staates New York. Ich bin in New York City geboren, und nicht einmal als kleines Mädchen habe ich mich je vor seinen Straßen und ihren ungewohnten, fremden Gesichtern gefürchtet – sobald ich mich aber in einem Städtchen dieser Art aufhalte, verfolgt mich unablässig das bange Gefühl, daß dicht unter der Oberfläche ein zweites, verstecktes Leben lauert, eine ganze Serie geheimer Zusammenhänge, Bedeutungen und Schrecken, von denen ich nichts weiß. In einer Großstadt kommt alles, ob gut oder böse, irgendwann einmal ans Licht – ich meine, die Menschen tragen es nicht ewig mit sich herum. Das Leben ist in Bewegung, geht weiter, vergeht. In den kleinen Städten – denen zwischen 5 und 25 000 Einwohnern – scheint man alte Feindschaften, alte, unvergessene Affären, gespenstische Skandale und Tragödien nie begraben zu können; sie leben weiter unlösbar verschlungen in den normalen Kreislauf des äußeren Lebens.

Nirgends habe ich das eindringlicher empfunden als im Süden. Komme ich erst einmal über Atlanta, Birmingham und New Orleans hinaus, habe ich oft das Gefühl, jeder Kontakt zu den Leuten um mich her sei abgerissen. Die

Männer und Mädchen sprechen eine Sprache, in der sich Höflichkeit und unbeherrschte Heftigkeit, fanatische Sittenstrenge und branntweinseliges Draufgängertum in einer Weise mischen, die mir immer unverständlich bleiben wird. In *Huckleberry Finn* schildert Mark Twain ein paar dieser Städte am Mississippi, mit ihren hitzigen Fehden und ihrem ebenso hitzigen Wiederauflodern – und manche von ihnen haben sich auch hinter ihren neuen, von chromblitzenden Autos und Radios geprägten Fassaden nicht grundlegend verändert. Sie sind bis zum heutigen Tag zutiefst unzivilisiert geblieben.

Ich spreche vom Süden, weil es in einer kleinen Stadt in den Südstaaten war, wo ich diese Oberfläche einmal kurz zerreißen und etwas unbezähmbar Wildes, Unheimliches und Erschreckendes den Kopf erheben sah. Dann schloß sich die Oberfläche wieder, und wenn ich seither dorthin zurückkam, war ich zu meiner Überraschung wie eh und je bezaubert von den Magnolienbäumen, dem Singen der Neger in den Straßen und den warmen betörenden Nächten. Nicht weniger bezaubert war ich von der großzügigen Gastfreundschaft, dem herrlich bequemen, unbeschwerten Leben im Freien und den beinahe allgemein guten Manieren. Und doch sucht mich immer wieder ein beängstigend deutlicher Alptraum heim, der all das heraufbeschwört, was ich vor fünf Jahren in dieser Stadt erlebt habe.

Davis – das ist allerdings nicht der richtige Name – hat etwa 20 000 Einwohner, ein Drittel davon Farbige. Es ist eine Baumwollstadt, und die Arbeiter in den Spinnereien, ein paar tausend abgezehrte, verwahrloste ›arme Weiße‹, hausen in einem verrufenen Viertel zusammen, das den Namen ›Cotton Hollow‹ trägt. In den 75 Jahren seines

Bestehens hat die Bevölkerung von Davis allerdings manchen Wechsel erlebt. Früher einmal kam es für die Wahl zur Hauptstadt des Staates in Frage, und so bilden die älteren Familien und Sippen auch heute noch, selbst wenn einzelne unter ihnen inzwischen völlig verarmt sind, eine stolze kleine Aristokratie.

Ich hatte im damaligen Winter den üblichen Gesellschaftsrummel in New York mitgemacht, bis ich dann gegen April hin plötzlich fand, daß ich jetzt von sämtlichen Einladungen ein für allemal genug hätte. Ich war erschöpft, und Europa schien mir gerade der richtige Erholungsort. Aber die kleine Wirtschaftskrise von 1921 erschütterte das Geschäft meines Vaters, und so legte man mir nahe, doch lieber in den Süden zu gehen und Tante Musidora Hale zu besuchen.

Ich hatte mir vage so etwas wie einen Landaufenthalt darunter vorgestellt, aber am Tag meiner Ankunft brachte der *Courier* von Davis ein urkomisches altes Foto von mir in seiner Gesellschaftsspalte, und schon steckte ich mitten in der nächsten Partysaison. In kleinerem Umfang natürlich – samstags Tanzabende in dem kleinen Country-Club mit seinem Neun-Löcher-Golfplatz, unter der Woche die eine oder andere zwanglose Dinner-Party, und zu alledem ein paar sehr nette und aufmerksame junge Kavaliere. Ich amüsierte mich gar nicht schlecht, und als ich nach drei Wochen wieder nach Hause fahren wollte, war es bestimmt nicht aus Langeweile. Im Gegenteil, ich wollte nach Hause, weil ich mich ein bißchen zu sehr für einen gutaussehenden jungen Mann namens Charley Kincaid interessierte und erst zu spät erfuhr, daß er mit einem anderen Mädchen verlobt war.

Als erstes hatte uns zusammengebracht, daß er so

ungefähr der einzige Junge in der Stadt war, der im Norden ein College besucht hatte – und ich war damals noch jung genug, zu glauben, daß sich ganz Amerika nur um Harvard, Princeton und Yale drehte. Ich spürte deutlich, daß auch er mich gern mochte, aber als ich dann hörte, daß ein halbes Jahr zuvor seine Verlobung mit einem Mädchen namens Marie Bannerman bekanntgegeben worden war, sah ich keine andere Möglichkeit, als schleunigst das Feld zu räumen.

Die Stadt war zu klein, um irgend jemand aus dem Weg zu gehen, und obwohl es bis jetzt noch kein Geschwätz gegeben hatte, war ich sicher, daß – na ja, daß, wenn wir uns weiter begegneten, unsere Gefühle füreinander auch ausgesprochen würden.

Marie Bannerman war fast eine Schönheit. Vielleicht hätte sie sogar eine sein können – mit den richtigen Kleidern und ohne ihre grellrosa Rougebäckchen und den kreideweißen Puder auf Kinn und Nase. Ihr Haar war seidig schwarz, und sie hatte wunderhübsche Züge. Durch einen kleinen Geburtsfehler war das eine Augenlid stets etwas gesenkt, was ihrem Gesicht einen mutwillig pikanten Ausdruck verlieh.

Ich wollte an einem Montag abreisen, und am Samstag abend hatten wir uns vor dem Tanz wie üblich in einer Gruppe zum Abendessen im Club verabredet. Joe Cable war dabei, der Sohn eines ehemaligen Gouverneurs, ein gutaussehender Junge, der trotz seiner Oberflächlichkeit viel Charme hatte; Catherine Jones, ein hübsches, blendend gewachsenes Mädchen mit lebhaften Augen, das unter dem kunstvoll aufgelegten Rouge ebensogut achtzehn wie fünfundzwanzig Jahre alt sein konnte; außerdem

Marie Bannerman, Charley Kincaid, ich selbst und noch zwei oder drei andere.

Wie immer bei dieser Art Gelegenheiten machte es mir Spaß, dem in komischem Durcheinander dahinsprudelnden Kleinstadtklatsch zuzuhören. So war zum Beispiel eines der Mädchen am selben Nachmittag mitsamt ihrer Familie auf die Straße gesetzt worden, weil man die Miete schuldig geblieben war. Sie erzählte die ganze Geschichte ohne jede Befangenheit – nichts weiter als eine zwar unangenehme, aber lustige Episode. Und dann das lustige Wortgeplänkel, wonach jedes anwesende Mädchen unendlich schön und anziehend war und jeder anwesende Mann – natürlich schon von der Wiege an – heimlich und hoffnungslos in sie verliebt.

»Wir sind fast gestorben vor Lachen . . .« – ». . . hat gesagt, er schießt ihn über den Haufen, wenn er sich noch mal blicken läßt.« Wegen jeder Kleinigkeit wurden ›heilige Eide‹ geleistet und ›auf Ehr und Seligkeit‹ geschworen. »Wie kommt's dann, daß du um ein Haar vergessen hast, mich abzuholen . . .?« – und dazu das unaufhörliche »Honey, Honey, Honey«, das wie ein wohltuendes Elixier von Herz zu Herz zu fließen schien.

Die Mainacht draußen war heiß, still, samtig weich, dicht mit Sternen gesprenkelt. Schwer und süß flutete sie in den großen Saal herein, in dem wir saßen und später tanzen würden, und brachte keinen Laut mit sich außer dem gelegentlichen langgezogenen Knirschen, das ein ankommender Wagen auf der Kiesauffahrt verursachte. Der Gedanke, Davis zu verlassen, war mir mit einemmal unerträglich wie noch nie zuvor ein Abschied – ich wollte nicht fort, ich wollte mein ganzes Leben hier verbringen und bis in alle Ewigkeit durch diese langen, heißen, romantischen Nächte tanzen.

Und doch hing das Grauen schon über der kleinen Gesellschaft, wartete lauernd unter uns, ein ungebetener Gast, der die Stunden zählte, bis er seine bleiche, grelle Fratze zeigen konnte. Hinter dem Schwatzen und Lachen bahnte sich etwas an, etwas Geheimnisvolles und Dunkles, von dem ich nichts wußte.

Bald darauf erschien die farbige Kapelle, gefolgt von den ersten Tanzlustigen. Ein hünenhafter Mann mit gerötetem Gesicht, schlammverkrusteten Schaftstiefeln an den Füßen und einem Revolvergürtel um die Hüften stapfte herein und blieb kurz an unserem Tisch stehen, bevor er die Treppe zur Garderobe hinaufstieg. Es war Bill Abercrombie, der Sheriff und Sohn des Kongreßabgeordneten Abercrombie. Ein paar der Jungens stellten ihm halblaute Fragen, und er antwortete mit nur mühsam gedämpfter Stimme.

»Ja . . . treibt sich immer noch im Moor herum. Ein Farmer hat ihn bei dem Laden an der Kreuzung gesehen . . . Würd ihm selbst gern eins verpassen.«

Ich fragte den Jungen neben mir, was los sei.

»Sie haben Scherereien«, sagte er, »drüben in Kisco, ungefähr zwei Meilen von hier. Der Kerl hält sich im Moor versteckt, morgen wollen sie ihn holen.«

»Was haben sie vor mit ihm?«

»Aufhängen wahrscheinlich.«

Der Gedanke an den unglückseligen Neger, der elendiglich in einem verlassenen Sumpf kauerte und mit dem Morgengrauen seinen Tod erwartete, bedrückte mich eine Weile. Dann verflog das Gefühl wieder und war vergessen.

Nach dem Essen gingen Charley Kincaid und ich auf die Terrasse hinaus – er hatte gerade gehört, daß ich abreisen wollte. Ich hielt mich so nahe wie möglich bei den anderen und gab nur seinen Worten, nicht aber seinen Blicken Antwort – wenn sich auch etwas in mir gegen einen so nichtssagenden Abschied sträubte. Die Versuchung war groß, jetzt am Ende doch noch etwas zwischen uns aufflackern zu lassen. Ich wünschte, er würde mich küssen – in meinem Inneren versprach ich mir, wenn er mich küßte, nur ein einziges Mal, wollte ich mich gleichmütig damit abfinden, ihn nie wiederzusehen; aber mein Verstand wußte es besser.

Die anderen Mädchen strömten langsam ins Haus zurück, um oben im Ankleideraum ihr Make-up aufzubessern, und Charley noch immer an meiner Seite, folgte ich ihnen. Ich war den Tränen nahe, und, sei es, daß sie mir schon in den Augen standen, sei es, daß ich sie hastig zu unterdrücken suchte – jedenfalls öffnete ich aus Versehen die Tür zu einem kleinen Kartenzimmer und setzte damit das Räderwerk dieser tragischen Nacht in Gang. – Im Kartenzimmer, keine drei Schritte von uns entfernt, standen Charleys Verlobte Marie Bannerman und Joe Cable. Sie hielten sich in einem Kuß umschlungen, in dessen leidenschaftlicher Hingabe sie alles um sich her vergaßen.

Ich zog die Tür rasch wieder zu, öffnete, ohne Charley dabei anzusehen, die richtige Tür und rannte die Treppe hinauf.

Ein paar Minuten später drängte sich Marie Bannerman in den überfüllten Ankleideraum. Als sie mich sah, kam sie mit einem Lächeln gespielter Verzweiflung zu mir herüber, aber ihr Atem ging schnell, und das Lächeln zuckte ein wenig.

»Du sagst's doch nicht weiter, Honey?« flüsterte sie.

»Natürlich nicht.« Ich fragte mich nur, welche Rolle das jetzt noch spielen konnte, nachdem es Charley Kincaid einmal wußte.

»Wer sonst hat uns gesehen?«

»Nur Charley Kincaid und ich.«

«Oh!« Einen Augenblick lang schien sie etwas verdutzt, dann fügte sie hinzu: »Stell dir vor, Honey, er hat nicht mal was gesagt. Als wir rausgekommen sind, ist er gerade zur Tür hinaus. Ich hab schon gedacht, er würde warten und seine Wut an Joe auslassen!«

»Und warum läßt er sie nicht an dir aus?« entfuhr es mir wider Willen.

»Oh, das kommt noch«, sie lachte und zog ein schiefes Gesicht. »Aber ich weiß, wie man ihn nehmen muß, Honey. Nur im ersten Augenblick, wenn er so richtig wütend ist, hab ich Angst vor ihm – er kann furchtbar jähzornig sein.« Im Gedanken daran pfiff sie durch die Zähne. »Ich weiß es, so was ist nämlich schon mal passiert.«

Am liebsten hätte ich sie geohrfeigt. Unter dem Vorwand, ich wolle mir bei Katie, dem schwarzen Dienstmädchen, eine Stecknadel ausborgen, drehte ich ihr den Rücken zu und ging. Katie war gerade mit Catherine Jones beschäftigt, die ihr ein kurzes Baumwollkleid zum Flicken gebracht hatte.

»Was ist das?« fragte ich.

»Ein Tanzkostüm«, antwortete sie kurz, den Mund voller Stecknadeln. Als sie sie dann herausgenommen hatte, fügte sie hinzu: »Es ist völlig in Fetzen – ich hab's schon so oft getragen.«

»Tanzt du heute abend hier?«

»Ich versuch's jedenfalls.«

Irgend jemand hatte mir erzählt, daß sie Tänzerin werden wollte und in New York Tanzunterricht genommen hätte.

»Kann ich dir irgendwas richten helfen?«

»Nein, danke – das heißt – kannst du nähen? Katie ist Samstag abends immer so aufgeregt, daß sie zu nichts zu gebrauchen ist, außer zum Nadelholen. Ich wär dir ewig dankbar, Honey.«

Ich hatte meine Gründe, nicht gerade jetzt schon nach unten zu gehen, und so setzte ich mich hin und arbeitete eine halbe Stunde lang an ihrem Kostüm. Ich hätte gern gewußt, ob Charley heimgegangen war und ob ich ihn wohl jemals wiedersehen würde – ich wagte kaum, mich zu fragen, ob ihn das, was er gesehen hatte, nicht moralisch von seiner Bindung lösen könnte. Als ich schließlich hinunterging, war er nirgends zu sehen.

Der Saal war jetzt voller Menschen. Man hatte die Tische entfernt, und alles tanzte. Damals, kurz nach dem Krieg, hatten die jungen Leute im Süden eine Art zu tanzen, bei der sie, auf den Fußspitzen stehend, die Fersen nach innen und außen drehten – eine Kunst, deren Erlernung ich viele Stunden gewidmet hatte. Viele Herren waren solo erschienen, und die meisten schon recht angeheitert vom Branntwein – ich lehnte im Durchschnitt mindestens zwei ›kleine Schlückchen‹ pro Tanz ab. Selbst wenn das Zeug, wie es der Brauch ist, mit einem alkoholfreien Getränk gemischt und nicht pur aus einer körperwarmen Flasche hinuntergekippt wird, hat es noch eine mörderische Wirkung. Nur ein paar wenige Mädchen wie Catherine Jones riskierten hin und wieder am dunklen Ende der Veranda einen Zug aus der Taschenflasche eines Jungen.

Ich mochte Catherine Jones – sie schien mehr Energie zu haben als all die anderen Mädchen. Tante Musidora rümpfte freilich jedesmal verächtlich die Nase, wenn mich Catherine mit ihrem Wagen zum Kino abholte, und bemerkte, daß sich wohl allmählich überall »das Unterste nach oben kehrte«. Ihre Familie sei »neureich und gewöhnlich«. Aber ich fand, daß vielleicht gerade diese ›Gewöhnlichkeit‹ ein großer Pluspunkt an ihr war. Beinahe jedes Mädchen in Davis hatte mir irgendwann einmal ihren sehnlichen Wunsch anvertraut, »hier herauszukommen und nach New York zu gehen«, aber nur Catherine Jones hatte wirklich Ernst damit gemacht und zu diesem Zweck Ballettstunden genommen.

Sie wurde oft gebeten, an solchen Samstagabendveranstaltungen etwas vorzutanzen, etwas ›Klassisches‹ oder auch einen akrobatischen Holzschuhtanz. – Bei einer denkwürdigen Gelegenheit hatte sie die Honoratioren mit einem ›Shimmy‹ (damals der verruchtesten Form von Jazz) verärgert, wofür man ihr dann die ganz neue und etwas befremdende Entschuldigung zubilligte, sie sei »zu blau gewesen, um überhaupt noch zu wissen, was sie tat«. Ihre merkwürdige Persönlichkeit beeindruckte mich irgendwie, und ich war gespannt, was sie uns heute abend bieten würde.

Um Mitternacht hörte die Musik immer auf, weil das Tanzen am Sonntagmorgen verboten war. Und so rief um halb zwölf ein gewaltiger Tusch von Trommeln und

Trompeten die Tänzer, die Pärchen auf den Veranden oder draußen in den Autos und die stillen Zecher an der Bar in den großen Tanzsaal hinein. Stühle wurden hereingebracht und alle in einem Haufen mit viel Gelächter und Radau vor das nur leicht erhöhte Podium geschoben. Die Kapelle hatte die Bühne geräumt und dicht daneben Aufstellung genommen. Als die rückwärtigen Scheinwerfer abgeblendet waren, begann sie eine Melodie zu spielen, die von einem seltsamen Trommelschlag begleitet war, den ich noch nie zuvor gehört hatte. Im selben Augenblick erschien Catherine Jones auf dem Podium. Sie trug das kurze, ländliche Sommerkleidchen, an dem ich noch gearbeitet hatte, und einen breitkrempigen Sonnenhut, unter dem uns ihr gelbgepudertes Gesicht mit rollenden Augen, aber sonst ausdrucksloser Miene entgegenblickte.

Sie begann zu tanzen.

Ich hatte noch nie zuvor etwas Ähnliches gesehen, und es sollte fünf Jahre dauern, bis ich es ein zweites Mal zu sehen bekam: es war der Charleston – es muß der Charleston gewesen sein. Ich erinnere mich noch gut an den doppelten Trommelschlag, der wie ein aufpeitschendes »Hey! Hey!« klang, an das ungewohnte Armeschwingen und den bizarren X-Bein-Effekt. Weiß der Himmel, wo sie ihn aufgelesen hatte.

Ihre Zuschauer, die mit Negerrhythmen ja vertraut waren, beugten sich gespannt vor – sogar für sie war es etwas Neues. Und mir ist das Bild so klar und unauslöschlich eingeprägt, als hätte ich es erst gestern gesehen: die wirbelnde, stampfende Gestalt auf dem Podium, die aufgeputschte Kapelle, die grinsenden Kellner im Durchgang zur Bar, und alles umgebend die weiche, südlich-laue Nachtluft, die, ein Gemisch von Moor und Baumwollfeldern, üppigem Laub und erdig warmen Rinnsalen, durch die vielen Fenster hereinsickerte. – Ich weiß nicht mehr, wann sich zum erstenmal ein Gefühl gespannten Unbehagens in mir bemerkbar machte. Der Tanz kann nicht viel mehr als zehn Minuten gedauert haben; vielleicht hatten mich schon die ersten Takte der barbarischen Musik unruhig gemacht – jedenfalls saß ich längst ehe sie vorüber war wie erstarrt auf meinem Stuhl, während meine Augen durch den ganzen Saal wanderten und die Reihen der schattenhaften Gesichter abtasteten, als suchten sie irgendeinen Halt, den es nicht mehr gab.

Ich bin an sich weder nervös noch besonders schreckhaft, aber einen Augenblick lang fürchtete ich, ich würde hysterisch werden, wenn die Musik und der Tanz nicht endlich aufhörten. Irgend etwas geschah um mich her. Ich wußte es so genau, als könnte ich in alle diese fremden Herzen blicken. Irgendwelche Dinge passierten, und eines ganz besonders hing so dicht über uns, daß es uns fast berührte – ja, daß es uns berührte! . . . Ich schrie beinahe auf, als eine Hand zufällig meinen Rücken streifte.

Die Musik endete. Es gab Applaus und Dacaporufe, aber Catherine Jones schüttelte, dem Kapellmeister zugewandt, verneinend den Kopf und machte Anstalten, das Podium zu verlassen. Die Rufe um eine Zugabe hielten an – wieder schüttelte sie den Kopf, und ihr Gesicht kam mir dabei ziemlich verärgert vor. Dann ereignete sich etwas Sonderbares. Auf das fortgesetzte Bitten eines Zuschauers in der ersten Reihe hin intonierte der farbige Kapellmeister die ersten Takte der Melodie, um Catherine vielleicht auf diese Weise zu einer Wiederholung zu bewegen. Sie fuhr herum, schnappte: »Hast du nicht gehört, daß ich nein gesagt habe!?« und schlug ihm dann völlig überraschend ins Gesicht. Die Musik erstarb, und das belustigte Murmeln des Publikums brach jäh ab, als gleich darauf gedämpft, aber deutlich hörbar, ein Schuß krachte.

Im nächsten Augenblick waren wir auf den Beinen, denn dem Klang nach zu urteilen mußte er im Inneren oder in der Nähe des Hauses gefallen sein. Eine der Anstandsdamen stieß einen leisen Schrei aus, aber als irgendein Spaßvogel dann rief »Cäsar ist wieder mal im Hühnerhaus«, löste sich die momentane Bestürzung in Gelächter auf. Der Klubdirektor begab sich in Begleitung mehrerer Paare hinaus, um nachzusehen, während sich der Rest schon wieder zu den Klängen von ›Good Night, Ladies‹, womit traditionsgemäß jeder Tanzabend endete, auf dem Parkett drehte.

Ich war froh, daß es vorüber war. Der Junge, mit dem ich gekommen war, ging seinen Wagen holen, und ich rief einen Kellner und schickte ihn in die Ablage hinauf, wo meine Golfschläger standen. Als ich wartend auf die Veranda hinausschlenderte, fragte ich mich wieder einmal, ob Charley Kincaid wohl schon nach Hause gegangen war.

Plötzlich bemerkte ich – auf die seltsame Art, in der einem manchmal etwas bewußt wird, das schon eine Zeitlang vorgeht —, daß drinnen im Haus ein Tumult ausgebrochen war. Frauen kreischten, jemand schrie »Um Gottes willen«, dann wurde ein wildes Rennen auf den Treppen laut, und Schritte, die in hastigem Hin und Her den Tanzsaal durchquerten. Von irgendwoher tauchte ein Mädchen auf und sank schon im nächsten Moment ohnmächtig zu Boden – unverzüglich tat es ihr ein zweites

Mädchen nach, und dann hörte ich eine aufgeregte Männerstimme in ein Telefon brüllen. Schließlich stürzte, blaß und ohne Hut, ein junger Mann auf die Veranda heraus und packte mich mit eiskalten Händen am Arm.

»Was ist los?« rief ich. »Ist Feuer ausgebrochen? Was ist passiert?«

»Marie Bannerman liegt tot oben in der Damengarderobe. Durch die Kehle geschossen!«

Der Rest jener Nacht ist eine Folge von wirren, zusammenhangslosen Bildern, die sich wie die abrupt wechselnden Szenen eines Spielfilms aneinanderreihen. Auf der Veranda diskutierte eine Gruppe bald laut erregt, bald gedämpft darüber, was unternommen werden sollte – jedenfalls müßte jeder Kellner im Klub, »sogar der alte Moses«, noch heute Abend schärfstens verhört werden. Daß nur ein Neger Marie Bannerman erschossen haben konnte, stand sofort und unbestritten fest – und jeder, der es in diesem ersten Augenblick der Kopflosigkeit bezweifelt hätte, wäre selber in Verdacht geraten. Für die einen war es Katie Golstien, das farbige Dienstmädchen, das die Leiche entdeckt hatte und ohnmächtig geworden war. Für die anderen war es »der Neger, den sie drüben in Kisco gesucht haben«. Es war ganz einfach jeder beliebige Neger.

Im Lauf der nächsten halben Stunde strömten immer mehr Leute heraus, alle mit ihrem eigenen kleinen Beitrag an Neuigkeiten. Das Verbrechen war mit Sheriff Abercrombies Dienstpistole begangen worden – er hatte sie, für jedermann sichtbar, mitsamt dem Gürtel an die Wand gehängt, bevor er zum Tanzen heruntergekommen war. Die Waffe fehlte, es wurde jetzt nach ihr gesucht. Der Tod war nach Aussage des Arztes sofort eingetreten, die Kugel war nur aus ein paar Schritt Entfernung abgefeuert worden.

Wenige Minuten später kam ein junger Mann heraus und verkündete mit lauter, feierlicher Stimme:

»Sie haben Charley Kincaid verhaftet.«

Vor meinen Augen drehte sich alles. Über die Gruppe auf der Veranda fiel ein scheues, betroffenes Schweigen.

»Charley Kincaid verhaftet!?«

»Charley Kincaid!«

Aber er war doch einer der Besten, einer aus ihrer Mitte.

»Das ist das Verrückteste, was ich je gehört habe!«

Der junge Mann nickte, entsetzt wie alle anderen, aber doch mit einem Anflug von Wichtigtuerei.

»Er war nicht unten, als Catherine Jones getanzt hat – er sagt, er sei in der Herrengarderobe gewesen. Und Marie Bannerman hat allen Mädchen erzählt, sie hätten Krach gehabt und daß sie Angst hätte, er könnte irgendwas tun.«

Wieder ein benommenes Schweigen.

»Das ist das Verrückteste, was ich je gehört habe!« wiederholte jemand.

»Charley Kincaid!«

Der Erzähler wartete einen Augenblick. Dann fügte er hinzu:

»Er hat sie erwischt, wie sie Joe Cable geküßt hat . . .«

Ich konnte nicht länger schweigen.

»Na und?« rief ich dazwischen. »Ich war bei ihm. Er war – er war kein bißchen wütend!«

Sie sahen mich an, erschreckt, betreten, unglücklich. Plötzlich hallten die Schritte mehrerer Männer laut durch den Tanzsaal – leichenblaß erschien Charley Kincaid zwischen dem Sheriff und einem anderen Mann in der

Tür. Sie überquerten rasch die Veranda, gingen die Treppe hinunter und verschwanden in der Dunkelheit. Gleich darauf hörten wir das Geräusch eines abfahrenden Autos.

Als einen Augenblick später weither von der Straße das unheimliche Heulen eines Krankenwagens ertönte, stand ich verzweifelt auf und rief meinen Begleiter, der immer noch mit der Gruppe tuschelte.

»Ich muß gehen«, sagte ich. »Ich halte das nicht aus. Entweder bringst du mich heim, oder ich fahre in einem anderen Auto mit.« Widerwillig schulterte er meine Golfschläger, bei deren Anblick mir erst einfiel, daß ich nun doch nicht am Montag abreisen konnte, und folgte mir die Treppe hinunter, gerade als die schwarze Karosserie des Krankenwagens zum Tor hereinbog – ein gespenstischer Schatten in der klaren, sternhellen Nacht.

Nachdem die ersten wilden Mutmaßungen und die ersten blinden Sympathiebekundungen für Charley Kincaid verklungen waren, wurde der Tatbestand vom *Courier* und den meisten anderen Tageszeitungen des Staates etwa so dargestellt: Marie Bannerman starb in der Damengarderobe des Davis Country-Club an den Folgen eines Revolverschusses, der in der Nacht von Samstag auf Sonntag kurz nach 23.45 Uhr aus nächster Entfernung auf sie abgegeben worden war. Viele der anwesenden Personen hatten den Schuß gehört. Darüber hinaus stand ohne jeden Zweifel fest, daß er aus der Waffe von Sheriff Abercrombie abgefeuert worden war, die allen sichtbar an der Wand des angrenzenden Raumes gehangen hatte. Abercrombie selbst befand sich, wie viele Zeugen bestätigen konnten, unten im Tanzsaal, als der Mord verübt wurde. Der Revolver war nicht aufzufinden.

Soweit man wußte, war die einzige Person, die sich im Augenblick des Schusses oben aufgehalten hatte, Charles Kincaid. Er war mit Miss Bannerman verlobt gewesen, hatte sich jedoch laut mehrerer Zeugenaussagen an jenem Abend heftig mit ihr gestritten. Miss Bannerman selbst hatte noch davon gesprochen und geäußert, sie habe Angst und wolle ihm lieber aus dem Weg gehen, bis er sich beruhigt hätte.

Charles Kincaid gab an, zur Zeit des Schusses in der Herrengarderobe gewesen zu sein, wo man ihn auch tatsächlich unmittelbar nach Entdeckung der Leiche vorgefunden hatte. Allerdings bestritt er, irgendeinen Wortwechsel mit Miss Bannerman gehabt zu haben. Er habe den Schuß zwar gehört, ihm aber keinerlei Bedeutung beigemessen. Wenn er sich etwas dabei gedacht habe, so höchstens, daß wohl irgend jemand »auf Katzenjagd gegangen sei«.

Warum er es vorgezogen habe, während des Tanzes in der Garderobe zu bleiben?

Er könne keinen Grund dafür angeben; er sei ganz einfach müde gewesen und habe gewartet, bis Miss Bannerman aufbrechen wollte.

Die Leiche war von Katie Golstien, dem schwarzen Dienstmädchen, entdeckt worden, das seinerseits ohnmächtig aufgefunden wurde, als die Mädchen nach oben drängten, um ihre Mäntel zu holen. Aus der Küche zurückkehrend, wo sie sich eine Kleinigkeit zu essen geholt hatte, war Katie auf Miss Bannerman gestoßen, die bereits tot mit blutgetränktem Kleid auf dem Boden lag.

Sowohl die Polizei als auch die Presse richteten ihr besonderes Augenmerk auf die bauliche Einteilung des Obergeschosses. Es bestand aus drei nebeneinanderliegenden Räumen: der Damengarderobe, der Herrengarde-robe und dazwischen einer Kammer, die als Abstellraum und zur Aufbewahrung von Golfschlägern diente. Beide Garderoben ließen sich nur über diese Kammer betreten, die durch eine Treppe mit dem Tanzsaal und durch eine zweite mit der Küche verbunden war. Laut übereinstim-mender Aussage der drei Negerköche und des weißen Caddymasters hatte niemand außer Katie Golstien an jenem Abend die Küchentreppe benutzt.

Soweit ich mich nach diesen fünf Jahren richtig erin-nere, trifft diese Zusammenfassung so ziemlich genau die Situation in dem Augenblick, in dem Charley Kincaid des vorsätzlichen Mordes angeklagt und zur Aburteilung dem Gericht übergeben wurde. Auf Betreiben seiner Freunde wurden noch andere Personen, namentlich Neger, ver-dächtigt, und es kam zu mehreren Verhaftungen. Worauf sie beruhten, habe ich längst vergessen, aber jedenfalls kam nie etwas dabei heraus. Eine kleine Gruppe von Leuten glaubte trotz des verschwundenen Revolvers wei-terhin beharrlich an einen Selbstmord und ließ sich die spitzfindigsten Gründe einfallen, um das Fehlen der Tat-waffe zu erklären.

Jetzt, nachdem bekannt ist, warum Marie Bannerman so schrecklich und gewaltsam ums Leben kommen mußte, wäre es leicht für mich zu sagen, ich hätte die ganze Zeit über an Charley Kincaid geglaubt. Aber ich habe es nicht getan. Ich glaubte, daß er sie getötet hatte, und gleichzeitig wußte ich, daß ich ihn von ganzem Herzen liebte. Daß ausgerechnet ich als erste auf den Beweis stieß, der seine Freilassung zur Folge haben sollte, beruhte nicht auf irgendeinem Glauben an seine Unschuld, sondern auf der

seltsamen Intensität, mit der sich in aufregenden Situationen gewisse Bilder meinem Gedächtnis einprägen – ich
erinnere mich dann nicht nur an jede Einzelheit, sondern
sogar daran, wie die betreffende Einzelheit damals auf
mich gewirkt hat.

Es war an einem Nachmittag Anfang Juli – das Verfahren gegen Charley Kincaid ging gerade auf seinen Höhepunkt zu–, als mein Entsetzen über die eigentliche Tat
einen Augenblick in den Hintergrund trat und ich über die
anderen Vorkommnisse dieser Nacht nachzudenken
begann. Irgend etwas, das Marie Bannerman in der Garderobe zu mir gesagt hatte, wollte mir nicht mehr einfallen
und quälte mich – nicht weil ich es für wesentlich hielt,
sondern einfach, weil ich es nicht zurückholen konnte. Es
war weggesunken, als habe es zu der beinahe okkulten
Unterströmung kleinstädtischen Lebens gehört, die mich
an jenem Abend so deutlich angerührt hatte – angerührt
als eine mit den Problemen alter Heimlichkeiten, alter
Lieben und Fehden erfüllte Atmosphäre, in die ich, die
Fremde, nie wirklich würde eindringen können. Es kam
mir vor, als habe Marie Bannerman den Vorhang ganz
kurz zur Seite gezogen – doch dann war er wieder
zurückgefallen, und das Haus, in das ich hätte blicken
können, war jetzt wohl für immer dunkel.

Ein anderer, vielleicht noch belangloserer Zwischenfall
beschäftigte mich ebenfalls. Durch die tragischen Ereignisse ein paar Minuten später war er wieder in Vergessen-
heit geraten, aber ich hatte das sichere Gefühl, daß ich
nicht die einzige gewesen war, die er damals befremdet
hatte. Als das Publikum Catherine Jones um eine Zugabe
bat, war sie in ihrem Unwillen so weit gegangen, den
Kapellmeister zu ohrfeigen. Das krasse Mißverhältnis

zwischen seinem harmlosen Verstoß und ihrer unnötig scharfen Reaktion wollte mir nicht aus dem Kopf. Es war einfach nicht natürlich – jedenfalls hatte es nicht natürlich gewirkt. Gut, Catherine Jones hatte getrunken, das erklärte die Sache vielleicht, aber nach wie vor gefiel es mir nicht recht. Mehr um die Geister der Vergangenheit zu bannen, als um wirkliche Nachforschungen anzustellen, brachte ich einen hilfsbereiten jungen Mann dazu, dem Kapellmeister mit mir zusammen einen Besuch abzustatten.

Er hieß Thomas und war ein rabenschwarzer Schlagzeugvirtuose von ziemlich einfachem Gemüt. Ich brauchte keine zehn Minuten, um herauszufinden, daß ihn Catherine Jones Benehmen genauso überrascht hatte wie mich. Er kannte sie schon seit Jahren, schon als kleines Mädchen hatte er sie tanzen sehen – ja, und gerade den Tanz, den sie damals vorgeführt hatte, den hätte sie noch in der Woche davor mit seiner Kapelle geprobt. Ein paar Tage nach dem Ball wäre sie dann zu ihm gekommen und hätte sich entschuldigt.

»Ich hab gewußt, daß sie kommt«, meinte er. »Sie ist n gutes Mädel, ganz bestimmt. Meine Schwester Katie war ihr Kindermädchen, wie sie noch n Baby war, bis sie dann in die Schule gegangen ist.«

»Deine Schwester?«

»Ja, Katie. Sie ist das Dienstmädchen draußen im Klub. Katie Golstien. Sie haben sicher in der Zeitung von ihr gelesen, wegen der Sache mit Charley Kincaid. Katie Golstien. Das Dienstmädchen, das die Leiche von Miss Bannerman gefunden hat.«

»Und Katie war das Kindermädchen von Catherine Jones?«

»Ja, Miss.«

Auf dem Heimweg – meine Neugier war eher gereizt als befriedigt – stellte ich meinem Begleiter unvermittelt eine Frage:

»Waren Catherine und Marie Freundinnen?«

»Ja, sicher«, antwortete er, ohne zu zögern. »Hier sind eigentlich alle Mädchen miteinander befreundet, außer wenn zwei hinter demselben Mann her sind – dann können sie ganz schön giftig werden.«

»Warum, glaubst du, hat Catherine noch nicht geheiratet? Sie hat doch eine Menge Verehrer, oder?«

»Am laufenden Band! Aber sie kriegt sie meistens schnell wieder über. Das heißt, mit einer Ausnahme: Joe Cable.«

Wie eine Flutwelle kam die Erinnerung, kam ein Bild auf mich zu, wuchs empor, schlug über mir zusammen. Und mit einemmal wußte ich wieder, was Marie Bannermann in der Garderobe zu mir gesagt hatte: »Wer sonst hat uns gesehen?« – Sie hatte mit halbem Auge jemanden gesehen, eine Gestalt, die so schnell vorbeihuschte, daß sie sie nicht erkennen konnte.

Und im selben Augenblick glaubte auch ich diese Gestalt wieder zu sehen, als hätte ich sie damals ebenso flüchtig wahrgenommen – so, wie man oft einen vertrauten Schritt oder Umriß auf der Straße registriert, lang bevor der erste Funke des Erkennens aufblitzt. Auch meinem Auge hatte sich das Bild einer vorübereilenden Gestalt eingeprägt, die Catherine Jones gewesen sein konnte.

Aber als der Schuß fiel, waren doch über fünfzig Augenpaare auf Catherine Jones gerichtet! War es möglich, daß Katie Golstien, eine fünfzigjährige Frau, die in Davis seit drei Generationen als Kindermädchen bekannt war und allgemeines Vertrauen genoß, auf Geheiß von Catherine Jones kaltblütig ein junges Mädchen niederschießen würde?

›Aber als der Schuß fiel, waren doch über fünfzig Augenpaare auf Catherine Jones gerichtet!‹ Dieser Satz ging mir die ganze Nacht im Kopf herum, nahm immer neue Formen an, zerfiel in Satzglieder, Bruchstücke, einzelne Wörter.

›Aber als der Schuß fiel – waren doch über fünfzig Augenpaare – auf Catherine Jones gerichtet.‹

Als der Schuß fiel! Welcher Schuß? Der Schuß, den wir gehört hatten. Als der Schuß fiel . . . Als der Schuß fiel . . .

Am nächsten Morgen um neun Uhr – nachdem ich mein blasses, übernächtigtes Gesicht so dick wie nie vorher oder nachher in meinem Leben übermalt hatte –, stieg ich die wackelige Treppe zum Büro des Sheriffs hinauf.

Abercrombie, der gerade in seine Morgenpost vertieft war, sah neugierig auf, als ich zur Tür hereinkam.

»Catherine Jones hat's getan«, stieß ich hervor und bemühte mich verzweifelt, nicht allzu hysterisch zu klingen. »Sie hat Marie Bannermann erschossen — wir haben's nur nicht gehört, weil die Kapelle gespielt hat und weil gerade die Stühle herumgeschoben wurden. Den Schuß, den wir gehört haben, hat Katie abgefeuert. Als die Musik zu Ende war, hat sie aus dem Fenster geschossen – damit Catherine ein Alibi hat!«

Ich hatte recht, wie jetzt alle wissen. Aber eine Woche lang wollte mir niemand glauben, bis Katie dann endlich unter einem harten, unbarmherzigen Kreuzverhör zusammenbrach. Nicht einmal Charley Kincaid hatte es für möglich gehalten, wie er später zugab.

Wie die Beziehungen zwischen Catherine und Joe Cable waren, hat nie jemand erfahren, aber ganz offensichtlich muß sie gefunden haben, daß sein heimlicher Flirt mit Marie Bannerman zu weit ging.

Dann kam Marie zufällig in die Damengarderobe, als sich Catherine gerade für ihren Auftritt fertigmachte – und auch da herrscht eine gewisse Unklarheit, denn Catherine behauptete steif und fest, Marie habe sie mit dem Revolver bedroht und in dem darauffolgenden Handgemenge hätte sich der Schuß gelöst. Obwohl ich Catherine trotz allem nach wie vor irgendwie gerne hatte, muß ich doch gerechtigkeitshalber sagen, daß nur ein sehr naives, sehr ausgefallenes Geschworenengericht sie mit ganzen fünf Jahren davonkommen lassen konnte.

Und wenn die fünf Jahre ihrer Haft um sind, werden mein Mann und ich einen Streifzug durch die New Yorker Revuetheater machen und uns von der ersten Reihe aus jedes einzelne Chormitglied sehr genau ansehen . . .

Nach der Tat muß Catherine blitzschnell überlegt haben. Sie befahl Katie, das Ende der Musik abzuwarten, aus dem Fenster zu schießen und den Revolver dann zu verstecken – allerdings vergaß sie, ihr zu sagen, wo. Katie, einem Nervenzusammenbruch nahe, befolgte ihre Weisungen zwar, aber sie konnte später nicht mehr angeben, wo sie die Pistole versteckt hatte. Das kam erst ein Jahr später auf, als Charley und ich auf unserer Hochzeitsreise waren und Sheriff Abercrombies greuliche Waffe plötzlich aus meinem Golfsack auf den Rasen von Hot Springs kollerte. Der Sack muß direkt vor der Garderobentür gestanden haben, und Katie hatte mit zitternder Hand den

Revolver einfach in die erstbeste Öffnung fallen lassen, die sie zu sehen bekam.

Wir wohnen jetzt in New York. Kleine Städte sind uns nicht geheuer. Jeden Tag lesen wir über die ansteigende Welle von Verbrechen in den Großstädten, aber eine Welle ist doch wenigstens etwas Greifbares, etwas gegen das man sich vorsehen kann. Was mich viel mehr ängstigt, sind die unbekannten Tiefen, die unberechenbaren Gezeiten und die geheimnisvollen Dinge, die unter dem Spiel der Wellen in undurchdringlicher Finsternis dahintreiben.

Kurzer Besuch daheim

I

Ich war in ihrer Nähe, denn ich war eigens zurückge-
blieben, um den kurzen Weg vom Wohnzimmer bis
zur Haustür mit ihr gemeinsam zu haben. Das war schon
viel, denn sie war mit einemmal erblüht und ich – ein
Mann und nur ein Jahr älter als sie – war überhaupt nicht
erblüht und hatte mich ihr in der einen Woche, die wir nun
zu Hause waren, kaum zu nähern gewagt. Auch hatte ich
nicht vor, auf diesen paar Schritten Weg etwas zu sagen
oder sie gar zu berühren; aber ich hatte die vage Hoffnung,
daß sie etwas tun, irgendeine Geste machen würde, nur
insoweit für mich bestimmt, als wir zufällig miteinander
allein waren.

Sie konnte einen unversehens bezaubern mit dem Flat-
tern der kurzen Haare in ihrem Nacken, mit der klaren
Selbstgewißheit, die mit etwa achtzehn Jahren bei anzie-
henden amerikanischen Mädchen allmählich aufklingt.
Das Lampenlicht fing sich in den blonden Strähnen ihres
Haars.

Schon war sie im Begriff, in eine andere Welt zu
entgleiten – die Welt von Joe Jelke und Jim Cathcart, die
draußen im Wagen auf uns warteten. Noch ein Jahr, und
sie würde mir für immer entschwinden.

Während ich noch wartete und mir lebhaft die anderen
draußen im winterlichen Abend wartend vorstellte, spürte

ich das Erregende der Weihnachtswoche und das Erregende von Ellen hier, die immer weiter blühte und das Zimmer mit ›sex appeal‹ füllte – ein kümmerlicher Ausdruck für eine Eigenschaft, die so ganz anders ist –, als ein Dienstmädchen aus dem Speisezimmer kam, leise mit Ellen sprach und ihr eine schriftliche Nachricht übergab. Ellen las sie, und ihre Augen blickten schwach, wie bei einer Stromschwankung auf Überlandleitungen, und verglommen in weite Fernen. Dann warf sie mir einen seltsamen Blick zu, der mich vermutlich gar nicht wahrnahm, und folgte wortlos dem Mädchen ins Speisezimmer und weiter hinaus. Ich saß wohl eine Viertelstunde und blätterte in Zeitschriften.

Joe Jelke kam herein, gerötet von der Kälte, und sein weißer Seidenschal leuchtete am Kragen seines Pelzmantels. Er war ein höheres Semester in New Haven, und ich erst im zweiten Jahr. Er gehörte zur Prominenz, war Mitglied von *Scroll and Keys* und, in meinen Augen, distinguiert und gut aussehend.

»Kommt Ellen nicht?«

»Ich weiß nicht«, antwortete ich taktvoll. »Sie war schon bereit.«

»Ellen!« rief er. »Ellen!«

Er hatte die Haustür hinter sich offen gelassen, und ein Strom eiskalter Luft kam von draußen herein. Er ging die halbe Treppe hinauf – er war ein häufiger Gast im Hause – und rief wieder, bis Mrs. Baker ans Treppengeländer kam und sagte, daß Ellen unten sei. Dann erschien das Mädchen, etwas aufgeregt, in der Tür zum Speisezimmer.

»Mr. Jelke«, rief sie leise.

Joes Gesicht fiel zusammen, während er sich, Schlimmes ahnend, nach ihr umwandte.

»Miss Ellen sagt, Sie möchten schon zur Party gehen. Sie kommt später.«

»Was soll das heißen?«

»Sie kann jetzt nicht kommen. Sie kommt später nach.«

Er zögerte, bestürzt. Es war der letzte große Tanzabend der Ferien, und er war ganz verrückt nach Ellen. Er hatte versucht, ihr zu Weihnachten einen Ring zu schenken, und als das mißlang, ihr einen goldgewirkten Beutel aufgedrängt, der wohl zweihundert Dollar gekostet haben mußte. Er war nicht der einzige – es gab noch drei oder vier in der gleichen verrückten Gemütsverfassung, und all dies in den zehn Tagen ihres Besuchs zuhause –, aber er hatte den Vorrang, denn er war reich und wohlerzogen und im Augenblick der ›begehrteste‹ junge Mann von St. Paul. Ich hielt es für unmöglich, daß sie einem anderen den Vorzug geben könnte, aber das Gerücht wollte wissen, sie habe Joe als allzu vollkommen bezeichnet. Ich denke mir, er war ihr nicht geheimnisvoll genug, und wenn ein Mann das bei einem jungen Mädchen erlebt, das die praktischen Vorzüge einer Ehe noch nicht bedenkt – na, ja –

»Nein, sie ist nicht da.« Das Mädchen tat trotzig und schien leicht verschreckt.

»Doch, sie ist da.«

»Nein, sie benutzte den Hinterausgang, Mr. Jelke.«

»Ich werde nachsehen.«

Ich folgte ihm. Die schwedischen Hausmädchen, die beim Geschirrspülen waren, blickten verstohlen auf, als wir kamen, und ein neugieriges Tellerklappern begleitete uns beim Hindurchgehen. Die Außentür schlug im Wind, und als wir in den verschneiten Hof hinaustraten, sahen wir das Rücklicht eines Autos am Ende der Allee um die Biegung verschwinden.

»Ich will ihr nach«, sagte Joe gedankenvoll. »Ich versteh das überhaupt nicht.«

Ich hatte zuviel Respekt vor diesem Unglück, um zu widersprechen. Wir rannten zu seinem Wagen und durchfuhren in einem sinnlosen, verzweifelten Zickzack den ganzen Wohnbezirk, dabei lugten wir in jedes Auto, das an der Straße stand. Es währte wohl eine halbe Stunde, bevor ihm die Vergeblichkeit des Unternehmens aufdämmerte – St. Paul ist eine Stadt von fast dreihunderttausend Einwohnern – und Jim Cathcart erinnerte ihn daran, daß wir noch ein anderes Mädchen abzuholen hatten. Wie ein verwundetes Tier sank er in seiner Ecke zu einem melancholischen Pelzbündel zusammen, um alle paar Augenblicke daraus hochzuschießen und in leisem Protest und Verzweiflung hin und her zu schwanken.

Jims Mädchen war fertig und wartete schon, doch nach dem, was geschehen war, schien ihre Ungeduld nicht weiter wichtig. Immerhin sah sie reizend aus. Das ist das eine mit den Weihnachtsferien – das Erregende von Entwicklung, Veränderung und Abenteuer in fremden Gegenden, das bei Menschen, die man sein ganzes Leben gekannt hat, einen Wandel hervorbringt. Joe Jelke war in seiner Benommenheit freundlich zu ihr – machte Konversation und ließ sich sogar zu einem kurzen rauhen Lachanfall hinreißen – und so fuhren wir zu dem Hotel.

Der Chauffeur näherte sich ihm von der falschen Seite – der Seite, wo nicht die Prozession der Autos die Gäste heranbrachte – und aus diesem Grund stießen wir plötzlich auf Ellen Baker, die soeben einem kleinen Coupé entstieg. Noch bevor wir richtig hielten, war Joe Jelke aufgeregt aus dem Wagen gesprungen.

Ellen wandte sich zu uns um, ein leicht abwesender

Blick – vielleicht überrascht, aber keineswegs bestürzt – und eigentlich schien sie uns gar nicht recht wahrzunehmen. Joe näherte sich ihr mit einem ernsten, würdigen, beleidigten und, wie ich fand, zu Recht vorwurfsvollen Gesichtsausdruck. Ich ging ihm nach.

In dem Coupé saß – er war nicht ausgestiegen, um Ellen herauszuhelfen – ein zäher, schmalgesichtiger, etwa fünfunddreißigjähriger Mann mit einem anscheinend narbigen Gesicht und einem etwas düsteren Lächeln. In seinen Augen lag etwas wie Hohn über die gesamte Menschheit – es waren die Augen eines Tieres, schläfrig und friedfertig im Anblick einer anderen Spezies. Sie waren hilflos und doch brutal, ohne Hoffnung und doch voller Selbstvertrauen. Es war, als hätten sie nicht die Kraft, von sich aus aktiv zu werden, und wären dennoch unbegrenzt fähig, auch das geringste Anzeichen von Schwäche beim anderen auszunutzen.

Ich taxierte ihn ungefähr als die Sorte von Mann, die mir seit meiner frühesten Jugend als ›herumlungernd‹ vertraut war – immer einen Ellbogen auf der Theke von Tabakläden und damit beschäftigt, aus gottweißwelchem schmalen Augenschlitz seines Bewußtseins die ein- und ausgehenden Leute zu beobachten. Stammkunde in Garagen, wo er in leisem Ton undurchsichtige Geschäfte abwickelte, in Friseurläden und in den Foyers der Theater – jedenfalls mit solchen Orten verband ich den Typ, wenn es einer war, an den er mich erinnerte. Manchmal tauchte sein Gesicht auf einem von Tads grimmigeren Cartoons auf; ich pflegte schon als kleiner Junge mit scheuem Blick das ungewisse Grenzland zu betrachten, auf dem er stand, und sah im Geiste, wie er mich beobachtete und verachtete. Einmal, in einem Traum, hatte er ein paar Schritte auf mich zu gemacht, den Kopf zurückgeworfen und in einem Ton, der vertrauenerweckend klingen sollte, gemurmelt »Hör mal, Kleiner«, und ich war voller Schrecken zur Tür gerannt. Die Sorte von Mann war das.

Joe und Ellen blickten einander schweigend an; sie war anscheinend – ich sagte es schon – in einem Dämmerzustand. Es war kalt, aber sie nahm keine Notiz davon, daß ihr Mantel sich unter dem Wind geöffnet hatte; Joe langte hin und zog ihn zusammen, und sie schloß ihn automatisch mit festem Griff.

Plötzlich lachte der Mann in dem Coupé, der sie bis dahin schweigend beobachtet hatte. Es war ein leeres Lachen, mit dem Atem ausgestoßen – nur ein hörbarer Ruck des Kopfes – aber es war eine Beleidigung, wenn ich je eine gehört habe; entschieden eine Beleidigung, die man nicht übergehen konnte. Ich war nicht überrascht, als Joe, der ein Hitzkopf war, sich voller Zorn nach ihm umwandte und sagte:

»Was wollen Sie?«

Der Mann wartete einen Augenblick, während seine Augen sich bewegten und dennoch fest blieben, immer beobachtend. Dann lachte er noch einmal auf die gleiche Art. Ellen wurde unruhig.

»Wer ist dieser – dieser –« Joes Stimme bebte vor Wut.

»Sehen Sie sich vor«, sagte der Mann ganz ruhig.

Joe wandte sich zu mir um.

»Eddie, führ doch bitte Ellen und Catherine hinein«, sagte er hastig . . . »Ellen, geh mit Eddie.«

»Sehen Sie sich vor«, wiederholte der Mann.

Ellen bewegte leicht hörbar Zunge und Zähne, aber sie sträubte sich nicht, als ich ihren Arm nahm und sie zum Seiteneingang des Hotels schob. Es kam mir sonderbar vor, sie dermaßen hilflos zu sehen, daß sie die unmittelbar drohende Auseinandersetzung durch ihr Schweigen einfach hinnahm.

»Laß es sein, Joe!«, rief ich über die Schulter zurück. »Komm mit!«

Ellen zog mich am Arm rasch weiter. Als wir innerhalb der Schwingtüren waren, hatte ich den Eindruck, daß der Mann eben aus dem Coupé ausstieg.

Zehn Minuten später, während ich noch vor der Damengarderobe auf die Mädchen wartete, traten Joe Jelke und Jim Cathcart aus dem Fahrstuhl. Joe war sehr bleich, seine Augen waren geschwollen und glasig, ein Rinnsal von dunklem Blut auf seiner Stirn und seinem weißen Schal. Jim trug ihrer beider Hüte in der Hand.

»Er hat Joe mit einem Schlagring getroffen«, sagte Jim leise. »Joe war eine Minute oder so bewußtlos. Es wäre nett, wenn ihr einen Boy nach Hamamelis um Leukoplast schicken würdet.«

Es war spät und der Vorsaal war verlassen. Abgerissene blecherne Klänge drangen zu uns, als wenn ein schwerer Vorhang mal eben gelüftet wird und dann wieder zurückfällt. Als Ellen aus der Garderobe kam, führte ich sie sogleich nach unten. Wir reihten uns nicht zur Begrüßung ein, sondern gingen in einen dämmrigen Raum, der mit kümmerlichen Hotelpalmen vollgestellt war und wo Paare manchmal einen Tanz pausierten; dort sagte ich ihr, was geschehen war.

»Es war Joes eigene Schuld«, sagte sie zu meiner Überraschung. »Ich hab ihm gesagt, er soll sich nicht einmischen.«

Das stimmte nicht. Sie hatte nichts gesagt, nur ein kleines ungeduldiges Zungenschnalzen von sich gegeben.

»Du bist aber zur Hintertür hinaus und fast eine Stunde lang verschwunden«, wandte ich ein. »Und dann tauchtest du mit einem finsteren Kunden auf, der Joe ins Gesicht lachte.«

»Ein finsterer Kunde«, sie wiederholte es, wie um den Klang der Worte zu prüfen.

»Nun, war er das nicht? Wo in aller Welt hast du ihn aufgegabelt, Ellen?«

»Im Zug«, antwortete sie, und sogleich schien sie das Eingeständnis zu bereuen. »Du solltest dich besser aus Dingen, die dich nichts angehen, heraushalten, Eddie. Du siehst ja, wie es Joe ergangen ist.«

Ich mußte buchstäblich nach Atem ringen. Sie da neben mir sitzen zu sehen, in makelloser Blüte, Welle um Welle von Frische und Zartheit ausstrahlend – und sie dann so reden zu hören.

»Aber der Mann ist ein Rohling!« rief ich. »Kein Mädchen könnte ihm vertrauen. Er ging mit einem Schlagring auf Joe los – mit einem Schlagring!«

»Ist das sehr schlimm?«

Sie fragte das so naiv, wie sie vielleicht einige Jahre früher hätte fragen können. Sie sah mich jetzt endlich an und erwartete wirklich eine Antwort; einen Augenblick schien es, als versuche sie eine Haltung zurückzugewinnen, die ihr nahezu entglitten war; dann fing sie sich wieder. Ich sage ›fing sich‹, denn ich bemerkte, wie ihre Augenlider, wenn von diesem Mann die Rede war, herabsanken und sie für anderes – jedwedes andere – überhaupt keinen Blick mehr hatte.

In diesem Augenblick hätte ich etwas sagen können, aber trotz alledem brachte ich es nicht fertig, in sie zu dringen. Ich stand zu sehr unter dem Zauber ihrer Schönheit und deren Wirkung. Ich dachte mir schon Entschuldigungen für sie aus – vielleicht war der Mann gar nicht so, wie er einem erschien; oder vielleicht war sie – noch romantischer – gegen ihren Willen mit ihm in Kontakt, um jemand anderen abzuschirmen. Es kamen jetzt Leute in den Raum und traten zu uns, um ein Gespräch anzufangen. Wir konnten nicht mehr ungestört reden, und so gingen wir in den Saal und erwiesen den Anstandsdamen unsere Reverenz. Dann überließ ich Ellen dem anbrandenden Meer des Tanzes, wo sie, alsbald einen eigenen Strudel bildend, dahintrieb zwischen den gefälligen Inseln der Tische, auf denen bunte Kotillonorden ausgestellt waren, und unter den südlichen Winden der Blasinstrumente, die durch den Saal stöhnten. Nach einer Weile sah ich Joe Jelke, der mit einem Streifen Leukoplast auf der Stirn in einer Ecke saß und Ellen mit Blicken verfolgte, als wäre sie es gewesen, die ihn niedergeschlagen hatte, aber ich ging nicht zu ihm. Mir war selbst komisch zumute – etwa so wie beim Aufwachen aus einem langen Nachmittagsschlaf, wunderlich und ahnungsvoll, als hätte sich inzwischen etwas mir Unbekanntes ereignet und die Werte von allem und jedem verändert.

Der Abend zog sich durch verschiedene Phasen von Kartontrompeten, lebenden Bildern und Blitzlichtaufnahmen für die Morgenzeitungen dahin. Dann kam die große Polonaise und das Souper, und gegen zwei Uhr zwickten ein paar Leute vom Festausschuß, als Steuereinnehmer verkleidet, den Gästen Geld ab, und eine Witzzeitung wurde verteilt, in der die Begebenheiten des Abends verulkt waren. Und während der ganzen Zeit beobachtete ich aus einem Augenwinkel die leuchtende Orchidee an Ellens Schulter, die sich wie Stuarts Feder durch den

Raum bewegte. Ich beobachtete sie mit einer entschieden unguten Vorahnung, bis die letzten schläfrigen Gruppen sich in die Aufzüge gequetscht hatten und dann, bis an die Augen in große unförmige Pelzmäntel vermummt, in die trockene klare Winternacht von Minnesota entschwunden waren.

II

In unserer Stadt gibt es einen mittleren Teil am Hang, der zwischen der guten Wohngegend auf der Höhe und dem Geschäftsviertel in der Flußniederung liegt. Kein klar gegliederter Stadtteil, sondern wegen seiner Hanglage in Dreiecksformen und andere seltsame Gebilde zerbrochen – es gibt da Straßennamen wie Die Sieben Ecken – und ich glaube, kaum ein Dutzend Leute wären imstande, eine Karte davon zu zeichnen, obwohl ein jeder zweimal täglich mit Straßenbahn, Auto oder zu Fuß hier durchkommt. Und obwohl es ein sehr beliebtes Viertel war, fiele es mir schwer, den Geschäftszweig zu bezeichnen, der seine Aktivität ausmachte. Da warteten immer lange Reihen von Straßenbahnen in alle möglichen Richtungen; es gab auch ein großes und viele kleine Kinos mit Plakaten von Hoot Gibson und Wunderhunden und Wunderpferden; es gab auch kleine Läden mit ›Old King Brady‹ und ›The Liberty Boys of '76‹ im Schaufenster und Murmeln, Zigaretten und Zuckerzeug drinnen; und – wenigstens eine feste Adresse – einen Kostümverleiher, den wir alle mindestens einmal im Jahr aufsuchten. Irgendwann noch im Knabenalter wurde ich gewahr, daß es auf der einen Seite einer gewissen obskuren Straße Bordelle gab, und über den ganzen Bezirk waren Pfandleihanstalten, billige Juwelierläden und kleine Athletenclubs und Boxerschulen verstreut, dazu etwas arg heruntergekommene Kneipen.

An dem Morgen nach der Party des Cotillion Club wurde ich spät und träge wach in dem glücklichen Gefühl, daß es einen oder zwei Tage mehr keine Frühandacht und keinen Unterricht geben würde – nichts weiter als das Warten auf die nächste Party am Abend. Draußen war es frisch und klar – einer jener Tage, da man vergißt, wie kalt es ist, bis einem die Wangen frieren –, und was sich am Abend zuvor begeben hatte, schien weit im Dunkel zurückzuliegen. Nach dem Lunch ging ich zu Fuß stadtabwärts durch einen freundlichen hellen Schneeflockenfall, der wohl den ganzen Nachmittag anhalten würde, und als ich halb durch diesen auf halbem Wege liegenden Stadtteil war – meines Wissens hat er keinen eigenen Namen –, als plötzlich was immer an müßigen Gedanken in meinem Kopf war, fortgeblasen wurde wie ein Hut im Wind, und ich angestrengt an Ellen Baker zu denken begann. Ich sorgte mich um sie, wie ich mich noch nie um irgend etwas außerhalb meiner selbst gesorgt hatte. Ich verfiel ins Schlendern, und ein Instinkt trieb mich, wieder hinaufzugehen, um sie anzutreffen und mit ihr zu reden; dann fiel mir ein, daß sie irgendwo zum Tee war, und ich ging wieder weiter, dabei dachte ich immerzu an sie und angestrengter denn je. Und eben da wurde die Sache von gestern abend wieder akut.

Es schneite, ich sagte es schon, und es war vier Uhr an einem Dezembernachmittag, wenn die Dämmerung schon in der Luft liegt und die Straßenlaternen gerade aufflammen. Ich kam an einem Billardsalon mit Kneipe vorbei, wo Hot Dogs in einem Wärmebehälter im Fenster gestapelt waren und ein paar Nichtstuer am Eingang herumlungerten. Die Lampen drinnen waren schon an – kein strahlendes Licht, sondern nur ein paar gelbe Glühbirnen oben an der Decke – und der Schein, den sie in den frostigen Abend sandten, war nicht hell genug und wenig einladend, einen Blick ins Innere zu tun. Während ich vorbeiging und die ganze Zeit angestrengt an Ellen dachte, nahm ich aus einem Augenwinkel flüchtig die vier lungernden Gestalten wahr. Ich war noch keine sechs Schritte weitergegangen, als einer von ihnen mich anrief, nicht beim Namen, aber so, daß entschieden ich gemeint war. Ich dachte, es sei eine Anspielung auf meinen Waschbärfellmantel, und achtete nicht weiter darauf, aber im nächsten Moment rief, wer immer das war, noch einmal in gebieterischem Ton. Ich war ärgerlich und drehte mich um. Dort in der Gruppe, keine drei Meter entfernt, mit dem halben Hohnlächeln auf dem Gesicht, mit dem er auch Joe Jelke angeblickt hatte, stand der narbengesichtige, schmalgesichtige Mann vom Abend zuvor.

Er trug einen modisch geschnittenen schwarzen Mantel bis zum Hals zugeknöpft, als ob er fröre. Seine Hände steckten tief in den Taschen, und er trug einen Derbyhut und hohe Knöpfstiefel. Ich war verblüfft und zögerte einen Augenblick, doch vor allem war ich wütend, und in dem sicheren Gefühl, daß ich mit den Fäusten schneller war als Joe Jelke, tat ich versuchsweise einen Schritt auf ihn zu. Die anderen Männer nahmen von mir keine Notiz – ich glaube, sie sahen mich überhaupt nicht –, aber dieser eine, das wußte ich, hatte mich wiedererkannt; sein Blick war nicht rein beiläufig gewesen, kein Zweifel.

»Hier bin ich. Was wollen Sie dagegen machen?« schien sein Blick zu sagen.

Ich tat noch einen Schritt auf ihn zu, und er lachte lautlos, aber mit deutlicher Verachtung, und zog sich in die Gruppe zurück. Ich folgte ihm. Ich wollte ihn zur Rede stellen, ohne noch zu wissen, was ich sagen würde, aber als ich näher kam, war er entweder anderen Sinnes geworden oder wollte, daß ich ihm ins Innere folgen sollte, denn er war auf einmal entschlüpft, und die drei Männer beobachteten meine Annäherung völlig ungerührt. Sie waren von der gleichen Sorte – geckenhaft gekleidet, aber, anders als er, eher geschmeidig als gewalttätig; ihr Blick deutete auf keinerlei böse Absichten gegen mich.

»Ist er hineingegangen?« fragte ich.

Sie tauschten einen komplizenhaften Blick; ein Augenzwinkern, und nach einer merklichen Pause sagte einer:

»Wer hineingegangen?«

»Ich weiß seinen Namen nicht.«

Wieder ein Augenzwinkern. Verärgert und finster entschlossen ging ich an ihnen vorbei in den Billardsalon. An der einen Seite standen ein paar Leute an der Würstchentheke, und ein paar mehr spielten Billard, aber er war nicht dabei.

Wieder zögerte ich. Wenn er etwa den Plan hatte, mich in irgendwelche Sackgassen des Lokals zu locken – weiter hinten gab es ein paar halboffene Türen –, so brauchte ich zunächst Unterstützung. Ich ging zu dem Mann an der Theke.

»Was ist aus dem Burschen geworden, der eben hereinkam?«

War er sogleich mißtrauisch oder bildete ich mir das nur ein?

»Was für ein Bursche?«

»Schmales Gesicht – Derbyhut.«

»Wie lange ist das her?«

«Oh – eine Minute.«

Er schüttelte wieder den Kopf. »Hab ihn nicht gesehen«, sagte er.

Ich wartete. Die drei Männer von draußen waren hereingekommen und reihten sich neben mir an der Theke auf. Ich hatte den Eindruck, daß sie mich alle sonderbar ansahen. Ich fühlte mich hilflos und zunehmend unbehaglich, so wandte ich mich unvermittelt um und ging hinaus. Etwas weiter unten auf der Straße drehte ich mich noch einmal um und merkte mir genau die Stelle, damit ich sie wiederfinden könnte. An der nächsten Ecke setzte ich mich impulsiv in Trab, fand vor dem Hotel ein Taxi und ließ mich wieder hinauffahren.

Ellen war nicht zuhause. Mrs. Baker kam herunter und sprach mit mir. Sie schien in bester Stimmung, war stolz auf Ellens Schönheit und wußte von nichts Unrechtem oder Ungewöhnlichem, das sich am Abend zuvor ereignet hatte. Sie war froh, daß die Ferien bald vorüber waren – es sei eine Strapaze und Ellen sei nicht allzu kräftig. Dann sagte sie etwas, das mir überaus wohltat. Sie sei erfreut, daß ich hereingeschaut habe, denn natürlich würde Ellen mich noch sehen wollen, und die Zeit sei so kurz. Ellen werde um halb acht heute abend zurückfahren.

»Heute abend?« rief ich aus. »Ich dachte, erst übermorgen.«

»Sie wird noch die Brokaws in Chicago besuchen«, sagte Mrs. Baker. »Die wollen sie zu irgendeiner Party haben. Wir haben das erst heute beschlossen. Sie fährt heute abend mit den Ingersoll-Mädels.«

Ich war so froh, daß ich mich kaum zurückhalten konnte, ihr die Hand zu schütteln. Ellen war in Sicherheit. Die ganze Geschichte war weiter nichts als ein momentanes, ganz zufälliges Abenteuer. Ich kam mir wie ein Idiot vor, aber mir wurde klar, wie sehr ich an Ellen hing und wie unerträglich mir der Gedanke war, es könnte ihr irgend etwas Schreckliches zustoßen.

»Sie wird bald zurück sein?«

»Jede Minute. Sie hat eben vom University Club angerufen.«

Ich sagte, ich würde später wiederkommen – ich wohnte fast nebenan und hatte jetzt den Wunsch, mit mir allein zu sein. Draußen fiel mir ein, daß ich keinen Schlüssel hatte, und so ging ich die Auffahrt der Bakers wieder hinauf, um die Abkürzung durch den dazwischenliegenden Garten zu nehmen, die wir als Kinder immer benutzt hatten. Es schneite immer noch, aber die Flocken sahen jetzt gegen die Dunkelheit dicker aus; indem ich den unter Schnee begrabenen Weg suchte, bemerkte ich, daß die Hintertür der Bakers offenstand.

Ich weiß nicht, warum ich auf einmal kehrtmachte und dort in die Küche trat. Es hatte eine Zeit gegeben, da kannte ich die Angestellten der Bakers mit Namen. Das war jetzt nicht mehr so, aber sie kannten mich, und ich bemerkte, daß es bei meinem Kommen eine plötzliche Unterbrechung gab – eine Unterbrechung nicht nur in ihren Reden, sondern in irgendeiner erwartungsvollen Stimmung, die sie beherrschte. Sie machten sich allzu hastig wieder an ihre Arbeit – diese drei – mit übertriebenen Bewegungen und unnötigem Lärm. Das Stubenmädchen sah mich erschreckt an, und plötzlich argwöhnte ich, daß sie wieder im Begriff war, eine

Botschaft zu überbringen. Ich winkte sie in die Anrichte.

»Ich bin über alles im Bilde«, sagte ich. »Die Sache ist
sehr ernst. Soll ich jetzt zu Mrs. Baker gehen oder wollen
Sie gefälligst jene Hintertür schließen und verriegeln?«

»Sagen Sie's nicht Mrs. Baker, Mr. Stinson!«

»Und dann wünsche ich, daß Miss Ellen nicht beunruhigt wird. Wenn sie es ist – schon ist, werde ich es erfahren –« Ich verstieg mich noch zu der Drohung, ich würde
sonst zu allen Stellenvermittlungen gehen und dafür sorgen, daß sie nie wieder eine Anstellung in der Stadt
bekäme. Sie war völlig eingeschüchtert, als ich hinausging,
und es dauerte keine Minute, da wurde die Tür hinter mir
verschlossen und verriegelt.

Zugleich hörte ich, wie vorne ein großer Wagen vorfuhr
und die Schneeketten in dem weichen Schnee knirschten;
er brachte Ellen nach Hause, und ich ging hin, um mich zu
verabschieden.

Joe Jelke und zwei andere Jungen waren dabei, und
keiner der drei brachte es über sich, den Blick von ihr zu
wenden, nicht mal um mir »Hallo« zu sagen. Sie hatte jene
überfeine rosige Haut, wie sie in unserer Gegend häufig
vorkommt und deren Schönheit sich hält, bis mit etwa
vierzig Jahren die Äderchen zu platzen beginnen; jetzt,
noch gehöht von der Kälte, war es ein Rausch von
lieblichsten rosa Tönen wie ein ganzer Strauß von rosa
Nelken. Sie und Joe hatten sich irgendwie miteinander
ausgesöhnt oder zumindest war er zu sehr verliebt, um
sich an gestern abend zu erinnern; aber obwohl sie sehr
viel lachte, sah ich, daß sie ihm oder den anderen keinerlei
Aufmerksamkeit schenkte. Sie wartete nur darauf, daß sie
gingen und daß für sie eine Nachricht aus der Küche käme,

aber ich wußte, daß diese Nachricht nicht kommen würde – daß sie in Sicherheit war. Es war die Rede von dem Pump-and-Slipper-Tanzabend in New Haven und von dem Studentenball in Princeton, und dann gingen wir vier mit unterschiedlichen Gefühlen und trennten uns draußen rasch. Ich ging einigermaßen deprimiert nach Hause, legte mich für eine Stunde in ein heißes Bad und dachte darüber nach, daß die Ferien für mich, nun ohne sie, endgültig vorbei wären; ich hatte, noch tiefer als gestern, das Gefühl, daß sie aus meinem Leben geschwunden war.

Und etwas anderes wollte mir nicht mehr einfallen, etwas, das noch zu tun war, etwas, das mir über den Ereignissen des Nachmittags abhanden gekommen war, auf das ich zurückkommen und das ich aufgreifen wollte, allerdings nur, um jetzt feststellen zu müssen, daß es mir entfallen war. Es hatte irgendwie mit Mrs. Baker zu tun, und jetzt glaubte ich mich zu erinnern, daß es irgendwo in der Unterhaltung mit ihr aufgetaucht war. In meiner Erleichterung über Ellen hatte ich ganz vergessen, Mrs. Baker in bezug auf etwas, das sie gesagt hatte, eine Frage zu stellen.

Die Brokaws – das war's –, die Ellen besuchen sollte. Ich kannte Bill Brokaw gut; er war in meinem Semester in Yale. Dann fiel es mir ein, und ich schoß in der Wanne hoch – die Brokaws waren diese Weihnachten gar nicht in Chicago, sie waren in Palm Beach!

Triefnaß sprang ich aus der Wanne, nahm irgendein Unterzeug um die Schultern und rannte zum Telefon in meinem Zimmer. Ich bekam die Verbindung sogleich, aber Miss Ellen war schon auf dem Weg zum Bahnhof.

Zum Glück war unser Auto da, und während ich mich,

immer noch feucht, in die Kleider zwängte, fuhr der Chauffeur es ums Haus zum Vordereingang. Der Abend war kalt und trocken, und durch den harten verkrusteten Schnee machten wir gute Fahrt zum Bahnhof. Mir war bei diesem Unternehmen sonderbar und ängstlich zumute, aber ich wurde zuversichtlicher, als der Bahnhof sich strahlend und neu gegen den kalten dunklen Himmel abzeichnete. Fünfzig Jahre lang hatte der Grund und Boden, auf dem er erbaut war, meiner Familie gehört, und das rechtfertigte irgendwie meine Verwegenheit. Immerhin möglich, daß ich wie ein Elefant im Porzellanladen wirkte, aber mit dem Gefühl, fest in der Vergangenheit verwurzelt zu sein, war ich bereit, mich lächerlich zu machen. Diese ganze Geschichte war verfahren – entsetzlich verfahren. Jede Idee, die Sache könnte doch harmlos sein, fiel jetzt in sich zusammen; zwischen Ellen und irgendeiner ungewissen zermalmenden Katastrophe stand nur ich, oder andernfalls die Polizei und damit ein Skandal. Ich bin kein Moralist – hier spielte ein anderes Element mit, finster und schreckenerregend, und ich wollte nicht, daß Ellen das allein zu bestehen hätte.

Es gibt drei konkurrierende Züge von St. Paul nach Chicago, die alle innerhalb weniger Minuten nach halb neun abfahren. Sie fuhr mit dem Burlington, und als ich an den Bahnsteigen entlang rannte, sah ich, wie das Gittertor sich gerade schloß und das Licht darüber ausging. Aber ich wußte ja, daß sie ein Salonabteil zusammen mit den Ingersoll-Mädchen hatte, denn ihre Mutter hatte das erwähnt, und somit war sie bis morgen buchstäblich gut aufgehoben.

Am anderen Ende war das Gitter der Chicago-Minneapolis-St. Paul-Linie gerade hoch, und ich rannte hin und schaffte es. Indessen hatte ich einen Umstand außer acht gelassen, und das genügte, um mich die halbe Nacht wachzuhalten und zu beunruhigen. Dieser Zug lief nämlich zehn Minuten nach dem anderen in Chicago ein. Soviel Zeit hatte also Ellen, um in einer der größten Städte der Welt zu verschwinden.

Ich gab dem Wagenschaffner ein Telegramm an meine Familie, das er in Milwaukee aufgeben sollte, und um acht Uhr am nächsten Morgen drängte ich mich gewaltsam an einer ganzen Schlange von Reisenden vorbei, die nach ihren Koffern schrien, und schoß, sozusagen über den Rücken des Schaffners hinweg, aus der Tür. Für einen Augenblick machte mich das Durcheinander eines großen Bahnhofs, das laute Dröhnen und Hallen, der Rauch und das Klingeln völlig hilflos. Dann sauste ich zum Ausgang und zu der einzigen Stelle, wo ich sie zu finden hoffen konnte.

Ich hatte richtig vermutet. Sie stand am Telegrafenschalter, um weiß Gott welch finstere Lüge an ihre Mutter zu kabeln, und als sie mich erblickte, mischte sich auf ihrem Gesicht ein Ausdruck des Schreckens und der Überraschung. Auch etwas von Verschlagenheit war darin. Sie überlegte rasch – sie wäre wohl lieber, als sei ich überhaupt nicht da, einfach weg- und ihren eigenen Interessen nachgegangen, aber sie vermochte es nicht. So selbstverständlich gehörte ich zu ihrem Leben. Und so beobachteten wir einander schweigend und dachten angestrengt nach.

»Die Brokaws sind in Florida«, sagte ich nach einer Minute.

»Nett von dir, daß du so eine weite Reise auf dich genommen hast, um mir das mitzuteilen.«

»Da du es jetzt auch weißt, wäre es da nicht besser, zur Schule weiterzureisen?«

»Bitte laß mich allein, Eddie«, sagte sie.

»Ich fahre bis New York mit dir. Ich habe selbst beschlossen, früher in Yale zurück zu sein.«

»Du solltest mich lieber allein lassen.« Ihre schönen Augen verengten sich, und in ihr Gesicht kam ein Blick stummen kreatürlichen Widerstands. Sie machte eine sichtliche Anstrengung, Durchtriebenheit blitzte wieder auf, dann war beides verschwunden und an ihrer Stelle ein freundliches beruhigendes Lächeln, das mich schon fast überzeugte.

»Eddie, du dummer Junge, glaubst du denn nicht, daß ich alt genug bin, um selbst auf mich aufzupassen?« Ich antwortete nicht. »Ich habe vor, einen Mann zu treffen, verstehst du. Ich will ihn nur heute sehen. Ich habe mein Billett zur Weiterfahrt ostwärts für den Fünf-Uhr-Zug. Wenn du es nicht glaubst, hier ist es in meiner Handtasche.«

»Ich glaube dir.«

»Der Mann ist nicht jemand, den du kennst, und – offen gestanden – ich finde dich gräßlich aufdringlich und unmöglich.«

»Ich weiß, wer der Mann ist.«

Wieder geriet ihr Gesicht außer Kontrolle. Es verzerrte sich, und sie sprach fast schnarrend:

»Du läßt mich jetzt besser allein.«

Ich nahm ihr das Formular aus der Hand und schrieb ein erklärendes Telegramm an ihre Mutter. Dann wandte ich mich wieder Ellen zu und sagte etwas barsch:

»Wir fahren zusammen mit dem Fünf-Uhr-Zug. Bis dahin wirst du den Tag mit mir verbringen.«

Der bloße Ton meiner Stimme, als ich dies mit solchem Nachdruck sagte, ermutigte mich und beeindruckte, wie ich glaube, auch sie; jedenfalls fügte sie sich – zumindest vorläufig – und kam ohne Protest mit zum Schalter, wo ich mein Billett löste.

Wenn ich darangehe, die Bruchstücke jenes Tages zusammenzusetzen, gerate ich in einige Verwirrung, als ob mein Gedächtnis nichts davon hergeben oder meine Gewissenhaftigkeit nichts auslassen möchte. Es war ein frischer strahlender Morgen, während wir in einer Auto-droschke umherfuhren und in ein Warenhaus gingen, wo Ellen angeblich etwas kaufen wollte und dann durch einen Hinterausgang mir zu entkommen versuchte. Für eine Stunde hatte ich das Gefühl, daß jemand uns in einem Taxi entlang der See-Uferpromenade folgte, und ich versuchte mehrmals, ihn zu ertappen, indem ich mich rasch umdrehte oder plötzlich in den Rückspiegel des Fahrers blickte; aber ich konnte niemand entdecken, und als ich mich zu Ellen umwandte, sah ich, daß ihr Gesicht von einem freudlosen, unnatürlichen Lachen entstellt war.

Den ganzen Morgen wehte ein rauher frostiger Wind vom See her, aber als wir zum Lunch ins Blackstone gingen, war ein leichtes Schneetreiben vor den Fenstern, und wir sprachen nahezu unbefangen über unsere Freunde und über alltägliche Dinge. Plötzlich änderte sich ihr Ton; sie wurde ernst und blickte mir offen und ehrlich in die Augen.

»Eddie, du bist der älteste Freund, den ich habe«, sagte sie, »und es sollte dir nicht schwer fallen, mir zu ver-trauen. Wenn ich dir auf Ehrenwort verspreche, den Fünf-Uhr-Zug zu nehmen, willst du mich dann für ein paar Stunden heute nachmittag alleinlassen?«

»Wozu?«

»Nun«, sie zögerte und neigte ein wenig den Kopf – »ich denke, jeder hat ein Recht darauf, jemandem Aufwiedersehen zu sagen.«

»Du willst also diesem –«

»Ja, ja«, sagte sie hastig; »nur ein paar Stunden, Eddie, und ich verspreche dir aufrichtig, daß ich in dem Zug sein werde.«

»Nun, ich denke, in zwei Stunden läßt sich kein großes Unheil anrichten. Wenn du also wirklich nur Aufwiedersehen sagen willst –«

Plötzlich blickte ich auf und überraschte einen so gespannten Ausdruck listiger Verschlagenheit in ihrem Gesicht, daß ich zusammenfuhr. Ihre Lippe war geschürzt und ihre Augen waren wieder nur Schlitze; nicht der kleinste Anflug von Fairneß und Aufrichtigkeit in ihrem Gesicht.

Wir stritten miteinander. Sie argumentierte ausweichend und ich einigermaßen hart und unbeugsam. Ich würde mich nicht irgendwie einlullen oder anstecken lassen – und das Böse hing wie eine Seuche in der Luft. Ohne irgendeinen schlüssigen Umstand vorbringen zu können, versuchte sie weiter, es so darzustellen, als sei alles in Ordnung. Doch sie war von der Sache selbst – was immer das sein mochte – zu sehr erfüllt, um eine stichhaltige Geschichte zu erfinden, und sie war nur darauf aus, sich an jeden etwa bei mir auftauchenden, glaubhaften und verständnisbereiten Gedankengang zu klammern und da herauszuholen, was sich herausholen ließ. Nach jeder beruhigenden Zusicherung, die sie vorbrachte, starrte sie mich erwartungsvoll an, als hoffte sie, ich würde mich auf eine genüßliche Moralpredigt einlassen mit dem üblichen

Stückchen Zucker am Ende – was in diesem Fall ihre Freiheit wäre. Aber ich zermürbte sie langsam. Zwei- oder dreimal hätte ein etwas stärkerer Druck genügt, sie an den Rand der Tränen zu bringen – was ich im Grunde ja auch wollte –, aber es schien mir nicht zu gelingen. Fast hatte ich sie – fast hörte sie mir innerlich zu –, doch dann entschlüpfte sie mir wieder.

Gegen vier Uhr stopfte ich sie mitleidlos in ein Taxi und fuhr mit ihr zum Bahnhof. Der Wind hatte wieder aufgefrischt, Schnee lag in der Luft, und die Leute auf den Straßen, die mit den überfüllten Bussen und Straßenbahnen nicht mitkamen, sahen verfroren, mißgestimmt und unglücklich aus. Ich versuchte daran zu denken, wie glücklich wir in unserem Wohlstand und unserem Umsorgtsein waren, aber diese ganze behagliche und respektierliche Welt, der ich gestern noch angehört hatte, war mir abhanden gekommen. Da war jetzt etwas, das wir mit uns trugen, das alledem feindlich gegenüberstand. Es war in den Taxis neben uns, in den Straßen, durch die wir kamen. In einem Anflug von Panik fragte ich mich, ob ich nicht fast unmerklich in Ellens Gemütszustand geriete. Die Fahrgäste, die in einer Schlange darauf warteten, in den Zug einzusteigen, kamen mir so entrückt vor wie Menschen aus einer anderen Welt, aber ich war es, den es von ihnen wegzog und der sie hinter sich ließ.

Mein unteres Bett war in dem gleichen Waggon wie ihr Abteil. Er war altgedient, die Beleuchtung etwas trübe, die Teppiche und Polster voll von dem Staub einer anderen Generation. Es gab noch ein halbes Dutzend anderer Fahrgäste, aber sie machten keinen besonderen Eindruck auf mich, abgesehen davon, daß sie an der gleichen Unwirklichkeit teilhatten, die ich überall um mich zu spüren begann. Wir gingen in Ellens Abteil, schlossen die Tür hinter uns und setzten uns nieder.

Plötzlich legte ich die Arme um sie und zog sie zu mir herüber, ebenso zärtlich, als wäre sie noch ein kleines Mädchen, was sie ja in meinen Augen auch war. Sie sträubte sich ein bißchen, aber dann fügte sie sich und lag angespannt und steif in meinen Armen.

»Ellen«, sagte ich etwas hilflos, »du hast mich gebeten, dir zu vertrauen. Du hast viel mehr Grund, mir zu vertrauen. Könnte es nicht helfen, das alles loszuwerden, wenn du mir ein wenig erzählen würdest?«

»Ich kann nicht«, sagte sie sehr leise – »ich meine, da ist nichts zu erzählen.«

»Du bist diesem Mann auf der Herfahrt im Zug begegnet und hast dich in ihn verliebt, stimmt das?«

»Ich weiß nicht.«

»Sag mir, Ellen, hast du dich in ihn verliebt?«

»Ich weiß es nicht. Bitte, laß mich allein.«

»Nenne es, wie du willst«, fuhr ich fort, »er hat irgendwelche Macht über dich. Er versucht, dich auszunutzen; etwas aus dir herauszuholen. Er ist nicht im geringsten in dich verliebt.«

»Was bedeutet das schon?« sagte sie mit schwacher Stimme.

»Es bedeutet sehr viel. Anstatt dagegen – gegen diese Sache – anzukämpfen, kämpfst du gegen mich. Und ich liebe dich, Ellen. Hörst du? Ich sage dir das so ganz unvermittelt, aber mir ist das nichts Neues. Ich liebe dich.«

Sie sah mich mit einem Anflug von Hohn auf ihrem zarten Gesicht an; es war ein Ausdruck, den ich schon bei Männern gesehen hatte, die betrunken waren und nicht nachhause geschafft werden wollten. Aber es war auch wieder menschlich. Ich war auf gutem Wege, sie zu erreichen, nur schwach und ganz von ferne, aber mehr als je zuvor.

»Ellen, ich möchte, daß du mir eine Frage beantwortest. Wird er in diesem Zug sein?«

Sie zögerte; dann – einen Augenblick zu spät – schüttelte sie den Kopf.

»Paß auf, Ellen. Ich frage dich jetzt noch etwas, und ich möchte, daß du dir die Antwort genau überlegst. Auf deiner Herreise – wo ist dieser Mann zugestiegen?«

»Ich weiß nicht«, brachte sie mühsam heraus.

In eben diesem Augenblick ging mir mit jener Bestimmtheit, mit der sich Tatsachen aufzudrängen pflegen, auf, daß er vor der Abteiltür stand. Auch sie wußte es; ihr Gesicht wurde blutleer und nahm wieder jenen Ausdruck tierischer Verschlagenheit an. Ich legte mein Gesicht in meine Hände und versuchte nachzudenken.

Wir müssen so, fast völlig wortlos, länger als eine Stunde gesessen haben. Ich registrierte, wie die Lichter von Chicago, dann von Englewood und von endlosen Vorstädten vorbeiflogen, und dann keine Lichter mehr, und wir fuhren durch die dunklen Ebenen von Illinois. Der Zug schien auf sich angewiesen zu sein; er wirkte, als sei er mit sich allein. Der Wagenschaffner klopfte an und fragte, ob er das Bett richten solle, aber ich sagte nein und er ging wieder.

Nach einer Weile kam ich zu der Überzeugung, daß für den Kampf, der mir unweigerlich bevorstand, der kleine Rest meines gesunden Menschenverstandes, mein Vertrauen darauf, daß im Wesentlichen alles zum Guten bestellt sei, vollauf genügen würde. Daß dieser Mensch auf etwas abzielte, was wir gemeinhin ›kriminell‹ nennen, nahm ich als erwiesen an, aber dazu brauchte man ihm noch nicht eine Intelligenz zuzuschreiben, die zu einem höheren Niveau menschlichen oder unmenschlichen Tuns gehört. Nach wie vor sah ich in ihm einen Mann und würde versuchen, ihn bei seinem eigentlichen Wesen, seinem Eigennutz zu fassen – der bei ihm die Stelle des Herzens einnahm; so glaubte ich einigermaßen auf das gefaßt zu sein, was mich beim Öffnen der Abteiltür erwarten würde.

Als ich aufstand, schien Ellen mich überhaupt nicht wahrzunehmen. Sie lag in eine Ecke gekauert, den Blick starr geradeaus und mit einer Art von Schleier über den Augen, als wären Körper und Geist vorübergehend vom Leben suspendiert. Ich hob sie an, legte ihr zwei Kissen unter den Kopf und meinen Pelzmantel über die Knie. Dann kniete ich neben ihr nieder, küßte ihre Hände, öffnete die Tür und trat hinaus in den Gang.

Ich schloß die Tür hinter mir, lehnte mich mit dem Rücken gegen sie und blieb so wohl eine Minute lang stehen. Der Waggon war dunkel bis auf die Lichter an beiden Enden des Korridors. Man hörte weiter nichts als das Knarren der Koppelungen, das gleichmäßige Klick-Klick auf den Gleisen und das Schnarchen von irgend jemand weiter vorn im Waggon. Nach einer Weile gewahrte ich die Gestalt eines Mannes, der bei dem Trinkwasserautomaten unmittelbar vor dem Rauchsalon stand, den Derbyhut auf dem Kopf, den Mantelkragen hochgeschlagen, als ob ihm kalt wäre, und die Hände tief in den Manteltaschen. Als ich ihn sah, wandte er sich ab und ging in den Rauchsalon; ich ging ihm nach. Er saß am anderen Ende des langen Ledersofas; ich nahm den einzelstehenden Sessel neben der Tür.

Beim Hereinkommen hatte ich ihm zugenickt, und er quittierte mein Erscheinen mit jenem fürchterlichen lautlosen Lachen, das ich an ihm kannte. Aber diesmal dauerte es an, schien gar nicht aufhören zu wollen, und hauptsächlich, um dem ein Ende zu machen, fragte ich in möglichst beiläufigem Ton: »Von wo sind Sie?«

Er unterbrach sein Lachen und faßte mich scharf ins Auge, um meine Absichten zu ergründen. Als er sich dann zu antworten entschloß, klang seine Stimme dumpf, als spräche er durch einen seidenen Schal, und die Stimme schien von ganz weit her zu kommen.

»Ich bin aus St. Paul, Jack.«

»Kurzen Besuch daheim gemacht?«

Er nickte. Dann tat er einen langen Atemzug und sprach in hartem drohendem Ton:

»Besser, du steigst in Fort Wayne aus, Jack.«

Er war tot. So gut wie tot – schon die ganze Zeit, aber das bißchen Kraft, das in ihm war, ihn durchflossen hatte wie Blut seine Adern, hin nach St. Paul und zurück, begann ihn jetzt zu verlassen. Durch den leibhaftigen Körper hindurch, der Joe Jelke niedergeschlagen hatte, zeichnete sich etwas anderes ab – sein Umriß als der eines Toten.

Wieder sprach er, ruckartig und mit Anstrengung:

»Du steigst in Fort Wayne aus, Jack, oder ich werde dich wegfegen.« Er bewegte die Hand in der Manteltasche und zeigte mir den Umriß eines Revolvers.

Ich schüttelte den Kopf. »Du kannst mir nichts anhaben«, sagte ich. »Ich weiß nämlich Bescheid.« Sein fürchterlicher Blick streifte rasch über mich hin, versuchte herauszubekommen, ob ich etwas wüßte oder nicht.

Dann knurrte er etwas und machte Anstalten, als wollte er aufspringen.

»Du steigst hier aus, Jack, oder ich werde dich kriegen«, schrie er krächzend. Der Zug verlangsamte das Tempo zur Einfahrt in Fort Wayne, und die Stimme schrillte laut in der vergleichsweisen Stille, aber er erhob sich nicht von der Bank – er war zu schwach, glaube ich – und wir saßen, einander anstarrend, während Bahnarbeiter draußen vor dem Fenster auf und niedergingen und an die Bremsen und Räder schlugen und die Lokomotive vorne keuchende Jammerlaute ausstieß. In unseren Waggon stieg niemand zu. Nach einer Weile schloß der Schaffner die Türen und ging wieder nach hinten, und wir glitten aus dem trüben gelben Licht des Bahnhofs hinaus in die endlose Dunkelheit.

Was dann folgte, muß sich, meiner Erinnerung nach, über einen Zeitraum von fünf oder sechs Stunden erstreckt haben, obwohl es mir zugleich wie etwas außerhalb jeglicher Zeit erscheint – etwas, das ebensogut fünf Minuten wie ein Jahr gedauert haben könnte. Es begann ein ganz langsamer, genau berechneter Angriff auf mich, wortlos und fürchterlich. Ich fühlte mich auf einmal sonderbar – anders kann ich es nicht bezeichnen – ähnlich dem Gefühl, das ich schon den ganzen Nachmittag gehabt hatte, aber tiefer und mit mehr Intensität. Es glich nichts so sehr wie dem Gefühl, in einen Sog zu geraten, und ich packte krampfhaft die Armlehnen des Sessels, als müßte ich mich an einem Stück Wirklichkeit festhalten. Manchmal war mir, als würde ich mit einemmal ausgelöscht. Das hatte fast etwas Tröstliches, mich um nichts mehr sorgen zu müssen; doch dann brachte ich mich mit einer heftigen Willensanspannung wieder zurück in den Raum.

Plötzlich wurde mir klar, daß ich schon seit einer ganzen Weile aufgehört hatte, ihn zu hassen, daß ich ihm nicht mehr als einem Fremdling gegenüberstand, und mit dieser Erkenntnis wurde mir kalt und überall auf der Stirn brach mir der Schweiß aus. Er umschmeichelte meinen Abscheu, wie er auch Ellen, als sie gen Westen fuhr, umschmeichelt hatte; und ebendiese Kraft, Menschen auszubeuten, hatte ihn in St. Paul dahin gebracht, gewalttätig zu werden, und sie ließ ihn auch jetzt, da sie schon verflackerte und verging, weiterkämpfen.

Er mußte bemerkt haben, wie ich schwankend wurde, denn auf einmal sprach er wieder in leisem, ja fast sanftem Ton: »Du gehst jetzt besser.«

»Oh, ich denke nicht daran«, zwang ich mich zu sagen.

»Wie du willst, Jack.«

Er war mein Freund, sollte das heißen. Er wußte, wie es um mich stand, und wollte mir helfen. Er hatte Mitleid mit mir. Ich würde besser gehen, bevor es zu spät war. Der Rhythmus seines Angriffs war einschmeichelnd wie ein Lied: Besser ich geh – *und laß ihm Ellen.* Mit einem kleinen Aufschrei schoß ich empor.

»Was wollen Sie von diesem Mädchen?« sagte ich mit bebender Stimme. »Eine Art von wandelnder Hölle aus ihr machen?«

Er blickte wie sprachlos vor Überraschung, als strafte ich ein Tier wegen etwas, dessen es sich nicht bewußt war. Ich stockte einen Augenblick; dann legte ich blindlings los:

»Sie haben sie verloren; sie vertraut allein mir.«

Seine Haltung schlug plötzlich in finstere Bosheit um, und er schrie: »Sie lügen!« und seine Stimme war wie eine kalte Hand an meiner Kehle.

»Sie vertraut mir«, sagte ich. »Sie können nicht an sie heran. Sie ist in Sicherheit!«

Er riß sich zusammen. Sein Gesicht wurde wieder sanft, und ich fühlte schon wieder diese sonderbare Schwäche und Gleichgültigkeit in mir aufsteigen. Was sollte das Ganze? Hatte es noch einen Sinn?

»Es bleibt Ihnen nicht mehr viel Zeit«, sagte ich, und dann, mit blitzartiger Intuition, traf ich ins Schwarze. »Sie sind schon tot oder wurden umgebracht, nicht weit von hier!« – Dann sah ich, was ich bis dahin noch nicht bemerkt hatte – daß seine Stirn von einem kleinen runden Loch durchbohrt war, wie es ein längerer Bildernagel hinterläßt, wenn man ihn aus der Wand zieht. »Und jetzt geht es mit Ihnen zu Ende. Sie haben nur noch ein paar Stunden. Der kurze Besuch daheim ist aus und vorbei!«

Sein Gesicht verkrampfte sich, verlor jede Menschenähnlichkeit, ob lebendig oder tot. Zugleich erfüllte den Raum ein kalter Luftzug, und mit einem Geräusch wie von einem Hustenanfall oder einem Ausbruch fürchterlichen Gelächters war er plötzlich auf den Füßen in einem Dunst von Schändlichkeit und Blasphemie.

»Komm und sieh!« schrie er. »Ich zeig's dir –«

Er trat einen Schritt auf mich zu, dann noch einen, und es war ganz so, als stünde hinter ihm eine Tür offen, eine Tür nach draußen zu einem gähnenden, unfaßlichen Abgrund von Finsternis und Verderbtheit. Ein Aufschrei tödlicher Agonie kam von ihm oder von irgendwo hinter ihm, und mit einemmal, mit einem langen heiseren Seufzer wich die Kraft aus ihm, und er sank zu Boden . . .

Wie lange ich da, betäubt von Schrecken und Erschöpfung, gesessen habe, weiß ich nicht. Als Nächstes erinnere ich mich nur noch an den verschlafenen schuhputzenden Steward am anderen Ende des Raumes und an die Hochöfen von Pittsburg vor dem Fenster, die das eintönige nächtliche Bild unterbrachen. Und da war noch etwas, das auf der Bank ausgestreckt lag – etwas, das zu schemenhaft für einen Mann und zu kompakt für einen Schatten war. Als ich auch nur hinblickte, welkte es dahin und verging.

Einige Minuten später öffnete ich die Tür zu Ellens Abteil. Sie schlief noch so, wie ich sie verlassen hatte. Ihre lieblichen Wangen waren bleich, aber sie lag ganz natürlich – die Hände entspannt und ihr Atem ging leicht und regelmäßig. Was sie überkommen hatte, war von ihr gewichen, hatte sie erschöpft, aber als ihr eigenes liebes Ich zurückgelassen.

Ich bettete sie noch etwas bequemer, stopfte eine Decke um sie, machte das Licht aus und ging.

III

Als ich in den Osterferien nachhause kam, war mein erster Gang hinunter zu dem Billard-Salon bei Seven Corners. Der Mann an der Registrierkasse erinnerte sich natürlich nicht an meinen überstürzten Besuch von vor drei Monaten.

»Ich versuche eine kleine Gruppe von Leuten ausfindig zu machen, die vor einiger Zeit, glaube ich, hier oft verkehrten.«

Ich beschrieb meinen Mann ziemlich genau, und als ich damit fertig war, rief der Kassierer einen in der Nähe sitzenden Burschen, der wie ein Jockey aussah und so wirkte, als habe er etwas Gewichtiges vor, woran er sich nicht mehr genau erinnern konnte.

»He, Shorty, sprich mal mit dem hier. Ich glaube, er sucht nach Joe Varland.«

Der kleine Mann warf mir einen argwöhnischen Verschwörerblick zu. Ich ging hin und setzte mich zu ihm.

»Joe Varland is tot, Kumpel«, sagte er mürrisch. »Starb vorigen Winter.«

Ich beschrieb ihn noch einmal – seinen Mantel, sein Lachen, seinen gewöhnlichen Augenausdruck.

»Das 's schon Joe Varland, den du suchst, genau, aber er is tot.«

»Ich möchte etwas über ihn herausfinden.«

»Was willst 'n herausfinden?«

»Was machte er so, zum Beispiel?«

»Wie soll ich das wissen?«

»Hör mal zu. Ich bin nicht von der Polizei. Ich möchte nur so eine Art von Auskunft über seine Gewohnheiten. Er ist tot, und ihm kann's nicht mehr schaden. Und es bleibt unter uns.«

»Na ja« – er zögerte und sah mich prüfend an – »er war ganz groß im Reisen. In Pittsburg geriet er in einen Streit, und ein Bulle hat ihn abgeknallt.«

Ich nickte. Bruchstücke des Puzzlespiels begannen sich in meinem Kopf zusammenzufügen.

»Warum war er die meiste Zeit auf der Bahn?«

»Woher soll ich das wissen, Kumpel?«

»Wenn du vielleicht zehn Dollar gebrauchen kannst, dann möchte ich gern alles wissen, was du etwa in der Sache gehört hast.«

»Nun«, sagte Shorty widerstrebend, »ich weiß nur, daß es immer von ihm hieß, er bearbeitet die Züge.«

»Bearbeitet die Züge?«

»Er hatte so einen ganz eigenen Trick, über den er sich nie ausgelassen hat. Er machte sich an die Mädchen ran, die allein in den Zügen fuhren. Niemand hat je Näheres darüber erfahren – er war ganz schön raffiniert, der Bursche – aber manchmal tauchte er hier mit einem Haufen Zaster auf, und er ließ durchblicken, daß er es den jungen Dingern abgeluchst hatte.«

Ich dankte ihm, gab ihm die zehn Dollar und ging, ohne jene letzte Heimreise von Joe Varland zu erwähnen.

Ellen war zu Ostern nicht im Westen, und selbst wenn sie dagewesen wäre, hätte ich sie mit dieser Auskunft verschont – schließlich habe ich sie dann im Sommer fast täglich gesehen, und wir brachten es fertig, nur über alles mögliche andere zu reden. Manchmal jedoch wird sie ohne jeden Grund schweigsam und will ganz dicht bei mir sein, und ich weiß, was in ihr vorgeht.

Natürlich wird sie diesen Herbst debütieren, und ich habe noch zwei Jahre in New Haven vor mir; immerhin, es sieht nicht so hoffnungslos aus wie noch vor ein paar Monaten. Irgendwie gehört sie mir – und selbst wenn ich sie verlieren sollte, gehört sie mir. Wer weiß? Jedenfalls: ich werde immer da sein.

Das Stadion

I

Es gab einen Mann in meinem Jahrgang in Princeton, der nie zu einem Footballspiel ging. Er verbrachte seine Samstagnachmittage damit, minuziöse Einzelheiten über den Sport der Griechen und über die einigermaßen abgekarteten Kämpfe zwischen Christen und wilden Tieren unter den Cäsaren auszuforschen. Kürzlich – das heißt mehrere Jahre nach dem College – hat er ein paar Football-Spieler für sich entdeckt und macht von ihnen Radierungen in der Art des verstorbenen George Bellows. Aber einst war er ohne jedes Interesse für die Sache selbst, und ich mißtraue der Originalität seiner Urteile über alles, was schön oder bemerkenswert ist oder was Spaß macht.

Ich schwelgte geradezu in Football, als Publikum, als Amateurstatistiker und verhinderter Aktiver – denn ich hatte auf der Vorschule gespielt und einmal eine Schlagzeile in der Schülerzeitung gemacht: ›Deering und Mullins glänzen gegen Taft in hartem Samstagsmatch.‹ Als ich nach der Schlacht zum Lunch hereinkam, standen die Schüler auf und klatschten, und der Trainer schüttelte mir die Hand und prophezeite – unzutreffend –, daß man von mir noch hören würde. Die Episode ruht im schönsten Lavendelduft meiner Vergangenheit. In jenem Jahr schoß ich in die Länge und wurde dünn, und als ich im folgenden Herbst in Princeton besorgt die Neulinge musterte und die höfliche Nichtachtung sah, mit der sie meine Blicke erwiderten, wurde mir klar, daß es mit diesem besonderen Traum aus war. Keene sagte, er könne vielleicht einen ordentlichen Stabhochspringer aus mir machen – und das tat er auch –, aber das war ein kümmerlicher Ersatz; und meine tiefe Enttäuschung, daß ich es nicht zu einem großen Footballspieler bringen würde, legte vermutlich den Grund zu meiner Freundschaft mit Dolly Harlan. Ich möchte diese Geschichte über Dolly mit einer kleinen Rückschau auf das Spiel von Yale (im vierten Semester) in New Haven beginnen.

Dolly war als Halfback eingesetzt; dies war sein erstes großes Spiel. Ich teilte mit ihm das Zimmer und hatte ihm eine absonderliche Gemütsverfassung angemerkt, und so ließ ich ihn während der ganzen ersten Halbzeit nicht aus dem Auge. Mit dem Feldstecher konnte ich seinen Gesichtsausdruck erkennen; er wirkte gezwungen und ohne Zutrauen, ganz so als wär's beim Tode seines Vaters, und das blieb so viel länger, als bis die anfängliche Nervosität sich hätte legen können. Ich dachte, ihm wäre schlecht, und wunderte mich, daß Keene das nicht sah und ihn herausnahm; erst viel später erfuhr ich, was die Ursache war.

Es war das Yale-Stadion. Seine Größe oder sein Umfang oder die Höhe der Seitenwände hatten Dollys Nerven schon zugesetzt, als die Mannschaft dort am Vortag trainierte. Bei diesem Training rutschte ihm ein- oder zweimal der Ball weg, wohl zum erstenmal in seinem Leben, und er bildete sich ein, es läge an dem Stadion.

Man hat da eine neue Krankheit entdeckt, die sogenannte Agoraphobie – Platzangst –, und eine andere,

Siderodromophobie genannt – Angst vor Eisenbahnfahr-
ten –, und mein Freund, Doktor Glock, der Psychiater,
würde wahrscheinlich Dollys Geisteszustand leicht erklären können. Aber hier gebe ich wieder, was Dolly mir
hinterher erzählt hat:

»Yale machte einen hohen Kick, und ich sah nach oben.
In dem Augenblick schienen die Seiten von dem verdammten Ding auch emporzuschießen. Als dann der Ball
wieder herunterkommen wollte, neigten sich die Wände
des Stadions vor und über mich, bis ich die Leute auf den
oberen Rängen zu mir herunterbrüllen und die Fäuste
schütteln sah. Schließlich sah ich den Ball überhaupt nicht
mehr, sondern nur das Stadion; reiner Glückszufall, daß
ich jedesmal richtig stand und den Ball noch erwischen
konnte.«

Um auf das Spiel zurückzukommen. Ich saß unter den
Hurrarufern und hatte einen guten Platz an der Vierzig-
Yard-Linie – gut, das heißt nur, wenn nicht ein sehr
zerstreuter Akademiker, der schon seine Freunde aus den
Augen und den Hut vom Kopf verloren hatte, von Zeit zu
Zeit vor mir aufgesprungen wäre und stotternd »Stop Ted
Coy!« gerufen hätte, mit der fixen Idee, wir erlebten ein
Spiel, das vor gut zwölf Jahren ausgetragen worden war.
Als er schließlich merkte, daß er komisch war, produ-
zierte er sich für die oberen Ränge, und es gab ein
Pfeifkonzert und Buhrufe, bis er unfreiwillig unter die
Tribüne befördert wurde.

Es war ein gutes Spiel – ein historisches Spiel, wie es
dann in der Collegepresse genannt wird. Ein Foto der
Mannschaft, die damals spielte, hängt jetzt in jedem
Friseurladen in Princeton, mit Mannschaftskapitän Gottlieb in der Mitte, in einem weißen Sweater zum Zeichen

des gewonnenen Championats. Yale hatte eine schlechte Saison gehabt, aber das wendete sich im ersten Viertel, wonach es 3 zu 0 zu ihren Gunsten stand.

Beim Wechsel beobachtete ich Dolly. Er ging schnaufend herum, trank an einer Wasserflasche und hatte immer noch diesen verkrampften, verdutzten Gesichtsausdruck. Hinterher gestand er mir, er habe wieder und wieder zu sich gesagt: »Ich werde mit Roper reden. Bei Halbzeit werde ich's ihm sagen. Ich werde ihm sagen, ich halte das nicht länger aus.« Schon mehrmals hatte er einen fast unwiderstehlichen Drang verspürt, achselzuckend einfach vom Platz zu gehen, denn es war nicht allein dieser unerwartete Stadion-Komplex; in Wahrheit haßte Dolly das Spiel leidenschaftlich und erbittert.

Er haßte die lange, stumpfsinnige Periode des Trainings, das Element des Kampfes Mann gegen Mann, die Beanspruchung seiner Freizeit, die langweilige Routine und die nervöse Angst vor einem Desaster kurz vor Schluß. Manchmal stellte er sich vor, daß alle anderen es ebenso verabscheuten wie er, ihre Aversion ebenso unterdrückten wie er und sie nur in ihrem Inneren hegten wie ein Krebsgeschwür, das zu erkennen sie sich fürchteten. Manchmal stellte er sich vor, dieser oder jener wäre soweit, die Maske abzunehmen, und würde sagen, »Dolly, haßt du diesen hundsgemeinen Dreck ebenso wie ich?«

Dieses Gefühl hatte bei ihm schon auf St. Regis' School begonnen, und er war nach Princeton gekommen in der Meinung, daß er mit Football für alle Zeiten fertig sei. Aber Oberkläßler von St. Regis stellten ihm auf dem Campus immer wieder die Frage nach seinem Gewicht, und so wurde er aufgrund seines sportlichen Rufs zum Vizepräsidenten unserer Klasse ernannt – es war Herbst und große Taten lagen in der Luft. Eines Nachmittags spazierte er hinunter zum Juniorentraining, kam sich dumm und überflüssig vor und roch den Rasen und das Erregende der Jahreszeit. Binnen einer halben Stunde war er schon dabei, ein Paar geborgte Schuhe anzuziehen, und zwei Wochen später war er Kapitän der Juniorenmannschaft.

Einmal dabei, sah er, daß er einen Fehler gemacht hatte; er erwog sogar, vom College abzugehen. Denn seine Entscheidung zu spielen war für Dolly eine moralische Verantwortung und eine ganz persönliche obendrein. Zu verlieren, zu enttäuschen oder enttäuscht zu werden war für ihn einfach unerträglich. Das beleidigte seinen schottischen Sinn für Vergeudung. Wozu eine Stunde lang Blut schwitzen, um am Ende doch nur zu unterliegen?

Das Schlimmste war vielleicht, daß er kein wirklicher Spitzenspieler war. Keine Mannschaft im Land hätte auf ihn verzichten können, aber er konnte nichts überragend gut, weder laufen noch zuwerfen noch kicken. Er war knapp eins achtzig groß und wog mehr als hundertsechzig; er war ein erstklassiger Abwehrspieler, sicher im Abfangen, verstand es großartig, den Ball zu behalten und dann abzugeben. Er ließ den Ball nie fallen und war immer auf dem Posten; seine Gegenwart, seine ständige kühle und sichere Aggression, hatte eine starke Wirkung auf die anderen. Moralisch lenkte er jedes Team, in dem er spielte, und darum auch hatte Roper die ganze Saison hindurch so viel Zeit aufgewandt bei dem Versuch, mehr Länge in seine Kicks zu bringen – denn er wollte ihn unbedingt dabei haben.

Im zweiten Viertel begann Yale nachzulassen. Es war eine mittelmäßige Mannschaft, lauter Blender, aber ohne

Zusammenhalt wegen Verletzungen und einem bevorstehenden Wechsel im Trainings-System von Yale. Der Quarterback Josh Logan – ich könnte das bezeugen – war ein Wunder bei Exeter gewesen, wo Spiele noch durch die Zuversicht und den befeuernden Geist eines einzelnen gewonnen werden können. Aber College-Teams sind zu überorganisiert, um so simpel und jungenhaft zu reagieren, und erholen sich weniger leicht von Mißgeschicken und Fehleinschätzungen der Betreuer.

So rückte Princeton, das nichts zu verlieren hatte, mit angestrengtem Eifer stetig vor. Auf der Zwanzig-Yard-Linie von Yale geschah es plötzlich. Ein Paß von Princeton wurde abgefangen; der Yale-Mann, in seiner Aufregung über die Gelegenheit, verlor den Ball, der alsdann gemütlich auf das Yale-Tor zurollte. Jack Devlin und Dolly Harlan von Princeton und irgendeiner – ich habe vergessen, wer – von Yale waren ungefähr gleich weit vom Ball entfernt. Was Dolly in diesem Bruchteil einer Sekunde tat, war purer Instinkt; überhaupt kein Problem für ihn. Er war ein geborener Sportler, und in einer kritischen Situation besorgte sein Nervensystem das Denken für ihn. Er hätte mit den beiden anderen nach dem Ball rennen können; stattdessen brachte er den Yale-Mann mit brutaler Präzision zu Fall, während Devlin den Ball aufschnappte und die zehn Yards bis über die Torlinie trug.

Damals sahen die Sportberichterstatter ein Spiel noch mit den Augen von Ralph Henry Barbour. Die Presseloge war unmittelbar hinter mir, und als Princeton sich zum Torschuß formierte, hörte ich den Radiosprecher fragen:

»Wer ist Nummer 22?«

»Harlan.«

»Harlan schießt jetzt aufs Tor. Devlin, der den Touchdown machte, kommt von Lawrenceville School. Er ist zwanzig Jahre alt. Der Ball ging klar zwischen die Torpfosten.«

In der Halbzeitpause, als Dolly noch schlotternd von der Anstrengung im Garderobenraum saß, kam Little, der Coach der Hintermannschaft, herein und setzte sich neben ihn.

»Wenn die Außen auf dich loskommen, mach einfach ein Fair Catch«, sagte Little. »Dieser starke Havemeyer ist imstande und reißt dir den Ball glatt aus den Händen.«

Jetzt war der richtige Zeitpunkt, es zu sagen: »Ich möchte, daß du Bill sagst –« Aber die Worte verdrehten sich ihm zu der albernen Frage nach der Windrichtung auf dem Platz. Sein Gefühl müßte näher erklärt, es müßte darauf eingegangen werden, und dazu war jetzt keine Zeit. Sein Ich schien weniger wichtig in diesem Raum, an dessen Wänden sich der keuchende Atem, die äußerste Anstrengung, die Erschöpfung von zehn anderen niederschlug. Er fühlte sich geniert durch einen plötzlich ausbrechenden rohen Wortwechsel zwischen Außen- und Halbstürmer; er ärgerte sich über die Spieler von früher, die mit im Raum waren – besonders über den Mannschaftskapitän von vor zwei Jahren, der inzwischen Examen gemacht hatte und der, etwas angetrunken, sich allzu heftig über den parteiischen Schiedsrichter aufregte. Es war ihm gräßlich, bei all diesen Reibereien und Widerwärtigkeiten noch mehr Ärger zu machen. Dennoch wäre er mit alledem herausgerückt, hätte nicht Little andauernd leise zu ihm gesagt: »Was für ein fabelhafter Trick, Dolly! Wie du ihn ausmanövriert hast!« und ihm dabei anerkennend auf die Schulter geklopft.

Im dritten Viertel schoß Joe Dougherty von der Zwanzig-Yard-Linie ein leichtes Feld-Tor, und wir fühlten uns sicher, bis kurz vor der Dämmerung eine Reihe verzweifelter Pässe Yale einem Torerfolg nahebrachten. Aber Josh Logan hatte sich in Kunststückchen erschöpft und wurde von der Verteidigung durchschaut. Als die Ersatzspieler hereingerannt kamen, rückte Princeton zum letzten Mal vor. Dann war es auf einmal vorbei, und die Menge ergoß sich von den Tribünen, und Gottlieb schnappte sich den Ball und tat einen Luftsprung. Eine Zeitlang herrschte allgemeine Verwirrung, Begeisterung und Hochstimmung; ich sah, wie ein paar Junioren Dolly auf die Schultern zu heben versuchten, aber sie waren zu schüchtern und er kam so davon.

Wir alle fühlten uns mächtig erhoben. Wir hatten Yale in drei Jahren nicht besiegt, und jetzt bekam alles wieder seine gute Ordnung. Das bedeutete einen angenehmen Winter im College, eine erfreuliche und glatte Sache, an die man in den feuchtkalten Tagen nach Weihnachten zurückdenken konnte, wo sich sonst eine trübe Stimmung in einer Universitätsstadt breitmacht. Unten auf dem Feld trieb eine improvisierte Mannschaft übermütige Spielchen mit einem Derbyhut, bis sie von einer tanzenden Menschenschlange überrollt und abgedrängt wurde. Außerhalb des Stadions sah ich zwei höchst verärgerte und mißlaunige Yale-Männer in ein wartendes Taxi steigen und dem Fahrer in einem Ton endgültigen Verzichts die Anweisung »New York« geben. Es waren keine Yale-Männer mehr zu finden; nach der Art der Besiegten waren sie ganz von der Bildfläche verschwunden.

Ich beginne Dollys Geschichte mit meinen Erinnerungen an dieses Spiel, weil an jenem Abend das Mädchen darin auftauchte: eine Freundin von Josephine Pickman, und wir vier hatten vor, zum Midnight Frolic nach New York zu fahren. Als ich Dolly andeutete, daß er zu müde sein würde, lachte er nur trocken – er wäre an jenem Abend gottweißwohin gegangen, nur um das Gefühl und die Hektik von Football loszuwerden. Um halb sieben kam er in die Halle von Josephines Haus hereinspaziert und sah aus, als hätte er den ganzen Tag beim Barbier gesessen, nur daß er einen schmalen, äußerst schicken Streifen Leukoplast über einem Auge trug. Er war einer der bestaussehenden Männer, die ich gekannt habe; in Straßenkleidung wirkte er groß und schlank, sein Haar war dunkel, seine Augen waren groß, empfindsam und dunkel, seine Nase war kühn gebogen und wirkte, wie auch seine Gesichtszüge überhaupt, irgendwie romantisch. Damals fiel es mir nicht auf, aber ich vermute, daß er ziemlich eitel war – nicht eingebildet, aber eitel –, denn er ging immer in Braun oder weichem Hellgrau, mit schwarzen Krawatten, und Leute pflegen sich nicht aus Zufall so vorteilhaft zu kleiden.

Er schien innerlich leicht amüsiert, als er hereinkam. Er schüttelte mir überschwenglich die Hand und sagte in gespieltem Ton: »Nein welche Überraschung, Sie hier zu treffen, Mr. Deering.« Dann sah er die Mädchen am Ende der langen Halle, eine dunkel und auffallend, wie er selbst, und eine mit goldenem Haar, das im Widerschein des Kaminfeuers leuchtete und schäumte, und er sagte so beglückt, wie ich nie jemand erlebt habe: »Welche von beiden gehört mir?«

»Welche du willst, nehme ich an.«

»Im Ernst, welche heißt Pickman?«

»Die blonde.«

»Dann gehört mir die andere. War es nicht so gedacht?«

»Ich halte es für besser, sie vor der Verfassung, in der du bist, zu warnen.«

Miss Thorne, klein und lieblich errötend, stand neben dem Kamin. Dolly ging stracks auf sie zu.

»Sie sind die meine«, sagte er, »Sie gehören zu mir.«

Sie blickte ihn kühl an, überlegte; plötzlich mochte sie ihn und lächelte. Aber Dolly genügte das nicht. Es juckte ihn, etwas unglaublich Albernes und Unerhörtes zu tun, um seinen geheimen Jubel, daß er nun frei war, auszudrücken.

»Ich liebe Sie«, sagte er. Er nahm ihre Hand und sah sie aus seinen braunen Samtaugen zärtlich an, träumerisch, aber überzeugend. »Ich liebe Sie.«

Für einen Moment zog sie die Mundwinkel herab, als wäre sie enttäuscht, sich von jemand mit noch mehr Selbstvertrauen herausgefordert zu sehen. Dann, als sie sichtlich ihre Fassung wiedergewann, ließ er ihre Hand los, und die kleine Szene, in der er sich von der Anspannung des Nachmittags befreit hatte, war vorüber.

Es war ein klarer kalter Novemberabend, und der am offenen Auto vorbeisausende Luftzug versetzte uns in eine unbestimmte Erregung, ein Gefühl, als rasten wir mit Spitzengeschwindigkeit einem unerhörten Schicksal entgegen. Die Straße war von Autos verstopft, und es gab lange unerklärliche Verkehrsstockungen, während die Polizei, von den Scheinwerfern geblendet, an der Reihe auf und ab ging und rätselhafte Kommandos ausgab. Ehe wir noch eine Stunde gefahren waren, wurde New York zu einem fernen dunstigen Widerschein am Himmel.

Miss Thorne stammte, wie ich von Josephine erfuhr, aus Washington und war soeben von einem Besuch in Boston hergekommen.

»Wegen des Spiels?« fragte ich.

»Nein; da ist sie nicht hingegangen.«

»Zu schade. Wenn ich es gewußt hätte, hätte ich einen Sitzplatz –«

»Sie wäre nicht hingegangen. Vienna geht nie zu Spielen.«

Mir fiel ein, daß sie Dolly nicht einmal, wie üblich, beglückwünscht hatte.

»Sie haßt Football. Ihr Bruder ist letztes Jahr bei einem Match der Schulen umgekommen. Ich hätte sie heute abend nicht mitgebracht, aber als wir vom Spiel nach Hause kamen, sah ich, daß sie den ganzen Nachmittag mit einem Buch dagesessen hatte, ohne eine Seite umzublättern. Er war ein wunderbarer Junge, weißt du, und die Familie war dabei, als es passierte, und ist nie darüber hinweggekommen.«

»Aber hat sie denn nichts gegen die Gesellschaft von Dolly?«

»Natürlich nicht. Sie ignoriert Football einfach. Wenn jemand davon spricht, wechselt sie nur das Thema.«

Ich war froh, daß Dolly und nicht – sagen wir – Jack Devlin mit ihr im Fond saß. Und ich bedauerte Dolly ein bißchen. Wie immer er über das Spiel denken mochte, er wartete gewiß auf ein Zeichen der Anerkennung für seine Leistung.

Vielleicht hielt er ihr ihre taktvolle Rücksicht zugute – doch als die Szenen des Nachmittags ihm wieder durch den Kopf gingen, hätte er wohl gern ein Kompliment gehört, um es als »so'n Unsinn!« abtun zu können. Aber bei völliger Nichtbeachtung würden ihn diese Bilder hartnäckig verfolgen.

Ich wandte mich um und war einigermaßen verblüfft, Miss Thorne in Dollys Armen zu sehen; schnell drehte ich mich wieder um und beschloß, die beiden sich selbst zu überlassen.

Als wir am oberen Broadway bei einer Verkehrsampel warteten, sah ich ein Extrablatt einer Sportzeitung mit dem Ergebnis des Spiels als Hauptschlagzeile. Die grüne Zeitungsseite hatte mehr Realität als der ganze Nachmittag – kurz, knapp und klar:

PRINCETON BEZWINGT YALE MIT 10 : 3
SIEBZIGTAUSEND SAHEN, WIE DER TIGER MIT
DEM BULLENBEISSER UMSPRANG
DEVLIN ERFOLGREICH NACH PATZER VON YALE

Das war es – nicht wie das Gemuddel des Nachmittags, unsicher zusammengestoppelt bis zum Schluß, sondern hübsch präsentiert in der Vergangenheitsform:

PRINCETON 10; YALE 3.

Leistung war eine sonderbare Sache, dachte ich. Diese war weitgehend Dolly zuzuschreiben. Ich fragte mich, ob nicht alles, was aus den Schlagzeilen dröhnte, willkürliche Hervorhebung war. Als sollten die Leute fragen: »Wonach sieht es denn nun aus?«

»Am meisten nach einer Katze.«

»Nun, dann nennen wir's doch ne Katze.«

Mein Geist, von den Lichtern und dem munteren Getriebe beflügelt, erfaßte plötzlich die Tatsache, daß alle

Leistung nur ein Akzentsetzen war – ein In-Form-Bringen des ungeordneten Lebens.

Josephine hielt vor dem New American Theatre an, wo ihr Chauffeur uns traf und den Wagen übernahm. Wir waren recht früh gekommen, aber unter den im Foyer wartenden Studenten erhob sich ein Geflüster – »Da ist Dolly Harlan« –, und als wir zum Fahrstuhl gingen, kamen mehrere aus seiner Bekanntschaft, ihm die Hand zu schütteln. Sichtlich ohne jedes Interesse für dieses Zeremoniell, fing Miss Thorne meinen Blick auf und lächelte. Ich war auf sie einigermaßen neugierig; Josephine hatte die ziemlich überraschende Information ausgegeben, daß sie eben sechzehn geworden war. Ich vermute, daß mein erwiderndes Lächeln eher gönnerhaft war, doch gleichzeitig wurde mir klar, daß man sich von diesem Faktum nicht täuschen lassen durfte. Trotz aller sensiblen Zartheit ihres Gesichts, trotz ihrer Gestalt, die mich irgendwie an eine romantisch verklärte kleine Ballerina denken ließ, hatte sie etwas in sich, das so hart wie Stahl war. Sie war in Rom, Wien und Madrid aufgewachsen, mit Blitzbesuchen in Washington; ihr Vater war einer jener liebenswürdigen amerikanischen Diplomaten, die mit feinem Starrsinn versuchen, die Alte Welt in ihren Kindern neu zu erschaffen, indem sie sie königlicher als echte Prinzen erziehen lassen. Miss Thorne war blasiert. So sehr sich junge Amerikaner auch darum bemühen, ist Blasiertheit immer noch ein Monopol des Alten Kontinents.

Wir kamen gerade zu einer Nummer des Programms, wo ein Dutzend Ballettmädchen in Orange und Schwarz auf hölzernen Pferden gegen andere zwölf anritten, die in Yale-Blau gekleidet waren. Als das Licht wieder anging, wurde Dolly erkannt, und einige Princeton-Studenten klapperten beifällig mit den kleinen Holzhämmern, die zum Applaudieren dienten; unauffällig rückte er mit seinem Stuhl in einen dunkleren Winkel.

Fast unmittelbar danach tauchte ein vom Wein erhitzter und sehr elender junger Mann an unserem Tisch auf. Wenn er besser in Form gewesen wäre, hätte er einen sehr für sich einnehmen können; und wirklich blitzte er Dolly mit einem reizenden Lächeln an, als ersuche er ihn um Erlaubnis, mit Miss Thorne zu sprechen.

Dann sagte er: »Ich dachte, du wolltest heute abend nicht nach New York kommen?«

»Hello, Carl.« Sie blickte kühl zu ihm auf.

»Hello, Vienna. Das trifft's genau; ›Hello Vienna – Hello Carl‹. Aber wieso? Ich dachte, du wolltest heute abend nicht nach New York kommen.«

Miss Thorne machte keine Anstalten, den Mann vorzustellen, aber wir registrierten seinen etwas gereizten Ton.

»Ich dachte, du hättest mir versprochen, nicht zu kommen.«

»Ich hatte es auch nicht vor, Kindchen. Ich bin erst heute morgen von Boston abgefahren.«

»Und wen hast du in Boston getroffen – den faszinierenden Tunti?« fragte er.

»Ich habe mich mit niemand getroffen, Kindchen.«

»Oh doch, das hast du! Du hast dich mit dem faszinierenden Tunti getroffen und ihr habt über ein Beisammensein an der Riviera gesprochen.« Sie antwortete nicht. »Warum bist du so unaufrichtig, Vienna?« fuhr er fort. »Warum hast du mir am Telefon gesagt –«

»Ich lasse mir keine Vorhaltungen machen«, sagte sie in plötzlich verändertem Ton. »Ich habe dir gesagt, wenn du noch einen Drink nähmst, wäre ich mit dir fertig. Ich stehe zu meinem Wort, und ich wäre sehr erleichtert, wenn du jetzt gehen würdest.«

»Vienna!« rief er verzagend mit bebender Stimme.

An diesem Punkt stand ich auf und tanzte mit Josephine. Als wir zurückkamen, waren Leute am Tisch – der Mann, in dessen Obhut wir Josephine und Miss Thorne übergeben sollten, denn ich hatte berücksichtigt, daß Dolly zu müde sein würde, und noch ein paar andere. Einer davon war Al Ratoni, der Komponist, der, wie sich herausstellte, Gast in der Botschaft in Madrid gewesen war. Dolly Harlan war mit seinem Stuhl beiseite gerückt und beobachtete die Tanzenden. Gerade als das Licht im Saal für eine neue Programmnummer heruntergeschaltet wurde, kam ein Mann aus dem Dunkel, beugte sich über Miss Thorne und flüsterte ihr etwas ins Ohr. Sie fuhr zusammen und wollte schon aufspringen, aber er legte die Hand auf ihre Schulter und zwang sie sitzenzubleiben. Sie begannen leise und erregt miteinander zu sprechen.

Die Tische im Old Frolic standen dicht beieinander. Ein Mann stieß zu der Gesellschaft am Nachbartisch, und ich konnte nicht umhin, zu hören, was er sagte:

»Ein junger Bursche unten im Waschraum hat versucht, sich umzubringen. Er schoß sich durch die Schulter, aber sie konnten ihm die Pistole entreißen, ehe er –« Dann die gleiche Stimme noch einmal: »Carl Sanderson, sagte man.«

Als die Nummer vorbei war, blickte ich um mich. Vienna Thorne starrte unbeweglich auf Miss Lillian Lorraine, die wie eine Riesenpuppe zum Plafond emporschwebte. Der Mann, der sich über Vienna gebeugt hatte, war gegangen, die anderen hatten überhaupt nicht richtig mitbekommen, daß etwas passiert war. Ich wandte mich zu Dolly um und sagte, er und ich gingen jetzt wohl besser, und nach einem Blick zu Vienna, in dem sich Widerstreben, Verdrossenheit und dann auch Resignation mischten, ging er auf meinen Vorschlag ein. Auf dem Weg zum Hotel erzählte ich Dolly, was passiert war.

»Nur so'n Trunkenbold«, bemerkte er nach einem Augenblick müden Nachdenkens. »Vielleicht hat er sich absichtlich verfehlt, um etwas Mitgefühl zu erregen. Ich nehme an, das sind solche Dinge, auf die ein wirklich reizvolles Mädchen jederzeit gefaßt sein muß.«

Das war nicht meine Ansicht. Ich konnte mir sehr wohl die zerknitterte weiße Hemdbrust mit dem stoßweise über sie hinfließenden Blut eines sehr jungen Menschen vorstellen, aber ich wollte nicht streiten, und nach einer Weile sagte Dolly: »Es mag brutal klingen, aber mir kommt die Sache ein bißchen schlapp und schwächlich vor, meinst du nicht? Doch vielleicht ist das nur mein Gefühl heute abend.«

Als Dolly sich auszog, sah ich, daß er mit blauen Flecken übersät war, aber er versicherte mir, keine dieser Prellungen würde ihn schlaflos machen. Dann sagte ich ihm, weshalb Miss Thorne das Match überhaupt nicht erwähnt hatte, und das machte ihn plötzlich wach; seine Augen funkelten wieder, wie ich es an ihm kannte.

»Also das war's! Ich habe mich schon gewundert. Ich dachte, du hättest ihr vielleicht geraten, nicht darüber zu sprechen.«

Später, als das Licht schon eine halbe Stunde aus war, sagte er plötzlich »Ich sehe«, laut und deutlich. Ich weiß nicht, ob er da noch wach war oder schlief.

III

Ich habe, so gut ich konnte, alles niedergeschrieben, was mir von der ersten Begegnung zwischen Dolly und Miss Vienna noch erinnerlich war. Jetzt beim Wiederlesen kommt es mir recht beiläufig und belanglos vor, aber der Abend wurde ganz von dem Spiel überschattet und alles, was da passierte, ebenfalls. Vienna reiste fast unmittelbar darauf nach Europa zurück und entschwand fünfzehn Monate lang aus Dollys Leben.

Es war ein gutes Jahr – so haftet es mir immer noch im Gedächtnis: als ein wirklich gutes Jahr. Das zweite Studienjahr ist das dramatischste in Princeton, wie das dritte in Yale. Es bringt nicht nur die Wahlen zu den feudaleren Clubs, sondern eines jeden Schicksal beginnt Gestalt anzunehmen. Man kann ziemlich genau sagen, wer es schaffen wird, nicht nur durch einen unmittelbaren Erfolg, sondern durch die Art, wie man Fehlschläge überwindet. Mein Leben war mehr als ausgefüllt. Ich wurde in den Vorstand des *Princetonian Clubs* gewählt, in Dayton brannte unser Haus nieder, und im Turnsaal focht ich einen törichten halbstündigen Boxkampf mit einem Mann aus, der später einer meiner besten Freunde wurde; im März wurden Dolly und ich in den elitären Club aufgenommen, in den wir immer schon gewollt hatten. Ich verliebte mich auch, aber hier davon zu erzählen wäre völlig belanglos.

Der April kam und mit ihm das erste typische Princeton-Wetter, die trägen grün und goldenen Nachmittage und die klaren erregenden Abende mit ihrer Stunde des Seniorensingens. Ich war glücklich, und Dolly wäre es auch gewesen ohne das Näherrücken einer neuen Footballsaison. Er spielte jetzt Baseball, was ihn von dem Frühjahrstraining befreite, aber die Bands ließen sich schon aus der Ferne vernehmen, und sie schwollen im Laufe des Sommers zu orchestraler Tonstärke an, als er wohl ein dutzendmal täglich die Frage »Kommst du frühzeitig zum Football zurück?« beantworten mußte. Am fünfzehnten September war er wieder im Staub und in der Hitze des spätsommerlichen Princeton, wälzte sich auf dem Feld, war wieder im alten Trab und rüstete sich, ein Exemplar zu werden von der Art, die ich mir vor zehn Jahren erträumt hatte.

Von allem Anfang an haßte er es und ließ keine Minute nach. Diesen Herbst ging er in das Spiel gegen Yale mit einem Gewicht von hundertdreiundfünfzig Pfund, wenn auch in der Zeitung ein anderes Gewicht angegeben wurde, und er und Joe McDonald waren die einzigen, die dieses katastrophale Match durchstanden. Er hätte nur den Finger zu heben brauchen, um Mannschaftskapitän zu werden – aber das berührt vertrauliche Dinge, die ich nicht erzählen kann. Er fürchtete nur, durch irgendeinen Zufall doch noch annehmen zu müssen! Für zwei Saisons! Er redete nicht einmal mehr darüber. Er ging aus dem Zimmer oder verließ den Club, wenn die Unterhaltung sich dem Thema zuwandte. Er hörte auf, mir ständig zu verkünden, daß er ›diese Plackerei nicht noch einmal mitmachen‹ würde. Diesmal dauerte es bis zu den Weihnachtsferien, ehe jener unglückliche Blick aus seinen Augen schwand.

Dann, zu Neujahr, kam Miss Thorne aus Madrid nach Hause, und im Februar brachte ein Mann namens Case sie mit zum Seniorenball.

Sie war sogar noch hübscher als früher, weicher, zumindest äußerlich, und erregte gewaltiges Aufsehen. Die Leute auf der Straße drehten ruckartig die Köpfe nach ihr – mit einem erschrockenen Blick, als wären sie sich bewußt, beinahe etwas versäumt zu haben. Sie hatte, wie sie mir sagte, für eine Weile genug von den europäischen Männern, wobei sie durchblicken ließ, daß es irgendeine unglückliche Liebesaffäre gegeben hatte. Im nächsten Herbst würde sie in Washington ihr Debut haben.

Vienna und Dolly. Sie verschwand mit ihm für zwei Stunden von dem Tanzabend, und Harold Case war verzweifelt. Als sie um Mitternacht wieder auftauchten, dachte ich: das ist das eleganteste Paar von allen, die ich gesehen habe. Von ihnen ging jenes eigentümliche Leuchten aus, das dunkelhaarige Menschen manchmal haben. Harold Case warf noch einen Blick auf die beiden und ging dann stolzgeschwellt nach Hause.

Nach einer Woche kam Vienna zurück, einzig und allein, um Dolly zu sehen. Spät an jenem Abend nahm ich die Gelegenheit wahr, mir in dem verlassenen Clubhaus ein Buch zu holen, und sie riefen mich, auf der rückwärtigen Terrasse sitzend, mit dem Blick auf das gespenstische Stadion und auf ein Stück menschenleerer Nacht. Es war die Stunde des Taus, mit frühlingshaften Stimmen in der warmen Brise, und wo immer genügend Licht war, konnte man die Tropfen glitzern und fallen sehen. Man spürte, wie es kühl von den Sternen herabschmolz, und die kahlen Bäume und Büsche nach Stony Brook hin wirkten in der Dunkelheit geradezu üppig.

Sie saßen zusammen auf einer Korbbank, ganz von sich erfüllt, romantisch gestimmt und glücklich.

»Wir mußten es jemand erzählen«, sagten sie.

»Kann ich also jetzt gehen?«

»Nein, Jeff«, beharrten sie; »bleib hier und beneide uns. Wir sind in dem Stadium, wo wir jemand brauchen, der uns beneidet. Findest du, daß wir eine gute Partie abgeben?«

Was konnte ich sagen?

»Dolly macht nächstes Jahr seinen Abschluß in Princeton«, fuhr Vienna fort, »aber wir werden es erst nach der Saison in Washington im Herbst anzeigen.«

Ich hatte ein unbestimmtes Gefühl der Erleichterung darüber, daß es eine lange Verlobungszeit geben würde.

»Ich finde Sie sehr in Ordnung, Jeff«, sagte Vienna. »Ich möchte, daß Dolly mehr solche Freunde wie Sie hat. Sie sind anregend für ihn – Sie haben Ideen. Ich habe Dolly gesagt, vielleicht könnte er noch mehr solche Freunde finden, wenn er sich in seiner Klasse einmal umsieht.«

Dolly und mir wurde ein bißchen unbehaglich.

»Sie möchte nicht, daß ich ein Babbitt werde«, sagte er leichthin.

»Dolly ist prima«, versicherte Vienna. »Er ist das prächtigste Exemplar, das es je gab, und Sie werden merken, Jeff, daß ich sehr gut für ihn bin. Ich habe ihn schon in einer sehr wichtigen Sache zu einem Entschluß gebracht.« Ich ahnte schon, was kommen würde. »Er wird ein bißchen seine Meinung sagen, wenn sie ihm im nächsten Herbst wegen Football zusetzen, nichtwahr, Kindchen?«

»Oh, sie werden mir nicht zusetzen«, sagte er mißmutig. »So ist das nicht –«

»Doch, sie werden versuchen, dich unter Druck zu setzen, moralisch.«

»Oh, nein«, widersprach er. »So ist das nicht. Laß uns jetzt nicht davon reden, Vienna. Es ist so ein wunderschöner Abend.«

So ein wunderschöner Abend! Wenn ich an meine eigenen Liebesbeziehungen in Princeton zurückdenke, rufe ich mir immer jenen Abend von Dolly in Erinnerung, als hätte ich und nicht er dort gesessen und Jugend, Hoffnung und Schönheit in den Armen gehalten.

Dollys Mutter mietete für den Sommer ein Haus auf Ram's Point, Long Island, und Ende August fuhr ich in den Osten, um Dolly zu besuchen. Als ich ankam, war Vienna schon eine Woche dort, und mein Eindruck war: erstens, daß er mächtig verliebt war; und zweitens, daß es sich um eine Party von Vienna handelte. Alle möglichen irgendwie merkwürdigen Leute pflegten vorbeizukommen, um Vienna zu besuchen. Ich hätte jetzt nichts mehr gegen sie – ich bin inzwischen weltmännischer geworden –, aber damals empfand ich sie eher als einen Schandfleck auf diesem Sommer. Sie waren alle in dieser oder jener Hinsicht kleine Berühmtheiten, und es lag an einem selbst, herauszufinden, wieso und warum. Es wurde viel geredet, und besonders Viennas Charakter wurde viel diskutiert. Sie dachten, ich wäre fade, und die meisten dachten, auch Dolly wäre fade. Dabei war er in seinem Fach besser als irgendeiner von ihnen in dem seinen, nur daß sein spezielles Fach das einzige war, das überhaupt keine Erwähnung fand. Dennoch hatte ich das unbestimmte Gefühl, mich zu vervollkommnen, und noch das ganze folgende Jahr brüstete ich mich damit, die meisten dieser Leute persönlich zu kennen, und wurde ärgerlich, wenn die Leute mit deren Namen nichts anfangen konnten.

Am Tag vor meiner Abreise renkte Dolly sich beim Tennis den Fuß aus und machte hinterher zu mir ziemlich düstere Scherze darüber.

»Wenn ich ihn wenigstens gebrochen hätte, wäre alles soviel leichter. Nur noch einen kleinen Zentimeter weiter verrenkt, und einer der Knochen wäre bestimmt gebrochen. Übrigens, sieh dir das hier an.«

Er schob mir einen Brief herüber. Es war ein Ersuchen, sich am fünfzehnten September in Princeton zum Training zu melden und sich in der Zwischenzeit in gute Kondition zu bringen.

»Du wirst also in diesem Herbst nicht spielen?«

Er schüttelte den Kopf.

»Nein. Ich bin doch kein Kind mehr. Ich habe zwei Jahre lang gespielt, und ich möchte dieses Jahr frei sein. Wenn ich das nochmal mitmachen würde, wäre das ein Fall von moralischer Feigheit.«

»Ich will dir nicht dreinreden – aber hättest du diesen Standpunkt auch eingenommen, wenn es nicht wegen Vienna wäre?«

»Selbstverständlich. Wenn ich mich da hätte breitschlagen lassen, könnte ich mir selbst nie wieder ins Gesicht sehen.«

Zwei Wochen später erhielt ich den folgenden Brief:

LIEBER JEFF, wenn Du dies liest, wirst du einigermaßen überrascht sein. Diesmal habe ich mir wirklich beim Tennis das Fußgelenk gebrochen. Im Augenblick kann ich nicht mal auf Krücken gehen; während ich schreibe, liegt der Fuß vor mir auf dem

Sessel, dick geschwollen und mit einem Riesenverband. Niemand, nicht einmal Vienna, weiß von unserem Gespräch über das Thema letzten Sommer, und so wollen wir beide es absolut vergessen. Nur noch dies – so ein Fußknöchel ist verdammt schwer zu brechen, wenn ich das auch vorher nicht wußte.

Ich fühle mich glücklicher als seit Jahren – kein Vortraining, kein Schwitzen und keine Strapazen, ein bißchen Beschwerden und Unbequemlichkeit, aber frei! Mir ist, als hätte ich einen ganzen Haufen von Menschen überlistet, und das geht niemand etwas an als Deinen

machiavellistischen (sic) Freund
DOLLY

P.S. Auch diesen Brief zerreißt Du am besten.

Das klang überhaupt nicht nach Dolly.

V

Als ich einmal wieder in Princeton war, fragte ich Frank Kane, der in Nassau Street Sportartikel verkauft und einem aus dem Hut den Namen des Ersatzmannes in der Verteidigung von 1901 nennen konnte, was denn eigentlich mit Bob Tatnalls Obersemester-Mannschaft los war.

»Verletzungen und viel Pech«, sagte er. »Nach den harten Spielen wollten sie sich nicht weiter abplacken. Nehmen Sie zum Beispiel Joe McDonald, im Vorjahr noch Halblinker in der Nationalmannschaft; er war zu langsam und verbraucht, und er wußte es und es kümmerte ihn nicht. Ein Wunder, daß Bill sich die ganze Saison hindurch so halten konnte.«

Ich saß mit Dolly auf der Tribüne und sah, wie sie Lehigh 3 : 0 schlugen und gegen Bucknell mit viel Glück unentschieden spielten. In der folgenden Woche wurden wir 14 : 0 von Notre Dame geschlagen. Am Tag dieses Spiels war Dolly in Washington bei Vienna, aber er wollte alles darüber wissen, als er am nächsten Tag zurückkam. Er hatte die Sportseiten aller Zeitungen mitgebracht, las sie alle und schüttelte nur den Kopf. Dann stopfte er sie alle plötzlich in den Papierkorb.

»Dieses College ist total footballverrückt«, verkündete er. »Weißt du, daß englische Mannschaften nicht einmal trainieren?«

Ich hatte in jenen Tagen nicht viel Freude an Dolly. Es war komisch, ihn zu sehen, wie er gar nichts zu tun hatte. Zum ersten Mal in seinem Leben lungerte er nur so herum – in seinem Zimmer, im Club, in zufälliger Gesellschaft – er, der stets irgendwohin unterwegs war, dynamisch und lässig. Wenn er eine Straße entlangging, hatten sich einst Gruppen gebildet – Gruppen aus seiner Klasse, die gern mit ihm gehen wollten, und Gruppen von Unterkläßlern, die ihm mit den Augen wie einem vorbeiziehenden Schrein folgten. Er gab sich demokratisch, machte überall mit, und das paßte irgendwie nicht zu ihm. Er erklärte, mehr Klassenkameraden kennenlernen zu wollen.

Aber die Leute wollen ihre Idole etwas über sich erhöht sehen, und Dolly war eine Art heimliches und ganz spezielles Idol gewesen. Er mochte nicht mehr allein sein, und das fiel mir natürlich am meisten auf. Wenn ich mich zum Ausgehen erhob und er nicht gerade einen Brief an Vienna schrieb, fragte er nahezu beunruhigt »Wo gehst du hin?« und fand irgendeinen Vorwand, um hinkend mit mir zu kommen.

»Bist du froh, daß du es getan hast, Dolly?« fragte ich ihn eines Tages ganz unvermittelt.

Er sah mich vorwurfsvoll und trotzig zugleich an.

»Natürlich bin ich froh.«

»Ich möchte immer noch, du wärst dort in der Hintermannschaft.«

»Das würde überhaupt nichts helfen. Das Spiel dieses Jahres wird im Stadion ausgetragen. Ich könnte ihnen höchstens ein paar Schüsse verpatzen.«

In der Woche des Spiels gegen die Navy ging er plötzlich zu jedem Training. Er regte sich auf; dieses schreckliche Verantwortungsbewußtsein hatte ihn gepackt. Einst hatte er es nicht ertragen, wenn von Football gesprochen wurde; jetzt dachte er immer daran und redete von nichts anderem. In der Nacht vor dem Spiel gegen die Navy wachte ich mehrmals auf und sah, daß sein Zimmer hell erleuchtet war.

Wir verloren 7 : 3 durch noch einen Vorwärts-Paß in der letzten Minute über Devlins Kopf hinweg. Nach der ersten Halbzeit ging Dolly von der Tribüne und saß bei der Mannschaft am Rand des Spielfelds. Als er danach wieder zu mir kam, war sein Gesicht verschmiert, als ob er geweint hätte.

In diesem Jahr fand das Spiel in Baltimore statt. Dolly und ich wollten in Washington übernachten, weil Vienna gerade einen Tanzabend gab. Wir fuhren in düsterer Stimmung da hinüber, und ich konnte ihn nur mit Mühe abhalten, auf zwei Marineleutnants loszugehen, die auf der Bank hinter uns jubelnde Leichenreden hielten.

Der Tanzabend war das, was Vienna ihre zweite

Antrittsparty nannte. Sie hatte diesmal nur Leute geladen, die ihr näher standen, und die erwiesen sich größtenteils als Importe aus New York. Die Musiker, die Bühnenautoren, die Mitläufer des Kunstlebens, die sich auch schon bei Dollys Haus auf Ram's Point eingefunden hatten, herrschten hier vor. Aber Dolly, seiner Gastgeberpflichten ledig, machte an diesem Abend keine ungeschickten Versuche, ihre Sprache zu sprechen. Träumerisch stand er gegen die Wand gelehnt mit jenem Anflug von Überlegenheit, der in mir zuerst den Wunsch nach seiner Bekanntschaft geweckt hatte. Später, als ich zu Bett gehen wollte, kam ich an Viennas Zimmer vorbei und sie rief mich herein. Sie und Dolly, beide ein wenig blaß, saßen weit voneinander an beiden Enden des Zimmers, und die Atmosphäre war gespannt.

»Setzen Sie sich, Jeff«, sagte Vienna erschöpft. »Ich möchte, daß Sie sehen, wie ein Mann sich aufgibt und wieder zum Schuljungen wird.« Ich setzte mich widerstrebend hin. »Dolly hat seine Meinung geändert«, sagte sie. »Er zieht Football mir vor.«

»Das ist es nicht«, beharrte Dolly.

»Ich sehe da keinen Sinn«, wandte ich ein. »Dolly kann unmöglich spielen.«

»Aber er meint, er kann, Jeff. Nur für den Fall, daß Sie mich in dieser Sache für dickköpfig halten, will ich Ihnen etwas erzählen. Vor drei Jahren, als wir zuerst zurück in die Staaten kamen, schickte mein Vater meinen jüngeren Bruder auf die Schule. Eines Nachmittags gingen wir alle hinaus, um ihn Football spielen zu sehen. Gleich nach Beginn des Spiels wurde er verletzt, aber Vater sagte, ›Schon recht. In einer Minute ist er wieder auf den Beinen. Das kommt immer mal vor.‹ Aber, Jeff, er stand nicht wieder auf. Er lag da. Und schließlich breiteten sie eine Decke über ihn und trugen ihn vom Platz. Gerade als wir zu ihm gelangten, starb er.«

Sie blickte vom einen zum anderen und begann stoßweise zu schluchzen. Dolly ging stirnrunzelnd zu ihr hinüber und legte den Arm um ihre Schulter.

»Oh, Dolly«, rief sie weinend, »willst du nicht dies für mich tun – nur diese Kleinigkeit, mir zuliebe?«

Er schüttelte unglücklich den Kopf. »Ich hab's versucht, aber ich kann nicht«, sagte er.

»Es ist mein Metier, verstehst du das nicht, Vienna? Jeder muß in seinem Metier weitermachen.«

Vienna war aufgestanden und überpuderte ihre Tränen vor einem Spiegel; jetzt fuhr sie zornig herum.

»Dann habe ich mich eben mit einem Irrtum geplagt, als ich annahm, du dächtest darüber ebenso wie ich.«

»Kramen wir das nicht alles wieder hervor. Ich habe das Reden satt, Vienna; ich habe meine eigene Stimme satt. Mir scheint, daß niemand, den ich kenne, etwas anderes tut als unentwegt reden.«

»Danke. Das geht wohl auf mich.«

»Ich habe den Eindruck, daß deine Freunde eine ganze Menge reden. Ich habe noch nie so viel dummes Geplapper gehört wie heute abend. Ist dir denn die Idee, wirklich etwas zu tun, so zuwider, Vienna?«

»Es kommt darauf an, ob es der Mühe wert ist.«

»Nun, es ist der Mühe wert – für mich.«

»Ich kenne deinen Kummer, Dolly«, sagte sie bitter. »Du bist ein schwacher Charakter und willst bewundert werden. Dieses Jahr hattest du nicht einen Haufen kleiner Jungen, die dir überall folgten, als wärst du Jack Dempsey, und das bricht dir fast das Herz. Du möchtest vor sie alle hintreten und dich aufspielen und den Applaus hören.«

Er lachte kurz auf. »Wenn das deine Vorstellung von den Gefühlen eines Footballspieler ist –«

»Hast du den Entschluß gefaßt, zu spielen?« unterbrach sie ihn.

»Wenn ich irgendwie von Nutzen sein kann – ja.«

»Dann glaube ich, wir beide verschwenden nur unsere Zeit.«

Sie hatte mit aller Härte gesprochen, aber Dolly wollte nicht zugeben, daß es ihr ernst war. Als ich ging, versuchte er immer noch, sie »zur Vernunft« zu bringen, und am nächsten Tag im Zug sagte er mir, Vienna wäre »ein bißchen nervös« gewesen. Er war mächtig verliebt in sie, und sie zu verlieren war ihm undenkbar; dennoch stand er unter dem plötzlichen Impuls, der ihn dazu gebracht hatte, wieder zu spielen, und seine Verwirrung und geistige Erschöpfung ließen ihn glauben, daß alles schon in Ordnung kommen würde. Aber ich hatte jenen Ausdruck auf Viennas Gesicht gesehen, als sie vor zwei Jahren im Theater mit Mr. Carl Sanderson sprach.

Dolly stieg auf der Station Princeton Punction nicht aus, sondern fuhr weiter nach New York. Er suchte zwei orthopädische Spezialisten auf, und der eine konstruierte für ihn eine Bandage, die rundum durch ein kleines Gitter von Fischbein verstärkt war und die er Tag und Nacht tragen sollte. Es war damit zu rechnen, daß die Bandage beim ersten besten Ballduell in die Brüche gehen würde, aber er konnte damit laufen und darauf stehen, wenn er einen Schuß machte. Gleich am folgenden Nachmittag ging er im Sportdreß auf das Spielfeld der Universität.

Sein Erscheinen dort war eine kleine Sensation. Ich sah

von der Tribüne dem Training zu, zusammen mit Harold Case und der jungen Daisy Cary. Sie war damals gerade im Begriff, berühmt zu werden, und ich weiß nicht, ob sie oder Dolly mehr Aufsehen erregten. Zu jener Zeit war es immer noch etwas gewagt, eine Filmschauspielerin mitzubringen; wenn dieselbe junge Dame heute nach Princeton käme, würde sie wahrscheinlich am Bahnhof mit einer Band empfangen werden.

Dolly humpelte umher, und jeder sagte »Er hinkt ja!« Er trat einen Ball aus der Luft, und jeder sagte, »Das hat er gut gemacht!« Die erste Mannschaft hatte nach dem harten Spiel gegen die Navy Ruhe, und alle sahen den ganzen Nachmittag Dolly zu. Nach dem Training winkte ich ihm, und er kam herüber und begrüßte uns. Daisy fragte ihn, ob er wohl in einem Footballfilm, den sie gerade machte, auftreten würde. Das war nur so hingesagt, aber er sah mich mit einem trockenen Lächeln an.

Als er in die Garderobe zurückkam, war sein Knöchel so dick geschwollen wie ein Ofenrohr, und am nächsten Tag richteten er und Keene die Bandage so ein, daß sie sich je nach dem Umfang der Schwellung lockerte und wieder zusammenzog. Wir nannten es den Ballon. Der Knochen war nahezu geheilt, aber die verletzten kleinen Sehnen spannten sich und sprangen jeden Tag wieder aus ihrer Bahn. Von der Seitenlinie beobachtete er das Spiel gegen Swarthmore, und am folgenden Montag war er in einem Probespiel mit der zweiten gegen die Ersatzmannschaft.

An den Nachmittagen schrieb er manchmal an Vienna. Nach seiner Theorie waren sie immer noch miteinander verlobt, aber er versuchte, sich deswegen keine Sorgen zu machen, und ich glaube, die wirklichen Schmerzen, die ihn nachts wachhielten, halfen ihm dabei. Wenn die Saison vorüber wäre, würde er hinfahren und sehen.

Wir spielten gegen Harvard und verloren 3 : 7. Jack Devlins Schlüsselbein war gebrochen, und er fiel für die Spielzeit aus, womit es nahezu sicher war, daß Dolly spielen würde. Mitten in den Gerüchten und Ängsten von Mitte November entzündete sich dadurch ein Hoffnungsfunken in einer sonst ziemlich angeschlagenen Juniorenschaft – die völlig übertriebene Hoffnung auf Dollys Kondition. Am Donnerstag vor dem Spieltag kam er aufs Zimmer mit einem von Erschöpfung gezeichneten Gesicht.

»Sie wollen mich einsetzen«, sagte er, »in der Hintermannschaft für hohe Pässe. Wenn sie nur wüßten –«

»Konntest du denn Bill nicht sagen, wie du darüber denkst?«

Er schüttelte den Kopf, und ich hatte plötzlich den Verdacht, daß er sich für seinen ›Unfall‹ im vorigen August bestrafen wollte. Er lag ganz still auf der Couch, während ich sein Köfferchen für die Mannschaftsreise packte.

Der Tag des Spiels selbst glich, wie gewöhnlich, einem Traum – unwirklich mit seinen Massen von Freunden und Verwandten und dem pomphaften Drum-und-Dran einer großen Schau. Die elf kleinen Männer, die endlich auf den Platz rannten, waren wie verzauberte Figuren aus einer anderen Welt, fremdartig und überaus romantisch, verschwommen in einem pulsierenden Dunst aus Menschen und Lärm. Man leidet mit ihnen, zittert mit ihrer Aufregung, aber sie haben jetzt nichts mit uns zu schaffen, sind jedem Beistand entrückt, geweiht und unerreichbar – sozusagen heilig.

Das Spielfeld grünt üppig, die Präliminarien sind vorüber und die Mannschaften trollen sich auf ihre Plätze. Kopfschützer werden übergezogen; jeder Mann klatscht in die Hände und hüpft einsam ein bißchen herum. Die Menschen um dich reden immer noch, setzen sich zurecht, aber du bist ganz still geworden und deine Augen wandern von Mann zu Mann. Da ist Jack Whitehead, ein Senior, als Schlußmann; Joe McDonald, breit und beruhigend, als Außenstürmer; Toole, ein viertes Semester, als Halblinker; Red Hopman, Mitte; einer, den man nicht gleich identifizieren kann, halbrechts – wahrscheinlich Bunker – er wendet sich und wir sehen seine Nummer – ja, Bunker; Bean Gile, unnatürlich würdevoll und gewichtig, als der andere Außenstürmer; Poae, noch ein viertes Semester, Schlußmann. Hinter ihnen Wash Sampson als Quarterback – seine Gefühle kann man sich vorstellen! Aber er läuft leichtfüßig hier- und dahin, spricht mit diesem und jenem und versucht, seine Munterkeit und Siegeszuversicht anderen mitzuteilen. Dolly Harlan, die Hände in die Hüften gestemmt, steht unbeweglich und wartet auf den Anstoß von Yale; nahe bei ihm Mannschaftskapitän Bob Tatnall –

Da kommt der Pfiff! Yale stürmt in Linie gewaltig vor und im Bruchteil einer Sekunde das Geräusch des Aufpralls. Das ganze Feld ist ein einziger Strom rennender Figuren, und das ganze Stadion drängt vorwärts, als habe ein elektrischer Funken gezündet.

Nicht auszudenken, wenn wir den Ball fallen lassen!

Tatnall schnappt sich den Ball, geht zehn Yards zurück, ist umringt und wie ausgelöscht. Spears geht durch die Mitte, um drei Yards zu machen. Ein kurzer Paß, von Sampson zu Tatnall, kommt an, aber bringt nichts. Harlan kickt zu Devereaux, doch der wird schon auf der Vierzig-Yard-Linie zu Boden gebracht.

Sehen wir, was sie erreicht haben.

Es zeigte sich sogleich, daß sie eine Menge erreicht hatten. Unter Ausnutzung eines effektvollen Getümmels und mit einem kurzen Paß über die Mitte schafften sie den Ball über fünfzig Yards auf die Sechs-Yard-Linie von Princeton, wo sie ihn verpatzten, aber Red Hopman sicherte ihn wieder. Nach einem Wechsel von hohen Schüssen machten sie wieder einen Vorstoß, diesmal auf die Fünfzehn-Yard-Linie, wo – nach vier haarsträubenden Vorwärts-Pässen, zwei davon durch Dolly erledigt – wir im Ballbesitz blieben. Aber Yale war immer noch frisch und kampfstark, und bei einem dritten Angriff geriet die schwächere Princeton-Front ins Wanken. Gleich nach Beginn des zweiten Viertels bekam Devereaux den Ball zu einem Touchdown, und bei Halbzeit war Yale auf unserer Zehn-Yard-Linie im Ballbesitz. Stand: Yale 7, Princeton 0.

Wir hatten keine Chance. Die Mannschaft war mehr als in Form, spielte besser als das ganze Jahr hindurch, aber es genügte nicht. Abgesehen davon, daß es das Spiel gegen Yale war, wo alles mögliche passieren konnte und auch schon passiert war, wäre die Atmosphäre noch düsterer gewesen, als sie schon war, und auf den Bänken der Parteigänger so dicht, daß man sie mit einem Messer hätte schneiden können.

Zu Anfang des Spiels hatte Dolly Harlan einen hohen Schuß von Devereaux zu Boden gehen lassen, aber seine Position gehalten; gegen Ende der ersten Halbzeit rutschte ihm ein anderer Schuß durch die Finger, aber er holte den Ball vom Boden und ging, an dem Schlußmann vorbeischlüpfend, zwölf Yards zurück. In der Halbzeitpause sagte er Roper, es wollte ihm nicht gelingen, richtig unter den Ball zu kommen, aber man behielt ihn im Spiel. Seine eigenen Schüsse trugen weit, und er spielte eine wichtige Rolle in der einzigen Verteidigungskombination, die hoffen konnte, Punkte zu machen.

Nach der ersten Spielphase hinkte er etwas, bewegte sich aber möglichst wenig umher, um die Tatsache nicht merken zu lassen. Doch ich verstand genug von Football, um zu sehen, wie er sich immer wieder hineinstürzte, mit dem ihm eigenen eher langsamen Start und dann mit einem raschen Seitenangriff, mit dem er seinen Gegner fast immer auffing. Nicht ein einziger Vorwärtspaß von Yale in seinem Revier kam an, doch gegen Ende des dritten Viertels verpaßte er wieder einen Ball – versuchte mit einer Rückwärtsdrehung darunter zu kommen, verlor den Ball und fing den Angriff gerade rechtzeitig auf der Fünf-Yard-Linie ab, um einen sicheren Punktverlust zu vermeiden. Das war das dritte Mal, und ich sah, wie Ed Kimball seine Decke abwarf und sich an der Seitenlinie warmzulaufen begann.

Genau an diesem Punkt begann sich das Blatt zu unseren Gunsten zu wenden. Aus einer Schußkombination heraus, mit Dolly als Schlußmann für hohe Pässe hinter unserem Tor, nahm Howard Bement, der nach dem ersten Viertel für Wash Sampson ins Spiel gekommen war, den Ball, schaffte ihn durch die Mitte der Linie, kam an den zweiten Verteidigern vorbei und rannte sechsundzwanzig Yards, ehe er gestoppt wurde. Mannschaftskapitän Tasker von Yale war mit einem verrenkten Knie ausgeschieden, und Princeton konnte den Ersatzmann mehrfach umspielen, von Bean Gile zu Hopman, wobei

George Spears und manchmal Bob Tatnall den Ball durchbrachten. Wir stießen auf die Vierzig-Yard-Linie von Yale vor, verpatzten den Ball und retteten ihn wieder bei Schluß des dritten Viertels. Eine Welle der Begeisterung durchlief die Zuschauerbänke von Princeton. Zum ersten Mal hatten wir den Ball in ihrer Hälfte beim ersten Down mit der Möglichkeit zum Ausgleich. Überall um einen konnte man die Spannung wachsen hören; sie zeigte sich in den aufgeregten Gesten der Anführer der Beifallskulisse und den zufälligen Lärminseln, die sich aus der Menge heraushoben, hier und da neue Stimmen an sich rissen und zu einem unartikulierten Gebrüll anschwollen.

Ich sah Kimball auf das Feld hinausrennen und sich beim Schiedsrichter melden, und ich dachte erleichtert, Dolly hätte es nun endlich hinter sich, aber es war Bob Tatnall, der japsend vom Platz kam und die Princeton-Partei zu Hochrufen von den Plätzen riß.

Mit dem ersten Spielzug brach ein Höllenlärm los und riß bis zum Ende des Spiels nicht mehr ab. Von Zeit zu Zeit verebbte er zu einem klagenden Summen; dann steigerte er sich wieder zu der Intensität eines Gewittersturms und echote in der Dämmerung von einer Seite des Stadions zur anderen, nicht unähnlich der Agonie verdammter Seelen, die frei im Raum über einem Abgrund schweben.

Die Mannschaften formierten sich auf der Einundvierzig-Yard-Linie von Yale, und Spears entwischte und machte sechs Yards gut. Wieder trug er den Ball – ein etwas ungehobelter Südstaatler und nicht sehr beliebt, aber mit lichten Momenten – durch dieselbe Lücke und gewann fünf weitere Yards und ein erstes Down. Dolly schaffte noch zwei und Spears wurde in der Mitte gestoppt. Es war das dritte Down, der Ball auf der Neunundzwanzig-Yard-Linie, und es fehlten noch acht Yards.

Hinter mir war einige Verwirrung, ein Gestoße und ein paar Stimmen; einem Mann war schlecht oder er war ohnmächtig geworden – wer, konnte ich nicht entdecken. Für eine Minute war mir die Sicht durch aufspringende Leute versperrt, und dann geriet alles außer Rand und Band. Ersatzspieler sprangen hinunter und auf dem Spielfeld herum, ihre Decken schwingend, und die Luft war voll fliegender Hüte, Kissen, Mäntel und ohrenbetäubendem Geschrei. Dolly Harlan, der in seiner ganzen Princeton-Karriere kaum ein dutzendmal mit dem Ball vorgestürmt war, hatte einen langen Paß von Kimball aus der Luft gefangen und kämpfte sich, einen Angreifer mitschleppend, fünf Yards vorwärts auf das Tor von Yale zu.

VI

Kurze Zeit danach war das Spiel vorbei. Es gab noch einen bangen Moment, als Yale zu einem neuen Angriff ansetzte, aber er wurde nicht gewertet, und Bob Tatnalls Elf hatte eine mittelmäßige Saison dadurch gerettet, daß sie gegen eine bessere Yale-Mannschaft remisierte. Wir fühlten uns durchaus als Sieger, freuten uns, wenn auch ohne lauten Jubel, und die Gesichter der Yale-Leute beim Verlassen des Stadions wirkten niedergeschlagen. Es würde schließlich doch ein gutes Jahr sein – ein guter Kampf zuguterletzt als Überlieferung für die Mannschaft des nächsten Jahres. Unsere Klasse – jedenfalls die, denen etwas daran lag – würde ohne den Nachgeschmack einer

Niederlage von Princeton scheiden. Das Symbol – so wie die Dinge lagen – stand unerschüttert; die Banner wehten stolz im Wind. Ist das kindisch? Dann findet uns etwas anderes, um die Siegernische auszufüllen.

Ich wartete vor den Garderoben auf Dolly, bis fast alle anderen herausgekommen waren; dann, als er immer noch nicht erschien, ging ich hinein. Jemand hatte ihm einen kleinen Brandy gegeben, und da er nie viel trank, war ihm etwas schwindlig.

»Nimm dir einen Stuhl, Jeff.« Er lächelte strahlend und glücklich. »Rubber! Tony! Besorgt für den hohen Gast einen Sessel. Er ist n Intellektueller und will einen dieser dickschädeligen Footballer interviewen. Tony, dies ist Mr. Deering. Es gibt alles in diesem komischen Stadion, nur keine Armsessel. Ich liebe dieses Stadion. Ich werde mich hier häuslich niederlassen.«

Er verstummte, dachte beglückt an alles mögliche. Er war zufrieden. Ich überredete ihn, sich anzuziehen – wir wurden draußen erwartet. Dann bestand er darauf, nochmal auf das jetzt dunkle Spielfeld hinauszugehen und den zerbröckelten Rasen unter seinem Schuh zu fühlen.

Er nahm ein Stück Rasen von einer Krampe und ließ es zu Boden fallen, blickte eine Minute versonnen und wandte sich dann ab.

Mit Tad Davis, Daisy Cary und einem anderen Mädchen fuhren wir nach New York. Er saß neben Daisy und war albern, charmant und liebenswert. Zum ersten Mal, seit ich ihn kannte, sprach er ganz ungezwungen über das Spiel, sogar mit einem Schuß Selbstgefälligkeit.

»Zwei Jahre lang war ich recht gut und wurde immer am Schluß der Sportkolumne als einer der Aktiven erwähnt. In diesem Jahr kickte ich dreimal den Ball aus der Luft und verzögerte jeden Spielzug, bis Bob Tatnall mir ständig zurief, ›Ich verstehe nicht, warum man dich nicht rausstellt!‹ Aber ein Paß, der nicht einmal für mich berechnet war, landete in meinen Armen, und so werde ich morgen in den Schlagzeilen stehen.«

Er lachte. Jemand stieß an seinen Fuß; er zuckte zusammen und wurde blaß.

»Wie haben Sie ihn verletzt?« fragte Daisy. »Beim Football?«

»Es passierte im vorigen Sommer«, sagte er kurz.

»Es muß furchbar gewesen sein, damit zu spielen.«

»Allerdings.«

»Wahrscheinlich mußten Sie.«

»Ja, das kommt auch vor.«

Die beiden verstanden einander. Beide waren Schwerarbeiter; krank oder gesund, es gab auch für Daisy Dinge, die sie einfach tun mußte. Sie sprach davon, wie sie im vorigen Winter in Hollywood bei scheußlicher Kälte in eine Lagune hatte stürzen müssen.

»Sechs Mal – und das mit neununddreißig Grad Fieber. Aber die Produktion kostete zehntausend Dollar pro Tag.«

»Konnten sie kein Double einsetzen?«

»Das taten sie, wann immer es ging – ich wurde nur geholt, wenn es wirklich nötig war.«

Sie war achtzehn, und ich verglich ihr Ambiente von Mut, Unabhängigkeit und Leistung, von guten Manieren, die auf den Erfahrungen der Gemeinschaftsarbeit beruhen, mit dem der meisten Mädchen aus der Gesellschaft, die ich gekannt hatte. Da gab es nichts, worin sie denen nicht unendlich überlegen wäre – wenn sie nur einen

Moment zu mir hingesehen hätte –, aber es waren Dollys polierte Samtaugen, die ihren Blick fingen.

»Können Sie nicht heute abend mit mir ausgehen?« hörte ich sie fragen.

Er bedauerte, aber er mußte es ausschlagen. Vienna war in New York; sie war mit ihm verabredet. Ich wußte nicht, und Dolly auch nicht, ob es sich dabei um eine Aussöhnung oder um einen Abschied handeln würde.

Als sie Dolly und mich beim Ritz absetzte, stand wirkliches und nachhaltiges Bedauern in ihrer beider Augen.

»Das ist mal ein wunderbares Mädchen«, sagte Dolly. Ich stimmte ihm bei. »Ich gehe jetzt rauf zu Vienna. Willst du einen Raum im Madison für uns reservieren lassen?«

So verließ ich ihn. Was zwischen ihm und Vienna vorgegangen ist, weiß ich nicht; er hat bis auf den heutigen Tag nie darüber gesprochen. Aber was sich später an diesem Abend ereignete, ist mir durch mehrere verwunderte oder sogar indignierte Zeugen des Geschehens zur Kenntnis gebracht worden.

Dolly ging gegen zehn Uhr ins Ambassador Hotel und geradewegs zur Reception, um Miss Carys Zimmernummer zu erfragen. Das Pult war von einer kleinen Menschenmenge umstanden, darunter ein paar Princeton- oder Yale-Studenten, die von dem Spiel kamen. Mehrere von ihnen hatten schon gefeiert, und einer, der offenbar Daisy kannte, hatte versucht, ihr Zimmer per Telefon zu erreichen. Dolly war zerstreut und hatte sich anscheinend etwas grob seinen Weg durch die Gruppe gebahnt und eine Verbindung mit Miss Cary verlangt.

Einer der jungen Leute trat einen Schritt zurück, sah ihn

mißfällig an und sagte: »Sie scheinen es sehr eilig zu haben. Wer sind Sie denn überhaupt?«

Es trat eine jener kleinen Schweigepausen ein, und alle in der Nähe der Reception wandten sich nach ihm um. In Dollys Innerem ging irgend etwas vor; ihm war, als hätte das Leben es für ihn so arrangiert, daß diese besondere Frage möglich wurde – eine Frage, die zu beantworten ihm keine Wahl blieb. Immer noch war Stille. Die kleine Gruppe verhielt sich abwartend.

»Wieso, ich bin Dolly Harlan«, sagte er ganz bewußt. »Was haltet ihr davon?«

Es war schon empörend. Es gab eine kleine Pause und dann plötzlich aufgeregte Stimmen im Chor: »Dolly Harlan! Was? Was hat er gesagt?«

Der Mann an der Reception hatte den Namen gehört; er gab ihn weiter, als sich Miss Carys Zimmer am Telefon meldete.

»Mr. Harlan, bitte gleich nach oben.«

Dolly wandte sich ab, allein mit seiner vollbrachten Leistung, die nun wieder ganz ihm gehörte. Er spürte plötzlich, daß sie ihm nicht lange so innig gehören würde; das Gedächtnis daran würde den Triumph überleben und selbst der Triumph würde die Glut in seinem Herzen überdauern, die das Beste von allem war. Groß und aufrecht, ganz der stolze Sieger, schritt er durch die Hotelhalle, gleicherweise blind für das vor ihm liegende Schicksal wie für das kleine Gerede, das er hinter sich ließ.

Die Skandaldetektive

I

Es war ein heißer Mainachmittag, und Mrs. Buckner dachte, ein Krug mit Fruchtlimonade könnte die Jungen vielleicht davon abhalten, sich im Drugstore den Bauch mit Eis vollzuschlagen. Sie gehörte jener inzwischen in den Ruhestand getretenen Generation an, die von der großen Revolution im amerikanischen Familienleben heimgesucht werden sollte; aber damals glaubte sie noch, daß ihre Kinder ein ähnliches Verhältnis zu ihr hätten, wie sie es einst zu ihren Eltern gehabt hatte, obwohl das mehr als zwanzig Jahre zurücklag.

Manche Generationen sind den auf sie folgenden nahe; zwischen anderen ist die Kluft ungeheuer und unüberbrückbar. Mrs. Buckner – eine Frau von Charakter, ein Mitglied der Gesellschaft in einer großen Stadt des Mittelwestens – durchmaß einen Abstand von hundert Jahren, als sie einen Krug voll Fruchtlimonade durch den großen Garten hinter ihrem Hause trug. Mrs. Buckners Urgroßmutter hätte ihre Gedanken verstanden; was dagegen gerade jetzt in einer Kammer über dem Stall geschah, wäre für beide vollkommen unverständlich gewesen. Dort, wo früher der Kutscher geschlafen hatte, benahmen sich ihr Sohn und einer seiner Freunde nicht wie normale Menschen, sondern sie experimentierten sozusagen ins Leere. Sie kombinierten versuchsweise zum ersten Mal die Ideen und Materialien, die sie parat hatten – Ideen, die in späteren Jahren sich zuerst deutlich herauskristallisieren, dann Aufsehen erregen und schließlich alltäglich werden sollten. In dem Augenblick, als Mrs. Buckner zu ihnen hochrief, saßen sie in entwaffnender Schweigsamkeit auf den noch nicht ausgebrüteten Eiern der Mitte des zwanzigsten Jahrhunderts.

Riply Buckner kletterte die Leiter hinunter und nahm die Fruchtlimonade entgegen. Basil Duke Lee blickte geistesabwesend auf diesen Vorgang herab und sagte: »Vielen Dank, Mrs. Buckner.«

»Ist es nicht zu heiß da oben?«

»Nein, Mrs. Buckner. Es ist prima.«

Die Luft war zum Ersticken, aber die Hitze kam ihnen kaum zum Bewußtsein, und sie tranken jeder zwei große Gläser von der Limonade, ohne zu wissen, daß sie durstig waren. Unter einer ausgesägten Falltür lag ein in rotes kunstledergebundenes dickes Aufsatzheft versteckt, das laufend einen großen Teil ihrer Aufmerksamkeit beanspruchte und das sie sogleich wieder hervorzogen. Auf seiner ersten Seite stand, wenn man hinter das Geheimnis der Zitronensafttinte gekommen war: »DAS SKANDAL-BUCH, verfaßt von Riply Buckner jun. und Basil D. Lee, den Skandaldetektiven.«

In diesem Buch hatten sie alle Abweichungen ihrer Mitbürger vom rechten Wege festgehalten, die ihnen zu Ohren gekommen waren; unter anderem auch Fehltritte von ergrauten Männern. Geschichten dieser Art waren in der Stadt Tradition geworden und lebten nun dank indiskreter Wiederausgrabungen an Familienmittagstischen in dem Skandalbuch fort. Dann gab es die aufregenderen Sünden, die – unbestritten oder nur Gerüchten zufolge –

Jungen und Mädchen ihres eigenen Alters begangen hatten. Einige dieser Eintragungen hätten Erwachsene mit Bestürzung gelesen, andere hätten vielleicht ihren Zorn erregt, und es lagen drei oder vier Berichte aus der unmittelbaren Gegenwart vor, welche die Eltern der betreffenden Kinder schier umgeworfen hätten vor Entsetzen und Verzweiflung.

Eine der mildesten Eintragungen, eine Sache, die sie nur zögernd niedergeschrieben hatten, obwohl sie ihnen erst letztes Jahr einen Schock versetzt hatte, lautete: »Elwood Leaming war drei- oder viermal im ›Star‹ im Variété.«

Eine andere Eintragung, die ihnen wegen ihrer Einzigartigkeit vielleicht die liebste von allen war, konstatierte, daß »H. P. Cramner im Osten einen Diebstahl begangen hat, für den man ihn hätte einsperren können, und deshalb hierherkommen mußte«. H. P. Cramner war jetzt einer der ältesten und vermögendsten Bürger der Stadt.

Der einzige Mangel des Buches war, daß man sich nur mit Hilfe der Phantasie daran erfreuen konnte, denn die unsichtbare Tinte mußte ihre Geheimnisse bis zu dem Tag bewahren, an dem die Seiten dicht an ein Feuer gehalten und die Eintragungen sichtbar wurden. Genaue Prüfung war erforderlich, um festzustellen, welche Seiten schon beschrieben waren – denn eine ziemlich schwerwiegende Beschuldigung gegen ein gewisses Pärchen hatte bereits die düsteren Tatsachen überdeckt, daß Mrs. R. B. Cary Lungenentzündung hatte und daß ihr Sohn Walter Cary von der Pawling-Schule geflogen war. Der Zweck dieses ganzen Werks war keineswegs Erpressung. Es wurde für den Zeitpunkt aufbewahrt, an dem die in ihm vorkommenden Personen Basil und Riply »irgendwas antun« würden. Sein Vorhandensein gab ihnen ein Gefühl der

Macht. Basil zum Beispiel hatte Mr. H. P. Cramner noch nie auch nur eine einzige drohende Geste in seine, Basils, Richtung machen sehen, aber sollte er auch nur andeutungsweise verlauten lassen, daß er vorhabe, Basil etwas anzutun, dann bewahrte man hier den Bericht über seine Vergangenheit als Waffe gegen ihn auf.

Aus Gründen der Fairness muß gesagt werden, daß das Buch an dieser Stelle bereits gänzlich aus unserer Geschichte verschwindet. Jahre später entdeckte es ein Hausmeister unter der Falltür, und da es offenbar unbenutzt war, gab er es seiner kleinen Tochter. So wurden die Missetaten von Elwood Leaming und H. P. Cramner schließlich für alle Zeiten unter einer schönen Abschrift von Lincolns Rede in Gettysburg begraben.

Das Buch war Basils Idee. Er war der Phantasievollere und in vieler Hinsicht der Stärkere von beiden. Er war vierzehn, hatte leuchtende Augen und braunes Haar, war bis jetzt noch ziemlich klein für sein Alter und in der Schule aufgeweckt und faul. Seine literarische Lieblingsgestalt war Arsène Lupin, der Gentleman-Einbrecher, ein romantisches Phänomen, das erst kürzlich aus Europa importiert worden war und in den gelangweilten ersten Jahrzehnten des Jahrhunderts sehr bewundert wurde.

Riply Buckner, ebenfalls in kurzen Hosen, steuerte zu dieser Partnerschaft eine atemlose praktische Umsicht bei. Sein Intellekt bediente Basils Erfindungen wie ein Stechschloß, und kein Plan war zu phantastisch für sein promptes »Das machen wir!« Seit die dritte Baseballmannschaft ihrer Schule, in der sie »Pitcher« und »Catcher« gewesen waren, nach einer unglücklichen Spielzeit im April eingegangen war, hatten sie ihre Nachmittage mit Versuchen verbracht, eine Lebensweise zu entwickeln, die den in ihnen gärenden geheimnisvollen Kräften entsprechen sollte. In dem Versteck unter der Falltür lagen ein paar Schlapphüte und einige große buntbedruckte Taschentücher, einige beschwerte Würfel, eine Handschelle, eine Strickleiter aus dünner Häkelseide für eilige Rückzüge durch Hinterfenster auf die Straße und ein Schminkkasten, der zwei alte Theaterperücken und Krepphaar in verschiedenen Farben enthielt – all das würde man brauchen, wenn die Entscheidung fiel, welche illegalen Unternehmungen durchgeführt werden sollten.

Als sie die Limonade ausgetrunken hatten, zündeten sie sich jeder eine Home Run an und hatten eine sporadische Unterhaltung, in der Verbrechen, Profi-Baseball, Sex und die Aktiengesellschaft in ihrer Wohngegend behandelt wurden. Sie unterbrachen dieses Gespräch, als sie auf dem am Haus vorbeiführenden Heckenweg Schritte und wohlbekannte Stimmen vernahmen.

Vom Fenster aus inspizierten sie die Lage. Die Stimmen gehörten Margaret Torrence, Imogene Bissel und Connie Davies, die aus dem Garten hinter Imogenes Haus kamen und zu Connies Garten am andern Ende gingen. Die jungen Damen waren dreizehn, zwölf und dreizehn Jahre alt; sie wähnten sich allein, denn im Takt ihrer Schritte lieferten sie flüsternd und kichernd eine ziemlich kühne Schlagerparodie und hoben beim Refrain die Stimme: »Ach, meine liiiiieb-ste Clemen-tine.«

Basil und Riply beugten sich zusammen aus dem Fenster, dann fiel ihnen ein, daß sie in Unterhemden waren, und sie versanken hinter dem Fensterbrett.

»Wir haben euch gehört!« riefen sie wie aus einem Munde.

Die Mädchen blieben stehen und lachten. Margaret

Torrence kaute übertrieben auffällig, um zu zeigen, daß sie Kaugummi im Munde hatte, und zwar Kaugummi zu einem bestimmten Zweck. Basil begriff sofort.

»Wo denn?« fragte er.

»Drüben bei Imogene.«

Sie hatten sich über Mrs. Bissels Zigaretten hergemacht. Die fröhliche Unbekümmertheit, die sie zur Schau trugen, interessierte und erregte die beiden Jungen, und sie dehnten die Unterhaltung aus. Connie Davies war Riplys Tanzstundendame gewesen; Margaret Torrence hatte in Basils jüngster Vergangenheit eine Rolle gespielt; Imogene Bissel hatte ein Jahr in Europa verbracht und war vor kurzem zurückgekehrt. Im letzten Monat hatten weder Basil noch Riply Gedanken an Mädchen verschwendet, und so mit frischer Kraft erfüllt, wurde ihnen jetzt bewußt, daß sich der Mittelpunkt der Welt plötzlich aus ihrem Schlupfwinkel zu der kleinen Gruppe draußen verlagert hatte.

»Kommt rauf«, schlugen sie vor.

»Nein, kommt raus. Kommt runter in den Garten der Whartons.«

»Na gut.«

Die beiden Jungen fegten hinaus – fast hätten sie vergessen, das Skandalbuch und die Schachtel mit den Verkleidungsutensilien wegzupacken –, stiegen auf ihre Räder und fuhren den Heckenweg hin.

Die Kinder der Whartons waren schon lange erwachsen, aber ihr Garten war noch immer einer jener auserwählten Orte, wo sich das junge Volk am Nachmittag gern traf. Der Garten hatte viele Vorteile. Er war groß, an beiden Seiten offen zu anderen Gärten hin, und man konnte von der Straße aus auf Rollschuhen oder Rädern hineinfahren. Dort gab es eine alte Wippe, eine Schaukel und ein paar Ringe, aber er war auch schon ohne diese Dinge ein Platz für heimliche Zusammenkünfte gewesen, denn er hatte etwas Reizvolles – etwas, was junge Leute veranlaßte, unentwirrbar ineinander verschlungen auf unbequemen Stufen zu kauern und die Häuser ihrer Freunde zu verlassen, um sich auf dem obskuren Grundstück von »Leuten, die keiner kennt« zu einer Herde zusammenzuschließen. Der Garten der Whartons war eine herrliche Angelegenheit; den ganzen Tag über herrschte dort dichter Schatten, stets blühte gerade irgend etwas, und es gab geduldige Hunde und kahle braune Stellen, die von zahllosen kurvenden Rädern und schlurfenden Füßen herrührten. Am Fuße des knapp siebzig Meter entfernten steil aufragenden Berges lebten in Armut und Niedrigkeit die »Micks« – sie hatten den Namen nur geerbt, denn es waren nicht Iren, sondern größtenteils Skandinavier –, und wenn anderer Zeitvertreib seinen Reiz verloren hatte, genügten ein paar Schreie, damit eine Horde »Micks« den Berg hinaufkletterte, der man die Stirn bot, wenn das Zahlenverhältnis günstig war, und vor der man in nahegelegene Häuser floh, wenn sich die Dinge ungünstig entwickelten.

Es war fünf Uhr, und im Garten der Whartons hatte sich eine kleine Schar versammelt, um jene sanfte, romantische Zeit vor dem Abendessen zu genießen – eine Zeit, die nur von der kurzen Spanne der sommerlichen Abenddämmerung danach übertroffen wird. Basil und Riply fuhren lässig auf ihren Rädern im Kreis herum und zwischen Bäumen hindurch, hielten ab und zu an, stützten sich mit einer Hand auf irgendeine Schulter, beschatteten mit der anderen die Augen vor dem Glanz der späten

Sonne, die, wie die Jugend selber, zu stark ist, als daß man ihr direkt ins Antlitz sehen könnte, und deren Kraft gedämpft werden muß, bis sie erlischt.

Basil fuhr zu Imogene Bissel hinüber und balancierte vor ihr träge auf seinem Rad. Etwas in seinem Gesicht mußte sie angezogen haben, denn sie sah zu ihm hoch, sah ihn richtig an und verzog langsam den Mund zu einem Lächeln. In ein paar Jahren würde sie eine Schönheit sein, der strahlende Mittelpunkt vieler Bälle. Jetzt gaben ihre großen braunen Augen, ihr großer, schöngeformter Mund und die tiefe Röte auf den zarten Backenknochen ihrem Gesicht etwas Gnomenhaftes, und das stieß diejenigen ab, die fanden, ein Kind müsse wie ein Kind aussehen. Einen Moment lang wurde Basil ein Blick in die Zukunft gewährt; der Zauber ihrer Lebenskraft überwältigte ihn plötzlich. Zum ersten Mal in seinem Leben begriff er ein Mädchen ganz und gar als etwas ihm Entgegengesetztes und ihn Ergänzendes, und er empfand einen warmen Schauer der Freude, gemischt mit Schmerz. Es war eine bestimmte Erfahrung, die sein Bewußtsein sofort registrierte. Der Sommernachmittag verlor sich plötzlich in Imogene Bissel – die weiche Luft, die schattigen Hecken und die Blumenbeete, das orangefarbene Sonnenlicht, das Gelächter und die Stimmen, das Klaviergeklimper auf der anderen Straßenseite – das unbestimmte Etwas schwand aus all diesen Dingen und ging ein in Imogenes Gesicht, als sie dasaß und mit einem Lächeln zu ihm aufblickte.

Einen Augenblick lang war er überwältigt. Er ließ es vorübergehen, unfähig, es auszunutzen, bevor er es nicht für sich verarbeitet hatte. Er fuhr schnell mit seinem Fahrrad im Kreis herum und glitt dicht an Imogene vorbei, ohne sie anzusehen. Als er nach einer Weile zurückkam und fragte, ob er mit ihr zusammen nach Hause gehen könnte, hatte sie den Augenblick vergessen, wenn es ihn überhaupt je für sie gegeben hatte, und war beinahe überrascht. Sie gingen die Straße entlang; Basil schob neben ihr sein Fahrrad.

»Kannst du heute abend wieder herkommen?« fragte er gespannt. »Wahrscheinlich wird ganz schön was los sein in Whartons Garten.«

»Ich werde Mutter fragen.«

»Ich ruf dich an. Wenn du nicht da bist, habe ich keine Lust hinzugehen.«

»Warum nicht?« Wieder lächelte sie ihn an, ermutigend.

»Weil ich keine Lust habe.«

»Aber warum hast du keine Lust?«

»Hör mal«, sagte er schnell, »welche Jungen kannst du besser leiden als mich?«

»Keinen. Ich mag dich und Hubert Blair am liebsten.«

Basil empfand keine Eifersucht, als dieser Name mit seinem gekoppelt wurde. Man konnte nichts tun als Hubert Blair philosophisch akzeptieren, wie es andere Jungen taten, wenn sie die Herzen anderer Mädchen sezierten.

»Ich kann dich besser leiden als alle andern«, sagte er verzückt.

Das Gewicht des rosa getüpfelten Himmels über ihm war unerträglich. Er stürmte vorwärts durch unbeschreiblich liebliche Luft, während warme Fluten in seinem Blut aufsprangen, die er, und mit ihnen sein ganzes Leben, wie einen Strom diesem Mädchen entgegenfließen ließ. Sie waren am Torweg neben ihrem Haus angelangt.

»Willst du nicht mit reinkommen, Basil?«

»Nein.« Er merkte sofort, daß das ein Fehler war, aber nun war es gesagt. Die unfaßbare Gegenwart war ihm entschlüpft. Doch er zögerte noch. »Möchtest du meinen Schulring haben?«

»Ja, wenn du ihn mir geben willst.«

»Ich gebe ihn dir heute abend.« Seine Stimme zitterte leicht, als er hinzusetzte: »Das heißt, ich werde ihn eintauschen.«

»Wogegen?«

»Gegen etwas.«

»Was?« Sie errötete; sie wußte es.

»Du weißt es. Wirst du tauschen?«

Imogene blickte sich unsicher um. In der honigsüßen Stille, die die Veranda umgab, hielt Basil den Atem an.

»Du bist schrecklich«, flüsterte sie. »Vielleicht . . . Wiedersehen!«

II

Jetzt war die beste Stunde des Tages, und Basil war wahnsinnig glücklich. Diesen Sommer würde er mit seiner Mutter und der Schwester an die Seen fahren, und im Herbst kam er fort in die neue Schule. Dann würde er nach Yale gehen und ein großer Sportsmann werden, und danach – wenn seine beiden Träume sich chronologisch aneinandergefügt hätten, statt beide für sich nebeneinander zu bestehen – würde er endlich ein Gentleman-Einbrecher werden. Alles war herrlich. Er hatte über soviel verlockende Dinge nachzudenken, daß ihm abends das Einschlafen schwerfiel.

Daß er jetzt nach Imogene Bissel verrückt war, bedeutete keine Ablenkung, sondern noch eine weitere feine Sache. Bis jetzt empfand er noch keine Bitterkeit, nur eine herrliche dynamische Erregung, die ihn durch die Dämmerung des Maitages dem Garten der Whartons entgegentrug.

Er hatte seine Lieblingssachen an – weiße Segeltuch-knickerbocker, ein Pfeffer-und-Salz-Norfolk-Jackett, einen Belmont-Kragen und einen grauen gestrickten Schlips. Er sah hübsch aus mit seinem angefeuchteten, glänzenden braunen Haar, als er den vertrauten, noch nicht wieder verzauberten Rasen betrat und sich in der hereinbrechenden Dunkelheit den Stimmen zugesellte. Es waren drei oder vier Mädchen aus der Nachbarschaft da und beinahe doppelt so viele Jungen; und eine ein wenig ältere Gruppe, die auf der Veranda an der Seitenfront im Lampenschein einen warmen, undeutlichen Kristallisationspunkt bildete, sandte ab und zu geheimnisvolles leises Lachen in die bereits überladene Nacht.

Basil ging von einer schemenhaften Gruppe zur anderen und vergewisserte sich, daß Imogene noch nicht da war. Als er Margaret Torrence entdeckte, zog er sie beiseite und fragte wie beiläufig: »Hast du eigentlich noch meinen alten Ring?«

Das ganze Jahr über war Margaret seine Tanzstunden-dame gewesen, was noch mit dem Kotillon besiegelt worden war, den er zum Abschluß der Saison mit ihr getanzt hatte. Die Affäre war zu Ende; dennoch war seine Frage undiplomatisch.

»Ich habe ihn irgendwo«, erwiderte Margaret gleichgültig. »Warum? Willst du ihn zurück?«

»Sozusagen.«

»Na gut. Ich wollte ihn ja sowieso nie haben. *Du* wolltest, daß ich ihn nehme, Basil. Ich gebe ihn dir morgen zurück.«

»Heute abend geht's nicht mehr, was?« Sein Herz machte einen Sprung, als er eine kleine Gestalt durch die hintere Gartentür hereinkommen sah. »Eigentlich hätte ich ihn ganz gern schon heute abend.«

»Aber natürlich, Basil.«

Sie lief über die Straße zu ihrem Haus, und Basil folgte ihr. Mr. und Mrs. Torrence saßen auf der Veranda, und während Margaret hinaufging, um den Ring zu holen, unterdrückte er seine Aufregung und Ungeduld und beantwortete die Fragen nach der Gesundheit seiner Eltern, die für junge Menschen so bedeutungslos sind. Plötzlich erstarrte er, seine Stimme versagte, und mit glasigen Augen starrte er wie gebannt auf das, was sich auf der anderen Straßenseite abspielte.

Von weit hinten sauste eine schnelle, fast fliegende Gestalt aus dem Schatten hervor und glitt in den Kreis des Lampenlichts vor dem Haus der Whartons. Die Gestalt flitzte hierhin und dorthin, zeichnete eine Reihe von geometrischen Mustern, ließ Funken sprühen, wenn die Rollschuhe mit dem Pflaster zusammenstießen, und glitt dann wieder wunderbar rückwärts, einen phantastischen Bogen beschreibend, ein Bein anmutig in die Luft gestreckt, bis die Jungen und Mädchen in Gruppen aus der Dunkelheit hervortraten und sich am Straßenrand drängten, um zuzusehen. Basil stöhnte leise auf, als ihm klar wurde, daß Hubert Blair ausgerechnet diesen Abend für sein Erscheinen gewählt hatte.

»Du sagst, ihr fahrt diesen Sommer an die Seen, Basil. Habt ihr einen Bungalow gemietet?«

Basil wurde nach einer Weile bewußt, daß Mr. Torrence diese Frage bereits zum dritten Mal stellte.

»Ja, Sir«, erwiderte er, ». . . ich wollte sagen, nein. Wir wohnen im Klub.«

»Das wird sicher sehr nett«, sagte Mrs. Torrence.

Auf der anderen Straßenseite sah er Imogene unter der Laterne stehen und vor ihr Hubert Blair, die flotte Mütze schräg über ein Ohr gezogen, einen engen Kreis um sie ziehend. Basil zuckte zusammen, als er Huberts vergnügtes Lachen hörte. Er bemerkte Margaret nicht, bis sie neben ihm stand und ihm seinen Ring wie einen schlechten Penny in die Hand drückte. Er murmelte Margarets Eltern ein gezwungenes, hohles »Auf Wiedersehen« zu und folgte ihr, schwach vor Furcht, über die Straße.

Im Schatten zurückbleibend, heftete er den Blick nicht auf Imogene, sondern auf Hubert Blair. Zweifellos hatte Hubert etwas Bestechendes an sich. In den Augen von Kindern unter fünfzehn ist die Form der Nase das wichtigste Schönheitsmerkmal. Eltern mögen ihre Aufmerksamkeit auf schöne Augen, glänzendes Haar oder großartige Farben richten, aber der Jugendliche sieht die Nase und ihre Stellung im Gesicht. Auf dem geschmeidigen, muskulösen Körper Hubert Blairs saß ein Kopf mit einem durchschnittlichen pausbäckigen Gesicht, und dieses Gesicht hatte die feingemeißelte Stupsnase eines Harrison-Fisher-Mädchens.

Er war von sich überzeugt; er war eine Persönlichkeit, unbeeinflußt von Zweifeln oder Stimmungen. Er ging nicht zur Tanzstunde – seine Eltern waren erst vor einem Jahr hergezogen–, aber er war bereits ein Mythos. Obgleich ihn die meisten Jungen nicht leiden konnten, bewunderten sie doch seine virtuosen sportlichen Fähigkeiten, und für die Mädchen hatte alles, was er tat, seine Scherze, ja selbst seine Gleichgültigkeit, eine schier unermeßliche Faszination. Bei früheren Anlässen hatte Basil das bereits entdeckt; nun begann die entmutigende Komödie noch einmal von vorn.

Hubert schnallte seine Rollschuhe ab, ließ einen Rollschuh an seinem Arm hinunterlaufen und fing ihn an dem Lederriemen auf, bevor er das Pflaster berührte; er stibitzte das Band aus Imogenes Haar und lief damit davon, schlüpfte unter ihren Armen hindurch, als sie ihn lachend und verzückt durch den Garten verfolgte. Er setzte einen Fuß schlenkernd hinter den andern und tat, als lehne er sich mit dem Ellbogen gegen einen Baum, traf absichtlich daneben und rettete sich mit Anmut vor dem Fall. Die Jungen sahen ihm zuerst abwartend zu, dann wurden auch sie plötzlich munter und vollführten Kunststücke und Tricks so schnell hintereinander, bis die Gruppe auf der Veranda die Hälse reckte ob dieser plötzlichen Welle von Aktivität, die da unten im Garten aufbrandete. Aber Hubert wandte seinem Erfolg kühl den Rücken. Er nahm Imogenes Hut und setzte ihn möglichst komisch auf. Imogene und die anderen Mädchen waren hingerissen.

Außerstande, diesen widerlichen Anblick noch länger zu ertragen, ging Basil auf die Gruppe zu und sagte in dem gleichgültigsten Ton, der ihm zu Gebote stand: »Hallo, Hube!«

Hubert erwiderte: »Hallo, alter – alter Basil Basilikum!« und setzte den Hut wieder anders auf, bis selbst Basil gegen seinen Willen laut herausplatzte.

»Basil Basilikum! Hallo, Basil Basilikum!« Der Ruf machte die Runde durch den Garten. Vorwurfsvoll hörte Basil Riplys Stimme aus den anderen Stimmen heraus.

»Hube der Bube!« konterte Basil schnell, aber seine schlechte Laune beeinträchtigte die Wirkung, obwohl veschiedene Jungen diesen Witz anerkennend wiederholten.

Schwermut befiel Basil, und im Dunkel der Dämmerung bekam Imogenes Gestalt einen neuen, ungreifbaren Zauber. Er war ein romantisch veranlagter Junge, und er hatte sie in seiner Phantasie bereits mit wundervollen Eigenschaften ausgestattet. Jetzt haßte er sie wegen ihrer Gleichgültigkeit, aber er mußte sich unsinnigerweise in ihrer Nähe halten, in der eitlen Hoffnung, den Pfennig der Ekstase wiederzufinden, den er am Nachmittag so leichtfertig ausgegeben hatte.

Mit lockender Munterkeit wandte er sich Margaret zu und versuchte sich mit ihr zu unterhalten, aber Margaret blieb einsilbig. In der Dunkelheit hatte bereits eine Stimme ein Kind ins Haus gerufen. Panik erfaßte ihn; die gesegnete Sommerabendstunde war beinahe vorüber. Als die Gruppe auseinanderwich, um Fußgänger durchzulassen, gelang es ihm, Imogene unversehens zur Seite zu ziehen.

»Ich habe ihn«, flüsterte er. »Hier ist er. Kann ich dich nach Hause bringen?«

Sie sah ihn zerstreut an. Ihre Hand schloß sich automatisch um den Ring.

»Was? Ach, ich habe schon Hubert versprochen, daß er mich nach Hause bringen kann.« Als sie sein Gesicht sah, riß sie sich aus ihrem Trancezustand und zwang sich zu einem unwilligen Ton. »Ich habe dich mit Margaret Torrence weggehen sehen, gerade als ich in den Garten kam.«

»Das stimmt nicht. Ich bin nur mitgegangen, weil ich den Ring haben wollte.«

»Doch, es stimmt! Ich habe dich gesehen!«

Ihre Augen wanderten zurück zu Hubert Blair. Er hatte seine Rollschuhe wieder angeschnallt und vollführte auf den Zehenspitzen kleine rhythmische Sprünge und Drehungen, wie ein Medizinmann, der einen afrikanischen Stamm langsam in Hypnose versenkt. Basils Stimme ertönte weiter, erklärend und argumentierend, aber Imogene ging davon. Hilflos folgte er ihr. Jetzt wurden andere Stimmen in der Dunkelheit laut, und von allen Seiten kamen unwillige Antworten.

»Ist gut, Mutter!«

»Ich bin in einer Sekunde da, Mama.«

»Mutter, kann ich nicht noch fünf Minuten bleiben?«

»Ich muß gehen«, rief Imogene. »Es ist fast neun.«

Sie winkte mit der Hand und lächelte Basil geistesabwesend zu, als sie losging, die Straße hinunter. Hubert tänzelte an ihrer Seite, machte Kunststücke, fuhr im Kreis um sie herum und lief vor ihr hinreißende kleine Figuren.

Erst nach einer Minute merkte Basil, daß eine andere junge Dame etwas zu ihm gesagt hatte.

»Was?« fragte er teilnahmslos.

»Hubert Blair ist der netteste Junge in der Stadt, und du bist der eingebildetste«, wiederholte Margaret Torrence im Brustton der Überzeugung.

Er starrte sie schmerzlich überrascht an. Margaret zog die Nase kraus und leistete den jetzt recht nachdrücklichen Aufforderungen Folge, die von der anderen Straßenseite herübertönten. Als Basil ihr wie betäubt nachstarrte und dann die Gestalten Imogenes und Huberts um die Ecke verschwinden sah, rollte langsam der Donner über den schwülen, tiefhängenden Himmel, und einen Augenblick später fiel ein einzelner Regentropfen durch die vom Lampenlicht erhellten Blätter und klatschte neben ihm auf den Bürgersteig. Der Tag sollte in Regen enden.

III

Das Unwetter kam schnell, und er war bis auf die Haut durchnäßt und rannte, bevor er sein Haus erreichte, das ein ganzes Stück entfernt lag. Aber der Wetterwechsel hatte sein Herz reingewaschen, und alle paar Schritte machte er einen Sprung, fing die Regentropfen mit dem Mund auf und schrie laut »Ju-u-u!«, als sei er selbst ein Teil der frischen, wilden Störung des Abends. Imogene war verschwunden, fortgewaschen wie der Staub des Tages auf dem Bürgersteig. Ihre Schönheit würde ihm bei besserem Wetter wieder in den Sinn kommen, aber hier im Gewitter war er mit sich allein. Ein Gefühl außergewöhnlicher Macht durchströmte ihn, und es hätte ihn nicht überrascht, wenn er mit einem seiner wilden Sprünge den Erdboden für immer unter sich gelassen hätte. Er war ein einsamer Wolf, allein und ungezähmt; ein Nachtbummler, dämonisch und frei. Erst als er bei seinem Haus anlangte, wandte er, nachdenklich und fast leidenschaftslos, seine Gefühle gegen Hubert Blair.

Er zog sich um und ging in Pyjama und Morgenmantel in die Küche hinunter, wo er einen frischgebackenen Schokoladenkuchen vorfand. Er aß ein Viertel davon und trank eine Flasche Milch fast vollständig aus. Seine Hochstimmung ebbte ab; er rief Riply Buckner an.

»Ich habe einen Plan«, sagte er.

»Wofür?«

»Wie man H. B mit den S. D. etwas tun kann.«

Riply verstand sofort, was er meinte. Hubert war so taktlos gewesen, an diesem Abend außer Miss Bissel auch noch andere Mädchen in seinen Bann zu ziehen.

»Wir müssen Bill Kampf mit dazunehmen«, sagte Basil.

»In Ordnung.«

»Wir treffen uns morgen in der Pause . . . Gute Nacht!«

IV

Vier Tage später, als Mr. und Mrs. George P. Blair gerade ihr Abendessen beendeten, wurde Hubert ans Telefon gerufen. Mrs. Blair benutzte seine Abwesenheit, um mit ihrem Mann über das zu sprechen, was sie den ganzen Tag lang beschäftigt hatte.

»George, diese Jungen, oder was immer sie sind, waren gestern abend wieder hier.«

Er runzelte die Stirn.

»Hast du sie gesehen?«

»Hilda hat sie gesehen. Fast wäre es ihr gelungen, einen festzuhalten. Weißt du, ich hatte ihr erzählt, daß sie letzten Dienstag eine Botschaft zurückgelassen haben – die, in der es hieß: ›Erste Warnung, S. D.‹ –, daher war sie schon auf ihr Erscheinen vorbereitet. Diesmal läuteten sie an der Hintertür, und sie war gerade beim Abwaschen. Wenn ihre Hände nicht so glitschig gewesen wären, hätte sie einen schnappen können, denn sie packte ihn, als er ihr einen Zettel geben wollte, aber ihre Hände waren voller Lauge, und so konnte er entschlüpfen.«

»Wie sah er denn aus?«

»Sie sagt, es könnte ein sehr kleiner Mann gewesen sein, aber eher noch ein Junge mit einer Maske. Er duckte sich wie ein Junge, sagt sie, und sie glaubt, daß er kurze Hosen anhatte. Die Botschaft war genau wie die andere. Sie lautete: ›Zweite Warnung, S. D.‹«

»Wenn du den Zettel noch hast, möchte ich ihn mir nach dem Essen gern ansehen.«

Hubert kam vom Telefon zurück. »Es war Imogene Bissel«, sagte er. »Sie will, daß ich hinkomme. Heute abend sind eine ganze Menge Jungs und Mädels dort.«

»Hubert«, fragte sein Vater, »kennst du einen Jungen mit den Initialen S. D.?«

»Nein, Sir.«

»Hast du wirklich nachgedacht?«

»Jaaa, bestimmt. Ich kannte mal einen Jungen, der hieß Sam Davis, aber ich habe ihn schon ein Jahr lang nicht mehr gesehen.«

»Wer war das?«

»Ach, ein Rowdy. Er ging mit mir in die 44. Schule.«

»Hatte er es auf dich abgesehen?«

»Ich glaube nicht.«

»Wer, glaubst du, könnte so etwas tun? Hat irgend jemand, den du kennst, es auf dich abgesehen?«

»Ich weiß nicht, Papa, ich glaube nicht.«

»Mir gefällt die Sache nicht«, sagte Mr. Blair nachdenklich. »Natürlich können es einfach irgendwelche Jungen sein, aber es könnte auch sein . . .«

Er verstummte. Später studierte er die Botschaft. Die Buchstaben waren rot, und an einer Ecke prangten ein Totenschädel und zwei gekreuzte Knochen, aber da alles gedruckt war, konnte er daraus nichts ersehen.

Inzwischen küßte Hubert seine Mutter, setzte sich die

Mütze flott aufs Ohr und trat durch die Küche auf die hintere Veranda hinaus, um wie gewöhnlich das kurze Stück den Heckenweg hinunterzugehen. Es war eine helle Mondnacht, und er blieb einen Augenblick auf der Veranda stehen, um seine Schnürsenkel neu zu binden. Wenn er geahnt hätte, daß der Telefonanruf eben eine Falle gewesen, daß er nicht aus Imogene Bissels Haus gekommen, daß es auch keine Mädchenstimme gewesen war und daß schattenhafte und groteske Gestalten auf dem Heckenweg unmittelbar vor dem Gartentor lauerten, wäre er nicht so anmutig und geschmeidig mit den Händen in den Hosentaschen die Treppe hinuntergesprungen und hätte nicht den ersten Takt vom »Grizzlybär« in den anscheinend so freundlichen Abend gepfiffen.

Sein Pfeifen rief auf dem Heckenweg unterschiedliche Gefühle hervor. Basils kühne und erfolgreiche Falsettimitation durchs Telefon war etwas zu früh erfolgt; und obwohl die Skandaldetektive sich beeilt hatten, waren ihre Vorbereitungen noch nicht ganz abgeschlossen. Sie waren getrennt worden. Basil, aufgemacht wie ein Pflanzer des Südens vom alten Schlage, war genau vor dem Gartentor der Blairs; Bill Kampf mit einem langen Balkanschnurrbart, der durch einen Draht an seiner unteren Nasenpartie befestigt war, näherte sich im Schatten des Zaunes; aber Riply Buckner, der einen Rabbinervollbart trug, wurde durch ein Stück Seil, das er aufzuwickeln versuchte, im Laufen gehindert und war immer noch etwa dreißig Meter entfernt. Das Seil war ein wesentlicher Teil ihres Planes, denn nach langem Nachdenken hatten sie entschieden, was sie mit Hubert Blair tun wollten. Sie wollten ihn binden, knebeln und in seine eigene Mülltonne stecken.

Zuerst entsetzte sie die Idee – sein Anzug wäre ruiniert,

er wäre gräßlich schmutzig und er könnte ersticken. Tatsächlich trug die Mülltonne, Symbol alles Ekelhaften, den Sieg nur deshalb davon, weil alles andere sich daneben langweilig ausnahm. Sie schoben alle Einwände beiseite – der Anzug konnte gereinigt werden, Hubert gehörte ohnehin in eine Mülltonne, und wenn sie den Deckel nicht drauftaten, konnte er auch nicht ersticken. Um in dieser Hinsicht ganz sicherzugehen, hatten sie die Mülltonne der Buckners inspiziert, fasziniert hineingestarrt und sich Hubert zwischen den Rinden und Eierschalen vorgestellt. Dann schlugen sich zumindest zwei von ihnen diesen Teil des Plans entschlossen aus dem Sinn und konzentrierten sich darauf, Hubert auf den Heckenweg zu locken und ihn dort zu überwältigen.

Huberts fröhliches Pfeifen traf sie unvorbereitet, und alle drei standen nun mäuschenstill da, ohne sich miteinander verständigen zu können. Basil durchzuckte der Gedanke, daß, wenn er Hubert packte, ohne daß Riply zur Hand war, um ihm wie ausgemacht den Knebel in den Mund zu stopfen, Huberts Schreie jene riesenhafte Köchin in der Küche alarmieren könnten, die ihn am Abend zuvor beinahe gefaßt hätte. Bei diesem Gedanken wurde er schwankend. Genau in dem Augenblick öffnete Hubert das Tor und trat auf den Heckenweg hinaus.

Die zwei standen keine zwei Meter auseinander und starrten einander an, und ganz plötzlich machte Basil eine verblüffende Entdeckung. Er entdeckte, daß er Hubert Blair gern mochte – daß er ihn so gern mochte wie kaum einen andern Jungen, den er kannte. Er hatte absolut kein Verlangen, Hand an Hubert Blair zu legen und ihn mitsamt seiner flotten Mütze und allem übrigen Zubehör in eine Mülltonne zu stopfen. Er hätte gekämpft, um das zu verhindern. Da sein Inneres, zutiefst erschüttert durch die Lage, in der er sich befand, diesen unbequemen Gedanken weiter Nahrung gab, machte er kehrt und stürmte aus dem Heckenweg hinaus auf die Straße.

Einen Moment lang hatte die Erscheinung Hubert erschreckt, aber als sie sich umdrehte und davonlief, faßte er Mut und jagte hinterher. Da der Vorsprung des anderen zu groß war, beschloß er nach fünfzig Metern, die Verfolgung aufzugeben, kehrte zum Heckenweg zurück und begann recht übereilt auf das andere Ende zuzulaufen – da sah er sich einem zweiten kleinen, haarigen Fremden gegenüber.

Bill Kampf, der unkomplizierter geschaffen war als Basil, quälten keinerlei Skrupel. Es war beschlossen worden, Hubert in die Mülltonne zu stecken, und obwohl Bill überhaupt nichts gegen Hubert hatte, hatte doch diese Idee ein Muster in sein Hirn gezeichnet, dem er zu folgen beabsichtigte. Er war ein natürlicher Mann – das heißt, ein Jäger –, und sobald etwas wie eine Beute aussah, würde er es ohne Gewissensbisse verfolgen, bis es den Kampf aufgab.

Aber er war Zeuge von Basils unerklärlicher Flucht gewesen, und da er annahm, daß Huberts Vater erschienen und jetzt dicht hinter ihm sei, machte er ebenfalls kehrt und raste den Heckenweg entlang. Gleich darauf stieß er auf Riply Buckner, der sich ihm begeistert anschloß, ohne sich die Zeit zu nehmen, nach dem Grund seines Rückzugs zu fragen. Wieder ließ sich Hubert dazu verleiten, sie ein Stück weit zu verfolgen; dann beschloß er ein für allemal, es bleibenzulassen, und kehrte auf kürzestem Wege nach Hause zurück.

Inzwischen hatte Basil entdeckt, daß er nicht verfolgt

wurde, und schlich, sich im Schatten haltend, zum Hek-
kenweg zurück. Er hatte keine Angst – er war einfach
handlungsunfähig gewesen. Der Heckenweg war leer;
weder Bill noch Riply waren in Sicht. Er sah, wie Mr. Blair
zum Gartentor kam, es öffnete, nach links und nach rechts
spähte und wieder ins Haus zurückging. Er schlich näher
heran. Aus der Küche kam Stimmengewirr – Huberts
Stimme laut und prahlerisch, Mrs. Blairs Stimme angst-
voll, und heitere Lachsalven der beiden schwedischen
Dienstmädchen. Dann hörte er durch ein offenes Fenster
Mr. Blair sagen:

»Ich möchte den Polizeichef sprechen . . . Chef, hier
spricht George P. Blair . . . Chef, hier in der Nähe ist eine
Rowdybande, die . . .«

Wie ein Blitz sauste Basil davon und zerrte im Laufen an
seinem Konföderiertenbart.

V

Imogene Bissel, gerade dreizehn geworden, war abendli-
che Besucher nicht gewöhnt. Sie verbrachte einen lang-
weiligen und einsamen Abend damit, die monatlichen
Rechnungen zu untersuchen, die auf dem Schreibtisch
ihrer Mutter verstreut lagen, da hörte sie, wie Hubert Blair
und sein Vater in die Diele eingelassen wurden.

»Ich dachte, ich bringe ihn am besten selber her«, sagte
Mr. Blair zu Mrs. Bissel. »Anscheinend treibt sich eine
Rowdybande heute abend auf unserem Heckenweg
herum.«

Mrs. Bissel hatte Mrs. Blair noch nicht ihre Aufwartung
gemacht, und dieser unerwartete Besuch überraschte sie

sehr. Ihr kam sogar der lieblose Gedanke, dies sei ein ziemlich plumper Annäherungsversuch, den Mr. Blair seiner Frau zuliebe unternahm.

»Nein, so etwas!« rief sie. »Imogene wird sich sicher freuen, Hubert zu sehen . . . Imogene!«

»Diese Rowdies haben Hubert offenbar aufgelauert«, fuhr Mr. Blair fort. »Aber er ist ja ein recht beherzter Bursche, und er brachte es fertig, sie in die Flucht zu schlagen. Trotzdem wollte ich ihn nicht allein hierhergehen lassen.«

»Natürlich nicht«, stimmte sie zu. Aber sie konnte sich beim besten Willen nicht vorstellen, warum Hubert überhaupt hätte kommen sollen. Er war ein ganz netter Junge, aber Imogene hatte ihn die letzten drei Nachmittage wahrhaftig genug gesehen. Mrs. Bissel ärgerte sich regelrecht, und als sie Mr. Blair aufforderte, näher zu treten, legte sie nur ein Minimum an Wärme in ihre Stimme.

Sie standen immer noch in der Diele, und Mr. Blair merkte gerade, daß nicht alles in Ordnung war, da läutete es draußen von neuem. Als die Tür geöffnet wurde, stand Basil Lee mit rotem Gesicht und außer Atem auf der Schwelle.

»Guten Tag, Mrs. Bissel. Grüß dich, Imogene!« rief er mit unnötig markiger Stimme. »Wo ist denn die Party?«

Die Begrüßung wäre einem leidenschaftslosen Beobachter vielleicht etwas rauh und unnatürlich vorgekommen, aber sie traf auf eine bereits aus der Fassung gebrachte Gruppe.

»Es findet gar keine Party statt«, sagte Imogene erstaunt.

»Was?« Basils Mund klappte in übertriebenem Schrekken auf; seine Stimme zitterte leicht. »Willst du damit sagen, du hast mich gar nicht angerufen und mich zu einer Party eingeladen?«

»Aber natürlich nicht, Basil!«

Imogene war aufgeregt über Huberts unvermutetes Erscheinen, und ihr kam der Gedanke, Basil könnte sich diesen Vorwand ausgedacht haben, um ihr Zusammensein mit Hubert zu vereiteln. Von allen Anwesenden war sie die einzige, die der Wahrheit nahe kam; aber sie unterschätzte die Dringlichkeit von Basils Motiv, das nicht Eifersucht, sondern Todesangst war.

»Aber mich hast du angerufen, Imogene, nicht wahr?« fragte Hubert voller Zuversicht.

»Aber nein, Hubert! Ich habe überhaupt niemand angerufen.«

Mitten in einem Chor bestürzter Beteuerungen hinein ertönte erneut die Türklingel, und die fruchtbare Nacht brachte Riply Buckner jun. und William S. Kampf hervor. Wie Basil waren auch sie einigermaßen zerzaust und atemlos, und sie verlangten nicht weniger schroff und herrisch Auskunft über das Wie und Wo der Party, wobei sie mit merkwürdiger Heftigkeit darauf beharrten, daß Imogene sie kurz zuvor telefonisch eingeladen habe.

Hubert lachte, die anderen begannen ebenfalls zu lachen, und die Spannung löste sich. Da Imogene Hubert glaubte, glaubte sie nun allen. Hubert, der sich in Gegenwart dieses unverhofften Publikums nicht länger zurückzuhalten vermochte, platzte nun mit seinem erstaunlichen Abenteuer heraus.

»Ich vermute, eine Bande ist hinter uns her!« rief er. »Mir lauerten ein paar Kerle in unserem Heckenweg auf, als ich herauskam. Ein großer Bursche mit grauem Backenbart war dabei, aber als er mich sah, lief er weg. Dann kam ich den Heckenweg lang, und da war noch eine Horde, Ausländer oder so was, und ich stürzte auf sie los, und sie liefen weg. Ich versuchte sie zu kriegen, aber ich glaube, sie hatten eine Heidenangst, denn sie rannten sogar für *mich* zu schnell.«

Hubert und sein Vater waren von dieser Geschichte so gefesselt, daß sie nicht bemerkten, wie drei der Zuhörer dunkelrot anliefen, und auch nicht auf den tosenden Beifall achteten, mit dem Mrs. Bissels höflicher Vorschlag aufgenommen wurde, nun doch eine Party zu veranstalten.

»Erzähl das mit den Warnungen, Hubert«, regte Mr. Blair an. »Hubert hatte solche Warnungen bekommen, wissen Sie. Habt ihr Jungs auch Warnungen bekommen?«

»Ich ja«, sagte Basil plötzlich. »Vor etwa einer Woche kriegte ich so was wie eine Warnung auf einem Stück Papier.«

Als Mr. Blairs besorgter Blick auf Basil fiel, stieg nicht gerade ein Gefühl des Argwohns, aber doch eine dunkle Ahnung in ihm auf. Möglicherweise verband sich der seltsame Anblick von Basils Augenbrauen, in denen immer noch Büschel von Krepphaar hingen, in seinem Unterbewußtsein mit den sonderbaren Ereignissen dieses Abends. Er schüttelte etwas verwirrt den Kopf. Dann kehrten seine Gedanken beruhigt zu Huberts Mut und Geistesgegenwart zurück.

Hubert, der inzwischen sein Tatsachenmaterial erschöpft hatte, unternahm versuchsweise Abstecher in das Reich der Phantasie.

»Ich sagte: ›So, du bist also der Kerl, der diese Warnungen losgelassen hat!‹, und er wollte mir mit seiner Linken eins verpassen, und ich duckte mich und schlug mit der

Rechten zu. Ich glaube, ich habe gut getroffen, denn er brüllte auf und rannte weg. Großer Gott, konnte der rennen! Den hättest du sehen sollen, Bill – er konnte ebenso schnell rennen wie du.«

»War er groß?« fragte Bill und putzte sich geräuschvoll die Nase.

»Na klar! Etwa so groß wie Vater.«

»Und die andern, waren die auch groß?«

»Klar! ganz schön groß sogar. Ich hab nicht gewartet, bis ich's genau sehen konnte. Ich schrie nur: ›Raus hier, ihr Rowdies, oder ihr könnt was erleben!‹ Sie wollten eine Prügelei anfangen, aber ich hab dem einen mit meiner Rechten eins verpaßt, und das weitere haben sie nicht abgewartet.«

»Hubert sagt, er glaubt, daß es Italiener waren«, unterbrach ihn Mr. Blair. »Nicht wahr, Hubert?«

»Sie wirkten irgendwie komisch«, sagte Hubert. »Einer sah wie ein Italiener aus.«

Mrs. Bissel ging in das Eßzimmer voran, wo Kuchen und Grapefruitsaft serviert worden waren. Imogene setzte sich auf einen Stuhl neben Hubert.

»Nun erzähl mir alles, Hubert«, sagte sie und faltete aufmerksam die Hände.

Hubert erzählte sein Abenteuer noch einmal. Jetzt tauchte ein Messer im Gürtel eines der Verschwörer auf; Huberts Unterhandlungen mit ihnen dehnten sich aus und nahmen an Lautstärke und Schärfe zu. Er hatte ihnen gesagt, was sie zu erwarten hätten, wenn sie sich mit ihm anlegten. Sie hatten schon ihre Messer gezogen, es sich dann aber anders überlegt und Fersengeld gegeben.

Mitten in diesen Bericht hinein ertönte auf der anderen

Tischseite ein seltsamer Schnarchlaut, aber als Imogene hinsah, strich sich Basil gerade Obstgelee auf ein Stück Kuchen, und seine Augen blickten klar und unschuldig. Eine Minute später jedoch wiederholte sich der Laut, und diesmal fing sie einen eindeutig hämischen Ausdruck auf seinem Gesicht auf.

»Ich bin neugierig, was du getan hättest, Basil«, sagte sie mit schneidender Stimme. »Ich wette, du würdest immer noch rennen.«

Basil steckte das Stück Kuchen in den Mund und verschluckte sich sofort – ein Vorfall, den Bill Kampf und Riply Buckner ungeheuer erheiternd fanden. Ihr Vergnügen an verschiedenen zufälligen Ereignissen bei Tisch schien in dem Maße zu wachsen, wie Huberts Geschichte ihren Fortgang nahm. Auf dem Heckenweg wimmelte es jetzt von Missetätern, und als Hubert weiterhin gegen eine überwältigende Übermacht ankämpfte, merkte Imogene, daß sie immer unruhiger wurde, ohne sich im geringsten bewußt zu werden, daß die Geschichte sie langweilte. Im Gegenteil, jedesmal, wenn Hubert sich an neue Einzelheiten erinnerte und wieder von vorn begann, blickte sie gehässig zu Basil hinüber, und ihre Abneigung gegen ihn wuchs.

Als sie in die Bibliothek hinübergingen, setzte sich Imogene ans Klavier, während die Jungen sich auf der Couch um Hubert scharten. Zu ihrem Kummer schienen sie ganz zufrieden damit, ihm endlos zuzuhören. Seltsame kleine Quietschlaute entschlüpften ihnen von Zeit zu Zeit, aber wann immer die Erzählung stockte, baten sie um mehr.

»Erzähl weiter, Hubert. Was sagtest du, welcher von ihnen konnte ebenso schnell rennen wie Bill Kampf?«

Sie war froh, als nach einer halben Stunde alle aufstanden, um zu gehen.

»Es ist eine sonderbare Geschichte vom Anfang bis zum Ende«, sagte Mr. Blair. »Mir gefällt das nicht. Morgen soll sich ein Detektiv mit der Sache befassen. Was wollten sie von Hubert? Was wollten sie mit ihm anstellen?«

Keiner konnte etwas sagen. Sogar Hubert war still und sann mit einer gewissen respektvollen Furcht über sein mögliches Geschick nach. Während der Pausen in seiner Erzählung hatte sich die Unterhaltung Nebenthemen wie Mordfällen und Geistern zugewandt, und die Jungen hatten sich in eine ziemliche Panik hineingeredet. In der Tat glaubte nun jeder mehr oder minder fest daran, daß eine Bande von Kidnappern die Gegend unsicher machte.

»Die Sache gefällt mir nicht«, wiederholte Mr. Blair. »Ich werde jeden einzeln nach Hause bringen.«

Basil nahm dieses Angebot mit Erleichterung auf. Der Abend war ein wahnsinniger Erfolg gewesen, aber man verliert manchmal die Kontrolle über die Furien, die man geweckt hat. Er hatte keine Lust, heute abend allein durch die Straßen zu gehen.

In der Diele nutzte Imogene die ein wenig müde Verabschiedung ihrer Mutter von Mr. Blair aus und winkte Hubert zurück in die Bibliothek. Basil, sofort auf Unheil gefaßt, lauschte. Es gab ein Flüstern und ein kurzes Handgemenge, dem ein indiskreter, aber unverwechselbarer Laut folgte. Basils Mundwinkel fielen herunter, und er verschwand durch die Tür. Er hatte die Karten geschickt gemischt, aber das Leben hatte zu guter Letzt aus dem Ärmel einen Trumpf ausgespielt.

Gleich darauf gingen sie alle los. Sie blieben in einer Gruppe dicht beisammen, und wenn sie um eine Ecke bogen, blickten sie vorsichtig hinter sich und nach vorn. Was Basil, Riply und Bill zu sehen erwarteten, als sie vorsichtig in die finstern Münder von Heckenwegen und um große dunkle Bäume und hinter Deckung bietende Zäune spähten, wußten sie nicht – höchstwahrscheinlich die gleichen haarigen und absonderlichen Desperados, die an diesem Abend Hubert Blair aufgelauert hatten.

VI

Eine Woche später hörten Basil und Riply, daß Hubert und seine Mutter ans Meer gefahren waren, um dort den Sommer zu verbringen. Basil bedauerte das. Er hatte von Hubert einige jener anmutigen Manieriertheiten lernen wollen, die seine Altersgenossen so hinreißend fanden und die ihm im Herbst, wenn die neue Schule anfing, so gelegen gekommen wären. Dem abgereisten Hubert zu Ehren übte er, sich an einen Baum zu lehnen und dabei den Baumstamm zu verfehlen und einen Rollschuh den Arm hinunterrollen zu lassen, und er trug seine Mütze auf Hubertsche Art, indem er sie flott über ein Ohr zog.

Das hielt jedoch nur kurze Zeit an. Obwohl ihm die Jungen und Mädchen immer zuhörten, wenn er erzählte, und dabei buchstäblich die gleichen Mundbewegungen machten wie er, merkte er schließlich, daß sie ihn nie so ansehen würden, wie sie Hubert angesehen hatten. So gab er das laute Lachen auf, das seine Mutter so sehr ärgerte, und trug seine Mütze wieder gerade.

Aber die Veränderung, die sich in ihm vollzogen hatte, ging tiefer. Er war sich nicht mehr sicher, ob er wirklich ein Gentleman-Einbrecher werden wollte, obwohl er immer noch voll atemloser Bewunderung von ihren Heldentaten las. Draußen vor Huberts Gartentor hatte er sich einen Augenblick lang moralisch einsam gefühlt, und er begriff: gleichgültig, welche Kombinationen er mit den Materialien des Lebens vornehmen würde, er mußte auf jeden Fall auf sicherem Terrain innerhalb des Gesetzes bleiben. Und noch eine Woche später entdeckte er, daß ihm Imogenes Verlust nicht mehr weh tat. Wenn er ihr begegnete, sah er nur das vertraute kleine Mädchen, das er sein ganzes Leben lang gekannt hatte. Der Augenblick der Verzückung an jenem Nachmittag war ein vorzeitiger Gefühlsausbruch gewesen, eine innere Erregung, die von einem bereits zu Ende gehenden Frühling übriggeblieben war.

Er wußte nicht, daß Mrs. Blair die Stadt verlassen hatte, weil er sie so erschreckt hatte, und daß seinetwegen ein extra dafür abkommandierter Polizist viele Abend lang eine gemächliche Runde machte. Er wußte nur, daß die unbestimmten, unruhigen Sehnsüchte dreier langer Frühlingsmonate irgendwie gestillt waren. Sie hatten sich in jener letzten Woche selbst entzündet, waren aufgeflammt, explodiert und ausgebrannt. Ohne Bedauern wandte er sich den unbegrenzten Möglichkeiten des Sommers zu.

Ein Abend auf dem Jahrmarkt

Die beiden Städte trennte lediglich ein vielfach über-
brückter schmaler Fluß; ihre Ausläufer wanden sich
an seinen Ufern entlang, trafen und vermischten sich, und
an der Verbindungsstelle, eifersüchtig von beiden Seiten
bewacht, wurde in jedem Herbst der offizielle Jahrmarkt
abgehalten. Wegen der vorteilhaften Lage und wegen der
überragenden landwirtschaftlichen Bedeutung dieses
Bundesstaates wurde dieser Jahrmarkt zu einem der
prächtigsten von ganz Amerika. Es gab gewaltige Ausstel-
lungen von Getreide, Zuchtvieh und landwirtschaftlichen
Maschinen; es gab Pferderennen und Automobilrennen
und – in letzter Zeit – Aeroplane, die tatsächlich vom
Erdboden abhoben; es gab einen lärmenden Vergnü-
gungspark mit Coney-Island-Attraktionen, die einen
durch die Luft wirbelten, und ein jaulendes, klimperndes
Tingeltangel. Als Kompromiß zwischen Seriosität und
Amüsement fand jeden Abend auf dem Freigelände ein
großes Feuerwerk statt, das in einer Nachbildung der
Schlacht von Gettysburg gipfelte.

Am späten Nachmittag eines heißen Septembertages
traten zwei Jungen von fünfzehn, vollgestopft mit Pop
Corn und müde von acht Stunden ständigen Umherwan-
derns, aus der Penny Arcade. Der eine, mit dunklen,
hübschen, lebhaften Augen, war, wie man der kosmischen
Eintragung in seiner Geschichte des Altertums entnehmen
konnte, »Basil Duke Lee, Holly Avenue, St. Paul, Minne-

sota, Vereinigte Staaten, Nordamerika, Westliche Halb-kugel, Welt, Universum«. Obwohl ein wenig kleiner als sein Begleiter, erschien er größer, denn er ragte sozusagen aus kurzen Hosen hervor, während Riply Buckner jr. vorige Woche zu langen Hosen befördert worden war. Dieses Ereignis, so simpel und natürlich es auch war, übte auf ihre seit mehreren Jahren bestehende enge Freund-schaft eine zersetzende Wirkung aus.

Während jener Zeit hatte Basil, der phantasievollere in dem Gespann, die dominierende Rolle gespielt, und die Degradierung, hervorgebracht durch sechzig Zentimeter blauen Wollstoffs, verwirrte und bestürzte ihn – in der Tat war Riply Buckner gegenüber dem Vergnügen, sich mit Basil in der Öffentlichkeit zu zeigen, merklich gleichgültig geworden. Sein eigener Aufstieg zu langen Hosen schien ihm eine Befreiung von den Zwängen und Minderwertig-keiten des Knabenalters zu garantieren, und die Gesell-schaft von einem, den seine kurzen Hosen immer noch als einen Jungen auswiesen, erinnerte ihn unliebsam daran, daß seine eigene Metamorphose eben erst stattgefunden hatte. Er selbst war sich dessen kaum bewußt, aber eine gewisse Brüskheit gegenüber Basil, eine gewisse Neigung, ihn durch ein überlegenes Lachen herabzusetzen, hatte sich schon den ganzen Nachmittag bemerkbar gemacht. Basil empfand bitter den neuen Unterschied. Im August hatte ein Familienrat beschlossen, er sei, obwohl er im Osten zur Schule ging, für lange Hosen noch zu klein. Als Gegenschlag war er innerhalb von vierzehn Tagen ein paar Zentimeter gewachsen, was seinen Ruf der Unzuverlässig-keit nur noch vermehrte, ihn aber hoffen ließ, daß seine Mutter schließlich doch noch umgestimmt werden könnte.

Als die beiden aus dem stickigen Zelt hinaus in das Glühen des Sonnenuntergangs traten, zögerten sie, blickten an der vorbeiflutenden Menschenmenge auf und nieder, wobei sich auf ihren Gesichtern eine gewisse Langeweile und ein gewisses unausgesprochenes Sehnen mischten. Sie wollten nicht eher nachhause, als sie unbedingt mußten, und doch wußten sie, daß ihre Schaulust fürs erste befriedigt war; sie wünschten sich eine andere Tönung, ein anderes Leitmotiv für diesen Tag. Nahebei war der Parkplatz, damals noch ein bescheidenes Geviert, und als sie da unentschlossen herumlungerten, wurden ihre Blicke von einem kleinen Wagen angezogen, rot lackiert und mit einem niedrigen Fahrgestell, das sowohl auf Schnelligkeit des Fahrens wie auf Schnelligkeit des Lebens schließen ließ. Es war ein Blatz Wildcat, ein Typ, der für die nächsten fünf Jahre der Wunschtraum von mehreren Millionen amerikanischer Jungen sein sollte. Darin saß, in der lässig erschöpften Haltung, die der tiefe Schalensitz vorschrieb, ein blondes, lustiges, puppengesichtiges Mädchen.

Die beiden Jungen glotzten. Sie verwandte auf sie einen einzigen kühlen Blick und kehrte dann zu ihrem Hauptgeschäft zurück, sich in einem Blatz Wildcat zurückzulehnen und hochmütig gen Himmel zu gucken. Die beiden Jungen wechselten einen Blick, aber schickten sich nicht zum Gehen an. Sie beobachteten das Mädchen – als sie spürten, daß ihr Anstarren zu aufdringlich wurde, schlugen sie die Augen nieder und konzentrierten sich auf das Gefährt.

Nach wenigen Minuten erschien ein junger Mann mit rötlichem Gesicht und rötlichem Haar, in einem gelben Anzug und Hut, zog gelbe Handschuhe über und stieg in den Wagen. Es gab eine Reihe von fürchterlichen Detonationen; dann, mit einem regelmäßigen Tuckern aus dem offenen Auspuff, einem unverschämten Getrommel, setzte sich der Wagen mit dem jungen Mädchen und dem jungen Mann, in dem sie Speed Paxton erkannten, sanft in Bewegung.

Basil und Riply wandten sich und schlenderten gedankenvoll zurück auf den Rummelplatz. Sie wußten, daß Speed Paxton ziemlich unausstehlich war – der unerzogene und verwöhnte Sohn eines Bierbrauers am Ort –, aber sie beneideten ihn darum, in solch einem Schlitten in den Sonnenuntergang zu brausen, in die Stille des Abends und die Wunder der Nacht, und neben ihm dieses Wunder von einem Puppengesicht. Wahrscheinlich ließ dieser Neid sie losbrüllen, als sie einen großspurigen Jungen ihres Alters aus einer Schießbude herauskommen sahen.

»Oh, El! He, El! Wart mal!«

Elwood Leaming wandte sich um und wartete. Er war von den netteren Jungen der Stadt der ausschweifendste – er trank schon Bier, hatte allerlei von Chauffeuren gelernt und war vom vielen Zigarettenrauchen abgemagert. Als sie ihn freudig begrüßten, traf sie aus seinen halbgeschlossenen Augen der harte, wissende Blick eines Mannes von Welt.

»Halloh, Rip. Laß gut sein, Rip. Halloh, Basil, alter Junge. Laß gut sein.«

»Was machst du, El?« fragte Riply.

»Nichts. Und was macht ihr?«

»Nichts.«

Elwood Leaming verengte seinen Blick noch mehr, schien nachzudenken, einen Entschluß zu fassen, und schnalzte dann befriedigt mit der Zunge.

»Was meint ihr, wenn wir uns was aufgabelten?« schlug er vor. »Ich habe heute nachmittag hier herum allerlei hübsche Sachen gesehen.«

Riply und Basil holten verstohlen tief Luft. Ein Jahr zuvor hatte es sie noch schockiert, daß Elwood zu den Burlesque-Shows im Star ging – und jetzt lud er sie zu einem flotten Leben ein.

Im Bewußtsein einer soeben erlangten Reife zeigte Riply sich höchst interessiert. »Von mir aus in Ordnung«, sagte er treuherzig.

Er sah Basil an.

»Mit mir auch«, murmelte Basil.

Riply lachte, mehr krampfhaft als spöttisch. »Vielleicht solltest du erstmal erwachsen werden, Basil.« Er sah Elwood beifallheischend an. »Besser abwarten, bis du ein richtiger Mann bist.«

»Ach, hör doch auf!« konterte Basil. »Seit wann hast du sie denn? erst eine Woche!«

Aber er merkte, daß ihn eine Kluft von den beiden trennte, und er schloß sich ihnen an mit dem Gefühl, ein Mitläufer zu sein.

Mit Blicken nach rechts und links und mit dem Ausdruck eines gewieften Pioniers und Grenzers machte Elwood Leaming den Anführer. Mehrere Mädchen, paarweise umherschlendernd, begegneten seinem kritischen Blick und lächelten ermutigend, aber er fand sie ungenügend – zu fett, zu gewöhnlich oder zu schwierig. Auf einmal fielen ihre Augen auf zwei, die etwas weiter voraus einherspazierten, und sie beschleunigten ihren Schritt, Elwood voller Selbstvertrauen, Riply dasselbe krampfhaft vortäuschend und Basil plötzlich in wilder Erregung.

Sie waren jetzt auf gleicher Höhe. Basil schlug das Herz

bis zum Halse. Er wandte den Blick ab, als er Elwoods Stimme hörte.

»Halloh, Kinder! Schönen guten Abend.«

Würden sie die Polizei rufen? Würden seine und Riplys Mutter plötzlich um die Ecke kommen?

»Halloh, selbst Kinder!«

»Wo geht ihr hin, Mädchen?«

»Nirgendwohin.«

»Schön, gehen wir doch zusammen.«

Dann standen sie alle in einer Gruppe, und Basil war erleichtert zu sehen, daß es schließlich nur Mädchen seines Alters waren. Sie waren hübsch, hatten eine reine Haut und rote Lippen und nach Art der Erwachsenen aufgestecktes Haar. Eine gefiel ihm sogleich besser als die andere – ihre Stimme war ruhiger, und sie war etwas schüchtern. Basil war froh, als Elwood mit der Keckeren voranging und es ihm und Riply überließ, mit der anderen nachzukommen.

Die ersten abendlichen Lichter traten bläßlich in Erscheinung; die nachmittägliche Menge hatte sich etwas verlaufen, und die Alleen, jetzt fast menschenleer, dufteten intensiv und mannigfaltig nach Popcorn und Erdnüssen, nach Melasse, Staub und Wiener Würstchen, mit einem nicht unangenehmen Zusatz von Tier- und Heugeruch. Das Riesenrad, jetzt ein Stickmuster von Lichtern, rotierte lässig in der Dämmerung; ein paar leere Wagen der Achterbahn ratterten über den Köpfen. Die Hitze hatte nachgelassen, und in der Luft war die stimulierende Frische des nördlichen Herbstes.

Sie promenierten. Basil schwebte die Möglichkeit eines Gesprächs mit dem Mädchen vor, aber ihm fiel nichts in der Art von Elwood Leaming ein, der lebhaft und vertrau-

lich auf das Mädchen vorne einredete, als hätte er unver-
hofft eine Geistes- und Herzensverwandtschaft entdeckt.
Um also das Dahinschreiten vor völligem Schweigen zu
bewahren – denn Riplys Beitrag beschränkte sich auf ein
gelegentliches albernes Gelächter –, zeigte Basil sich für
alles, was es zu sehen gab, interessiert und versah es mit
Bemerkungen.

»Da ist das sechsbeinige Kalb. Hast du es gesehen?«

»Nein, noch nicht.«

»Und da ist die Rotunde, wo der Mann mit dem
Motorrad herumsaust. Schon dagewesen?«

»Nein.«

»Sieh nur! Sie sind schon dabei, den Ballon aufzufüllen.
Ich frage mich, wann sie wohl mit dem Feuerwerk anfangen.«

»Hast du das Feuerwerk gesehen?«

»Nein, ich gehe morgen abend hin. Und du?«

»Ja, ich war jeden Abend da. Mein Bruder arbeitet dort.
Er gehört zu denen, die beim Abbrennen helfen.«

«Oh!«

Er fragte sich, ob es ihrem Bruder etwas ausmache, daß
sie von Fremden angesprochen worden war. Und mehr
noch, ob sie sich ebenso sündig vorkäme wie er. Es mußte
mittlerweile schon spät sein, und er hatte, bei Strafe,
morgen abend nicht hinaus zu dürfen, versprochen, gegen
halb acht zuhause zu sein. Er ging schneller, bis er neben
Elwood war.

»He, El«, fragte er, »wo gehen wir hin?«

Elwood wandte sich um und zwinkerte ihm zu. »Wir
gehen rund um die Alte Mühle.«

«Oh!«

Basil ließ sich wieder einholen – dabei bemerkte er, daß

Riply und das Mädchen sich während seiner kurzen Abwesenheit untergehakt hatten. Ein Stich von Eifersucht durchfuhr ihn, und er sah sich das Mädchen wieder an, prüfend und mit mehr Wohlgefallen, denn er fand sie niedlicher, als er gedacht hatte. Ihre Augen, dunkel und innig blickend, schienen mit dem Aufstrahlen der Illumination über ihren Köpfen wach geworden zu sein; in ihnen lag jetzt eine Verheißung von Freude, ähnlich dem Kühlung verheißenden Abend.

Er erwog, ihren anderen Arm zu nehmen, aber es war zu spät; sie und Riply lachten zusammen über irgendwas – wahrscheinlich über nichts. Sie hatte ihn gefragt, über was er die ganze Zeit lache, und er hatte als Antwort wieder nur gelacht. Dann lachten sie beide ausgelassen und stoßweise.

Basil blickte mißbilligend zu Riply hinüber. »Ich habe noch nie im Leben ein so albernes Lachen gehört«, entrüstete er sich.

»Nein?« kicherte Riply Buckner. »Wirklich nicht, mein Kleiner?«

Er bog sich vor Lachen, und das Mädchen stimmte ein. Die Worte »mein Kleiner« hatten Basil wie ein kalter Guß getroffen. In seiner Aufregung hatte er etwas vergessen, wie ein Krüppel wohl manchmal erst wieder an seinen Hinkefuß denkt, wenn er zum Laufen ansetzt.

»Du kommst dir wohl gewaltig groß vor!« rief er. »Wo hast du denn die langen Hosen her? Wo hast du sie her?« Er steigerte sich lustvoll da hinein und wollte schon hinzufügen: »es sind deines Vaters Hosen«, als ihm einfiel, daß Riplys Vater, ebenso wie seiner, gestorben war.

Das vordere Paar erreichte den Eingang zur Alten

Mühle und wartete auf sie. Es war gerade kein Hochbetrieb, und ein paar leere Boote stießen sich in der hölzernen Fahrrinne und schwankten in dem sanft dahinfließenden künstlichen Gewässer. Elwood und sein Mädchen nahmen die Vordersitze ein, und er legte prompt den Arm um sie. Basil half dem anderen Mädchen auf die hintere Bank, leistete aber, mutlos, keinen Widerstand, als Riply sich hineindrängte und zwischen ihnen Platz nahm.

Sie schwebten davon und glitten sogleich in eine lange, hallende Finsternis. Irgendwo weit voraus saß eine Gruppe in einem anderen Boot und sang; ihre Stimmen klangen mal aus romantischer Ferne, mal näher und um so geheimnisvoller, als der Kanal eine Kehre machte und die beiden Boote, mit einem unsichtbaren Schleier dazwischen, dicht aneinander vorbeistrichen.

Die drei Jungen stießen gellende Rufe aus, wobei Basil durch Stimmstärke und Mannigfaltigkeit bemüht war, sich vor Riply in den Augen des Mädchens hervorzutun, aber nach kurzer Zeit war außer seiner eigenen Stimme und dem ständigen Anbumsen des Bootes gegen die seitlichen Holzplanken nichts mehr zu hören, und er wußte, ohne hinzusehen, daß Riply seinen Arm um die Schulter des Mädchens gelegt hatte.

Sie glitten in eine grelle Röte – eine Bühnendekoration der Hölle mit grinsenden Dämonen und lodernden Feuern aus Papierschlangen; er sah, daß Elwood und sein Mädchen Wange an Wange saßen. Dann ging es wieder ins Dunkel mit dem sanft plätschernden Wasser und dem Vorbeifahren des singenden Bootes, mal näher, mal ferner. Eine Zeitlang tat Basil so, als interessiere ihn dieses andere Boot, er rief hinüber, spekulierte, wie nah es wäre. Dann entdeckte er, daß man den Kahn zum Schaukeln bringen konnte, und widmete sich diesem bescheidenen Vergnügen, bis Elwood Leaming sich empört umwandte und rief:

»He! Was soll der Unsinn?«

Schließlich kamen sie beim Eingang wieder heraus, und die beiden Paare fuhren auseinander. Basil stieg traurig aus.

»Löse noch einmal neu«, rief Riply, »wir wollen noch eine Runde fahren.«

»Ohne mich«, sagte Basil mit gespielter Gleichgültigkeit. »Ich muß nach Hause.«

Riply lachte höhnisch und triumphierend. Das Mädchen lachte ebenfalls.

»Also bis dann, Kleiner«, rief Riply vergnügt.

»Ach, halt die Klappe! Bis dann, Elwood.«

»Bis dann, Basil.«

Das Boot setzte sich schon wieder in Bewegung; Arme lagen wieder um die Schultern der Mädchen.

»Bis dann, Kleiner!«

»Bis dann, du Hornochse!« rief Basil. »Wo hast du die langen Hosen her? Woher hast du sie?«

Aber das Boot war schon im dunklen Tunneleingang verschwunden, und zurück blieb nur das Echo von Riplys höhnischem Gelächter.

Es ist eine alte Tradition, daß alle Jungen von der Idee besessen sind, erwachsen zu sein. Das kommt daher, daß sie gelegentlich ihrer Unzufriedenheit mit den Beschränkungen der Jugend lautstark Ausdruck verleihen, während jene langen Zeitstrecken, in denen sie mit ihrem Jungsein mehr als zufrieden sind, sich mehr in Taten als in Worten ausdrücken. Manchmal wünschte Basil sich ein bißchen älter, aber nicht mehr. Die Frage der langen Hosen schien ihm nicht so entscheidend zu sein – er wollte sie haben, aber als Kleidungsstück hatten sie nicht jenen romantischen Beigeschmack wie etwa ein Footballdreß oder eine Offiziersuniform oder gar wie die Zylinder und Frackmäntel, in denen die Gentleman-Einbrecher von New York nächtlicherweile die Straßen durchstreiften.

Doch als er am nächsten Morgen aufwachte, waren die langen Hosen das wichtigste Erfordernis in seinem Leben. Ohne sie war er von seinen Altersgenossen abgeschnitten, verlacht von einem Jungen, den er bis jetzt angeleitet hatte. Die pure Tatsache, daß gestern abend ein paar dumme Gänse Riply ihm vorgezogen hatten, war an sich ohne Bedeutung, aber er war hitzig und ehrgeizig und er lehnte es ab, sich auf einen Kampf einzulassen, bei dem ihm eine Hand auf den Rücken gebunden war. Er spürte, daß sich ähnliche Situationen in der Schule ergeben könnten, und das war unerträglich. Beim Frühstück sprach er seine Mutter sehr erregt darauf an.

»Aber Basil«, erwiderte sie höchlich überrascht, »als wir das besprochen haben, dachte ich, dir läge nicht so besonders viel daran.«

»Ich muß sie jetzt unbedingt haben«, erklärte er. »Ich möchte lieber tot sein als ohne sie auf die Schule zurückgehen.«

»Nun, das ist kein Grund, so dumm zu reden.«

»Es ist aber wahr – ich wäre lieber tot. Wenn ich keine langen Hosen bekommen kann, ist es für mich sinnlos, auf die Schule zurückzugehen.«

Er war dermaßen erregt, daß seine Mutter von der Vorstellung seines Abgangs ernstlich bestürzt war.

»Nun hör einmal mit diesen dummen Reden auf und iß

dein Frühstück. Du kannst hinuntergehen und dir noch heute morgen welche bei Barton Leigh's kaufen.«

Besänftigt, aber immer noch fortgerissen von der Dringlichkeit seines Begehrens, rannte Basil im Zimmer auf und ab.

»Ohne sie ist ein Junge einfach hoffnungslos«, erklärte er nachdrücklich. Der Satz gefiel ihm, und er erweiterte ihn noch. »Ein Junge ohne sie ist einfach und total hoffnungslos. Ich wäre lieber tot, als so zur Schule zu gehen –«

»Basil, hör mit diesen Reden auf. Irgendwer hat dich deswegen gehänselt.«

»Niemand hat mich gehänselt«, leugnete er entrüstet – »überhaupt niemand.«

Nach dem Frühstück rief das Dienstmädchen ihn ans Telefon.

»Hier ist Riply«, sagte eine zaghafte Stimme. Basil nahm das kühl zur Kenntnis. »Du bist doch nicht sauer wegen gestern abend, oder?« fragte Riply.

»Ich? Nein. Hat das jemand behauptet?«

»Niemand. Nun hör zu, du weißt, daß wir heute abend zum Feuerwerk gehen wollen.«

»Ja.« Basils Stimme war immer noch kühl.

»Also, eins der Mädchen – das von Elwood – hat eine Schwester, die noch hübscher ist als sie, und die kann heute abend raus und du könntest sie haben. Und wir dachten, wir treffen uns gegen acht, denn das Feuerwerk fängt nicht vor neun an.«

»Und was machen wir?«

»Nun, wir könnten wieder zur Alten Mühle. Gestern sind wir noch dreimal herumgefahren.«

Es gab eine Schweigepause. Basil sah nach, ob die Tür zum Zimmer seiner Mutter zu war.

»Hast du deine geküßt?« fragte er in die Sprechmuschel.

»Natürlich hab ich das!« Über die Leitung kam ein geisterhaftes hämisches Kichern. »Hör zu, El meint, er kann das Auto bekommen. Wir könnten dich um sieben abholen.«

»In Ordnung«, sagte Basil brummig und fügte hinzu: »Ich geh noch heute morgen und kauf mir ein Paar lange Hosen.«

»Wirklich?« Wieder hörte Basil ein gespenstisches Lachen. »Also, halte dich um sieben bereit.«

Basils Onkel traf ihn um zehn in Barton Leighs Konfektionsladen, und Basil hatte ein kleines Schuldgefühl, weil er seiner Familie all diese Umstände und Kosten verursacht hatte. Auf den Rat seines Onkels entschied er sich schließlich für zwei Anzüge – einen groben schokoladebraunen für täglich und einen dunkelblauen für besondere Gelegenheiten. Es waren noch gewisse Änderungen nötig, aber es wurde ausgemacht, daß einer der Anzüge unbedingt noch am Nachmittag geliefert werden sollte.

Seine augenblickliche Zerknirschung wegen dieser hohen Kosten veranlaßte ihn, das Fahrgeld zu sparen und zu Fuß aus der Stadt nach Hause zu gehen. Als er die Crest Avenue entlangging, legte er versuchsweise einen Bocksprung über den recht hohen Hydranten ein, der vor dem Van-Schellinger-Haus stand, denn er fragte sich, ob man so etwas auch noch mit langen Hosen tun und ob er es überhaupt je wieder tun würde. Etwas trieb ihn, den Sprung zwei- oder dreimal zu wiederholen, als eine Art von Abschiedszeremonie, und als er noch dabei war, bog die Van-Schellinger-Limousine zum Hause ein und hielt vor der Vordertür.

»Oh, Basil«, rief eine Stimme.

Unter dem marmornen Säulendach des zweitgrößten Wohnhauses der Stadt blickte ihm ein frisches, zartes, halb unter einer Masse nahezu weißblonder Locken verborgenes Gesichtchen entgegen.

»Halloh, Gladys.«

»Komm einen Moment rüber, Basil.«

Er gehorchte. Gladys Van Schellinger war ein Jahr jünger als Basil, ein stilles, wohlbehütetes Mädchen, das – ganz im Sinne der lokalen Tradition – für eine Heirat in den Osten auferzogen wurde. Gladys hatte eine Gouvernante und spielte stets mit wenigen bestimmten Mädchen bei sich zuhause oder in deren Häusern, und die gelegentliche Ungezwungenheit von Kindern in einer Stadt im Mittelwesten war ihr nicht erlaubt. Niemals war sie bei solchen Zusammenkünften wie in Whartons' Hof, wo die anderen an Nachmittagen allerlei Spiele spielten.

»Basil, ich wollte dich etwas fragen – gehst du heute abend auf den Jahrmarkt?«

»Wieso, ja, ich geh hin.«

»Nun, würdest du nicht gerne mitkommen und von unserer Loge aus das Feuerwerk anschauen?«

Für einen Augenblick erwog er die Sache. Er wollte die Einladung annehmen, aber aus unerklärlichen Gründen fühlte er sich gedrängt abzulehnen – ein Vergnügen auszuschlagen, weil er einem Abenteuer nachjagen mußte, das ihn, kühl und logisch betrachtet, überhaupt nicht interessierte.

»Ich kann nicht. Tut mir furchtbar leid.«

Ein Schatten von Unmut ging über Gladys' Gesicht. »Oh, dann besuch mich wenigstens bald einmal, Basil. In ein paar Wochen fahre ich in den Osten zur Schule.«

Er ging, mit sich unzufrieden, weiter die Straße hinauf.

Gladys Van Schellinger war nie sein Mädchen gewesen, noch von irgendwem sonst, aber der Umstand, daß sie zum gleichen Zeitpunkt zur Schule abreisen würden, gab ihm ein Gefühl von Verwandtschaft mit ihr – als wären sie beide für das wunderbare Abenteuer des Ostens bestimmt, auserwählt für ein hohes Schicksal, welches die Tatsache, daß sie reich war, während er nur gerade sein Auskommen hatte, überstieg. Er bedauerte es, daß er heute abend nicht mit ihr in ihrer Loge sitzen konnte.

Gegen drei begann Basil, der in seinem Zimmer den *Crimson Sweater* las, erwartungsvoll auf jedes Klingeln an der Tür zu horchen. Er ging jedesmal oben an die Treppe, lehnte sich hinüber und rief »Hilda, wurde ein Paket für mich gebracht?« Und um vier, ungehalten über ihre Gleichgültigkeit, ihren Mangel an Verständnis für wichtige Dinge, ihren schleppenden Gang zur Tür und wieder zurück, begab er sich nach unten und paßte selbst auf die Tür auf. Aber nichts kam. Er rief bei Barton Leigh an, und ein stark beschäftigter Verkäufer sagte ihm: »Sie bekommen diesen Anzug. Ich verbürge mich dafür, daß Sie ihn bekommen.« Aber er traute dem Ehrenwort des Angestellten nicht und ging hinaus auf die Veranda und wartete auf Barton Leighs Lieferwagen.

Um fünf kam seine Mutter nachhause. »Wahrscheinlich war mehr daran zu ändern, als sie dachten«, meinte sie verständnisvoll. »Du bekommst ihn gewiß morgen früh.«

»Morgen früh!« rief er entgeistert aus. »Ich brauche diesen Anzug heute abend.«

»Ich würde an deiner Stelle nicht allzu enttäuscht sein, Basil. Die Läden schließen alle um halb sechs.«

Basil blickte aufgeregt nach beiden Seiten der Holly Avenue. Dann nahm er seine Mütze und rannte zur

Haltestelle an der Ecke. Im nächsten Moment bedachte er sich und eilte ebenso schnell zurück.

»Wenn sie kommen, lass sie auf mich warten«, instruierte er seine Mutter – ein Mann, der eben an alles denkt.

»Ist schon recht«, versprach sie ungerührt, »das tu ich.«

Es war später, als er gedacht hatte. Er mußte auf die Straßenbahn warten, und als er bei Barton Leigh ankam, sah er mit Schrecken, daß die Türen geschlossen und die Rolläden herunter waren. Er fing einen letzten Angestellten ab, der gerade heraus kam, und erklärte mit Nachdruck, daß er den Anzug noch heute haben müßte. Der Angestellte wußte nichts von der Sache . . . Ob Basil ein Mr. Schwartze sei?

Nein, Basil war nicht Mr. Schwartze. Nach einem weitschweifigen Wortwechsel, mit dem Basil den Angestellten zu überzeugen versuchte, daß wer immer ihm die Lieferung des Anzugs zugesagt habe, sofort entlassen werden müßte, ging er niedergeschlagen nach Hause.

Ohne seinen Anzug würde er nicht auf den Jahrmarkt gehen – er würde überhaupt nicht gehen. Er würde zuhause sitzen, und glücklichere Jungen würden entlang der Großen Weißen Promenade auf Abenteuer ausgehen. Mädchen voller Geheimnis, jung und unbekümmert, würden mit ihnen durch das verzauberte Dunkel der Alten Mühle gleiten, und nur wegen der Stupidität eines selbstischen, unehrenhaften Kaufhausangestellten würde er nicht dabei sein. Noch einen Tag oder so, und die Messe wäre vorbei – für immer vorbei, und jene Mädchen und von allen lebenden Mädchen die Unantastbarste, die Begehrenswerteste, jene Schwester, von der es hieß, daß sie die schönste sei, verschwanden aus seinem Leben. Sie würden in Blatz Wildcats davonsausen im Mondenschein,

ohne daß Basil sie geküßt hätte. Nein, sein ganzes Leben –
obwohl der Verkäufer seine Stellung verlöre: »Da sehen
Sie, was Sie mir angetan haben« – würde er mit unendli-
chem Bedauern an diese unwiederbringliche Stunde
zurückdenken. Wie die meisten Menschen war er nicht
imstande zu erkennen, daß er in Zukunft alle möglichen
Wünsche haben würde, ebenso gewichtige wie die, von
denen er im Augenblick besessen war.

Er langte zuhause an; das Paket war nicht gekommen.
Er lungerte trübsinnig im Haus herum, bequemte sich um
halb sieben, schweigend mit seiner Mutter beim Abendessen zu sitzen, die Ellbogen auf dem Tisch.

»Hast du gar keinen Appetit, Basil?«

»Nein, danke«, sagte er geistesabwesend, als habe man
ihm etwas angeboten.

»Es sind doch noch zwei Wochen, bis du zur Schule
fährst. Warum ist es da so wichtig –«

»Oh, das ist nicht der Grund, weshalb ich nichts essen
kann. Ich hatte den ganzen Nachmittag Kopfweh.«

Gegen Ende der Mahlzeit fiel sein abwesender Blick auf
ein paar Scheiben Baisertorte; mit der Attitüde eines
Schlafwandlers verspeiste er drei Stück.

Um sieben hörte er draußen Geräusche, die eigentlich
einen Abend romantischer Verzückung hätten ankündi-
gen sollen.

Das Leaming-Auto hielt draußen, und im nächsten
Moment drückte Riply Buckner die Klingel. Basil erhob
sich mißgestimmt.

»Ich geh schon«, sagte er zu Hilda. Und dann zu seiner
Mutter, mit einem nicht persönlich gemeinten Vorwurf:
»Entschuldige mich einen Augenblick. Ich will ihnen nur
sagen, daß ich heute abend nicht mitkommen kann.«

»Aber natürlich kannst du mitgehen, Basil. Sei nicht albern. Nur weil –«

Er hörte sie kaum noch. Er öffnete die Haustür und erblickte Riply auf den Stufen zur Haustür. Dahinter Leamings Limousine, ein alter hochbeiniger Wagen, als zitternde Silhouette gegen den Herbstmond.

Klipp-klapp, klipp-klapp! Die Straße herauf kam das Lieferwägelchen von Barton Leigh gezuckelt. Klipp-klapp! Ein Mann sprang heraus, verankerte das Wägelchen am Bürgersteig, rannte die Straße entlang, machte kehrt, machte noch einmal kehrt und kam dann auf sie zu mit einem langen rechteckigen Paket in der Hand.

»Du mußt einen Moment warten«, rief Basil aufgeregt.

»Es macht doch weiter nichts aus. Ich werde mich in der Bibliothek umziehen. Hör, wenn du mein Freund bist, wartest du eine Minute.« Er trat auf die Veranda hinaus. »He, El, ich muß nur noch meinen neuen – ich muß mich nur noch umziehen. Warte bitte noch eine Minute, kannst du?«

Der Funken einer Zigarette leuchtete in der Dunkelheit auf, als El zu dem Chauffeur sprach; der vibrierende Motor kam mit einem Seufzer zur Ruhe, und der Himmel war plötzlich mit Sternen übersät.

Und wieder der Jahrmarkt – aber anders als am Nachmittag, so wie ein Mädchen, anders als am Tage, sich am Abend strahlend präsentiert. Die Pappwände der Buden und den Stuck der Vergnügungspaläste nahm man nicht mehr wahr, aber die Formen blieben. Von Lichtern gesäumt, versprachen diese Umrisse mehr Geheimnis und Verlockung, als sie enthielten, und die Leute, die an diesem Netz von kleinen Broadways entlangschlenderten, hatten teil an dieser Verwandlung, indem ihre blassen Gesichter einzeln und in Trauben das Halbdunkel durchbrachen.

Die Jungen eilten zu ihrem Rendezvous und fanden die Mädchen im tiefen Schatten des Weizen-Pavillons. Man hatte sich kaum zu einer Gruppe vereinigt, als Basil merkte, daß irgend etwas faul war. Mit wachsender Besorgnis blickte er von einem Gesicht zum anderen und während des allgemeinen Vorstellens erkannte er die niederschmetternde Wahrheit – die jüngere Schwester war, gelinde gesagt, ein häßliches Entlein, plump und mickrig, mit einem schlechten Teint, der sich hinter einer Maske von billigem rosa Puder mühsam verbarg, und einem ausdruckslosen Mund, der unablässig versuchte, sich etwas Charme abzuquälen.

Wie betäubt hörte er Riplys Mädchen sagen: »Ich weiß nicht, ob ich mit dir gehen sollte. Ich war eigentlich mit einem anderen Jungen verabredet, den ich heute nachmittag getroffen habe.«

Unruhig blickte sie den Weg hinauf und hinunter, während Riply, überrascht und bestürzt, ihren Arm zu nehmen versuchte.

»Komm doch«, drängte er. »Wir waren doch verabredet!«

»Aber ich wußte nicht, ob du kommen würdest«, sagte sie eigensinnig.

Elwood und die beiden Schwestern kamen bittend zu Hilfe.

»Vielleicht könnte ich noch zum Riesenrad mitkommen«, sagte sie widerwillig, »aber nicht zur Alten Mühle. Das würde den Jungen kränken.«

Riplys Selbstvertrauen geriet unter diesem Schlag ins

Wanken; sein Kinn sank herab, seine Hand tätschelte verzweifelt ihren Arm. Basil stand nur da und blickte mal mit gequälter Höflichkeit auf sein Mädchen, mal unendlich vorwurfsvoll auf die anderen. Nur Elwood war erfolgreich und zufrieden.

»Gehen wir aufs Riesenrad«, sagte er ungeduldig. »Wir können nicht den ganzen Abend hier herumstehen.«

An dem Billettschalter zögerte die widerspenstige Olive noch einmal, blickte stirnrunzelnd umher, als hoffe sie immer noch, daß Riplys Rivale auftauchen würde.

Als aber die herabschwebenden Gondeln zum Stillstand kamen, ließ sie sich zum Einsteigen überreden, und die drei Pärchen, mitsamt ihren Problemen, wurden langsam in die Luft gehievt.

Als die Gondel sich erhob und die imaginäre Himmelskurve beschrieb, dachte Basil, wie sehr er das in anderer Gesellschaft genossen hätte oder auch allein: den in neuer Buntheit flimmernden Jahrmarkt unter ihm, die samtige Dunkelheit auf der Schwelle des scheidenden Lichts, das noch kaum seine letzte Kraft verströmt hat. Aber er war unfähig, jemandem wehzutun, den er als unter ihm stehend empfand. Nach kurzer Zeit wandte er sich an das Mädchen neben ihm.

»Wohnst du in St. Paul oder in Minneapolis?« fragte er förmlich.

»In St. Paul. Ich gehe in die Nr. 7-Schule.« Plötzlich drängte sie sich näher an ihn. »Ich wette, dumm bist du nicht«, ermutigte sie ihn.

Er legte den Arm um ihre Schulter und fand sie warm. Wieder ereichten sie die höchste Höhe des Riesenrads und der Himmel weitete sich über ihnen, wieder stürzten sie hinunter durch aufrauschende Musik aus fernen Orchestrions. Mit peinlichst abgewandten Augen drückte Basil sie an sich, und als sie wieder ins Dunkel aufstiegen, beugte er sich herunter und küßte sie auf die Wange.

Die Bedeutsamkeit des Kontakts erregte ihn, aber aus einem Augenwinkel sah er ihr Gesicht – und er war dankbar, als unten ein Gong ertönte und die Maschinerie allmählich zum Stillstand kam.

Kaum hatten die drei Pärchen sich draußen wieder zusammengefunden, als Olive einen kleinen Freudenschrei ausstieß.

»Da ist er!« rief sie, »Bill Jones, den ich heute nachmittag getroffen habe – mit dem ich verabredet war.«

Ein gleichaltriger Junge näherte sich, tänzelte wie ein Zirkuspony und wirbelte mit der Gewandtheit eines Tambourmajors ein dünnes Rohrstöckchen. Unter dem aus Vorsicht gewählten Decknamen erkannten die drei Jungen einen Freund und Altersgenossen – niemand anders als den faszinierenden Hubert Blair.

Er kam heran. Sie begrüßten ihn alle mit einem freundlichen Gekicher. Er nahm seine Kappe ab, wirbelte sie herum, ließ sie fallen, fing sie wieder auf und setzte sie keck auf eine Seite des Kopfes.

»Du bist mir ja eine Schöne«, sagte er zu Olive. »Ich habe hier eine Viertelstunde gewartet.«

Er tat, als wolle er sie mit dem Stöckchen bearbeiten; sie quietschte vor Vergnügen. Hubert Blair verstand es, genau den Ton anzuschlagen, den alle Mädchen von vierzehn und ein etwas einfältigerer Typ von erwachsenen Frauen unwiderstehlich fanden. Er war ein turnerischer Virtuose, und seine Figur war in ständiger anmutiger Bewegung; er hatte eine keck vorspringende Nase, ein entwaffnendes Lachen und eine Begabung für raffinierte Schmeicheleien. Als er nun ein Rahmbonbon aus der Tasche nahm, es auf der Stirn plazierte, es abschüttelte und mit dem Mund auffing, war für jeden unbeteiligten Beobachter klar, daß Riply bei Olive heute abend nichts mehr zu bestellen hatte.

Die Gruppe war so fasziniert, daß keiner den in Basils Augen aufleuchtenden Hoffnungsstrahl bemerkte, noch wie er selbst rasch vier Schritte zurücksprang und sich mit der ganzen Arglist eines Gentleman-Einbrechers durch den Spalt in einer Zeltbahn davonstahl auf das verlassene Gelände der Erntemaschinen- und Traktor-Ausstellung. Einmal in Sicherheit, ließ Basils Anspannung nach, und als er sich Riplys Ahnungslosigkeit davon, was nun auf ihn zukam, vorstellte, bog er sich vor Lachen in der Dunkelheit.

Zehn Minuten später nahm ein junger Mann auf einem stilleren Teil des Messegeländes munter und doch behutsam seinen Weg zu dem Platz des Feuerwerks, wobei er im Gehen ein soeben erstandenes Rohrstöckchen schwang. Mehrere Mädchen beäugten ihn interessiert, aber er ging stolz an ihnen vorbei; er war für einen kurzen Moment der Menschen überdrüssig – eine Anwandlung, die er im Andrang des Lebens fast vergessen hatte – und er freute sich seiner langen Hosen.

Er kaufte sich einen Sitzplatz und folgte der Menge rund um die Bahn auf der Suche nach seinem Block. Ein paar Trupps von Unionssoldaten fuhren Kanonen umher zur Vorbereitung der Schlacht von Gettysburg, und als er stehenblieb und das beobachtete, wurde er von Gladys Van Schellinger aus ihrer Loge angerufen.

»Oh, Basil, willst du nicht herkommen und bei uns sitzen?«

Er wandte sich um und wurde mit Beschlag belegt. Basil tauschte Höflichkeiten mit Mr. und Mrs. Van Schellinger aus, wurde mehreren anderen Personen launig als »Alice Rileys Junge« vorgestellt und bekam einen Sitzplatz neben Gladys in der ersten Reihe.

»Oh, Basil«, flüsterte sie und strahlte ihn an, »macht das nicht Spaß?«

Ja, ganz entschieden. Er fühlte sich von Tugendhaftigkeit überflutet. Unbegreiflich, wie jemand die Gesellschaft jener gewöhnlichen Mädchen hatte vorziehen können.

»Basil, kann das nicht lustig sein, in den Osten zu fahren? Womöglich sind wir im selben Zug.«

»Ich kann es kaum erwarten«, sagte er ganz ernsthaft. »Ich hab lange Hosen bekommen. Die brauchte ich dringend, um auf die Schule zu gehen.«

Eine der Damen in der Loge beugte sich zu ihm. »Ich kenne deine Mutter sehr gut«, sagte sie. »Und ich kenne auch noch einen Freund von dir. Ich bin Riply Buckners Tante.«

»Oh, ja.«

»Riply ist solch ein netter Junge«, entzückte sich Mrs. Van Schellinger.

Und dann, als hätte die Erwähnung seines Namens ihn herbeigerufen, tauchte Riply Buckner plötzlich auf. Längs der jetzt leeren und strahlend erleuchteten Bahn kam eine kleine groteske Prozession, eine Art Liliputaner-Nummer von wilder Ausgelassenheit. An der Spitze marschierten Hubert Blair und Olive, wobei er im Paradeschritt wie ein Tambourmajor sein Stöckchen herumwirbelte, begleitet von ihrem beifälligen kreischenden Gelächter. Dann folgten Elwood Leaming und seine junge Schöne, offenbar in einer Umarmung begriffen und so eng aneinander gedrängt, daß sie kaum gehen konnten. Und die nicht sehr ruhmvolle Nachhut bildeten Riply Buckner und Basils ehemalige Gefährtin, die an Stimmaufwand mit Olive wetteiferte.

Gebannt starrte Basil auf Riply, dessen Gesichtsausdruck sonderbar gemischt war. Mal stimmte er mit einem albernen Gelächter in den allgemeinen Ton dieser Parade ein, mal huschte ein gequälter Ausdruck über sein Gesicht, als kämen ihm Zweifel, daß der Abend, alles in allem, ein Erfolg sei.

Der Vorbeimarsch erregte beträchtliches Aufsehen – so sehr, daß nicht einmal Riply, obwohl er nur anderthalb Meter entfernt war, die scharfen Blicke bemerkte, die sich aus dieser Loge auf ihn richteten. Er war schon außer Hörweite, als deren Bewohner komisch aufseufzten und ein allgemeines diskretes Flüstern begann.

»Was für komische Mädchen«, sagte Gladys. »War der erste Junge Hubert Blair?«

»Ja.« Aber Basil schnappte gerade das Bruchstück einer hinter ihm geführten Unterhaltung auf:

»Das wird seine Mutter bestimmt morgen erfahren.«

Solange Riply noch in Sicht war, hatte Basil sich für ihn geschämt, aber jetzt wogte in ihm, noch mächtiger als beim ersten Mal, die Tugend empor. Er hätte sich an diesen Vorfall mit wirklichem Vergnügen erinnert, nur daß Riplys Mutter ihn womöglich nicht mit zur Schule fahren lassen würde. – Und ein paar Minuten später schien ihm dieser Gedanke unerträglich. Doch Basil war nicht von niedriger Gesinnung. Die natürliche Grausamkeit der

Menschen gegenüber den Verdammten war bei ihm noch nicht von Heuchelei entstellt – das war es.

Mit einem ruhmvollen Höhepunkt zu den abwechselnden Klängen von »Dixie« und dem »Sternenbanner« ging die Schlacht von Gettysburg zu Ende. Draußen bei den wartenden Autos trat Basil, einer plötzlichen Eingebung folgend, an Riplys Tante heran.

»Ich glaube, es wäre nicht so ganz – angebracht, Riplys Mutter etwas zu erzählen. Er hat überhaupt nichts Schlimmes getan. Er –«

Die Tante, noch verstimmt von den Vorfällen des Abends, sah ihn nur kühl und herablassend an.

»Ich werde tun, was ich für richtig halte«, sagte sie kurz angebunden.

Er runzelte die Stirn. Dann wandte er sich und stieg in die Van-Schellinger-Limousine.

Seite an Seite mit Gladys auf den kleinen Notsitzen, fand er sie plötzlich liebenswert. Seine Hand stieß von Zeit zu Zeit sanft gegen ihre, und er spürte, wie ihre herzliche Verbundenheit aufgrund ihrer beider Abreise zur Schule noch enger wurde und sie zueinander zog.

»Kannst du mich nicht morgen besuchen?« drängte sie. »Mutter geht morgen aus und sie sagt, ich kann mir einladen, wen ich will.«

»Einverstanden.«

Als der Wagen in der Nähe von Basils Haus seine Fahrt verlangsamte, beugte sie sich rasch zu ihm. »Basil –«

Er wartete. Ihr Atem war warm an seiner Wange. Sie sollte schnell machen, wünschte er, oder ihre Eltern, die auf den Rücksitzen eingeschlummert waren, würden beim Anhalten des Wagens hören, was sie sagte. Er fand sie in diesem Augenblick wundervoll; ihr irgendwie fades

Wesen wurde mehr als ausgeglichen durch die erlesene Eleganz und den gepflegten Luxus, in dem sie lebte.

»Basil – Basil, wenn du morgen kommst, willst du diesen Hubert Blair mitbringen?«

Der Chauffeur öffnete die Tür, und Mr. und Mrs. Van Schellinger fuhren aus ihrem Schlummer auf. Als das Auto davongefahren war, blickte Basil ihm gedankenvoll nach, bis es um die Straßenecke bog.

Basil – der Frechste

Es war in einem versteckten Broadway-Lokal spät in der Nacht; darin eine glänzende und geheimnisvolle Versammlung von Salonlöwen, Diplomaten und Unterwelttypen. Noch vor wenigen Minuten war funkelnder Wein geflossen und auf dem Tisch hatte ein Mädchen fröhlich getanzt, doch jetzt war die ganze Gesellschaft stumm und atemlos. Alle Augen waren auf einen maskierten, aber eleganten Mann in Smoking und Zylinder gerichtet, der lässig im Eingang stand.

»Keine Bewegung bitte«, sagte er mit kultivierter, wohlerzogener Stimme, die jedoch einen stählernen Beiklang hatte. »Das Ding hier in meiner Hand könnte sonst losgehen.«

Sein Blick wanderte von Tisch zu Tisch, fiel weiter oben auf den boshaften Herrn mit dem blassen, düsteren Gesicht, auf Heatherly, den aalglatten Geheimagenten einer fremden Macht, und blieb ein wenig länger, und vielleicht mit etwas sanfterem Ausdruck, an einem Tisch hängen, wo eine junge Dame mit dunklem Haar und tragischen dunklen Augen ganz allein saß.

»Da nun der Zweck meines Hierseins erreicht ist, wird es Sie vielleicht interessieren, mit wem Sie es zu tun haben.« Überall glänzten erwartungsvolle Augen. Die Brust des dunkelhaarigen Mädchens hob sich leicht, und ein Wölkchen von feinstem französischem Parfüm stieg auf. »Ich bin niemand anders als jener ungreifbare Herr namens Basil Lee, bekannter als ›Der Schatten‹.«

Er nahm seinen genau sitzenden breitkrempigen Hut ab und machte eine ironische Verbeugung aus der Hüfte heraus. Dann drehte er sich blitzartig um und war in der Nacht verschwunden.

»Du kannst nur einmal im Monat nach New York«, sagte Lewis Crum, »und ein Lehrer muß mit dir fahren.«

Basil Lees glasige Augen kehrten ganz langsam von den Scheunen und Schildern des ländlichen Indiana ins Innere des Zuges der Broadway Limited zurück. Die hypnotische Wirkung der eiligen Telegrafenstangen verblaßte und Lewis Crums stumpfes Gesicht hob sich von dem weißen Schutzüberzug des gegenüberliegenden Sitzes ab.

»Ich würde dem Lehrer einfach auswitschen, wenn ich in New York ankomme«, sagte Basil.

»Von wegen.«

»Wetten wir, daß ich's täte?«

»Versuch's nur, du wirst schon sehen.«

»Was meinst du die ganze Zeit mit deinem ›Du wirst schon sehen‹, Lewis? Was werde ich sehen?«

In diesem Augenblick waren seine blitzenden, dunkelblauen Augen auf seinen Kameraden geheftet; Langeweile und Ungeduld lag darin. Die beiden hatten nichts gemeinsam, außer ihrem Alter – es war fünfzehn – und der lebenslangen Freundschaft ihrer Väter – und das bedeutete weniger als nichts. Außerdem kamen sie aus derselben Stadt des Mittelwestens, um Basils erstes und Lewis' zweites Jahr in der gleichen Schule im Osten anzutreten.

Anders, als es sonst üblich ist, war Lewis, der alte Hase,

mürrisch und der Neuling Basil voller Vorfreude. Lewis haßte die Schule. Er war vollständig vom mitreißenden Temperament einer lebhaften Mutter abhängig, und da er fühlte, wie sie immer weiter von ihm fortglitt, versank er immer tiefer in Trübsinn und Heimweh. Auf der anderen Seite hatte Basil schon so viele Geschichten vom Leben in einer Internatsschule in sich eingesogen, daß er, weit entfernt von jedem Heimweh, viel mehr ein frohes Gefühl des Vertrautseins und der Anerkennung empfand. Den Abend zuvor hatte er sogar bei einer der üblichen Raufereien, in Milwaukee, Lewis' Kamm aus dem Zug geworfen – einfach so, ohne Grund, und er hatte dabei das Gefühl, es sei jetzt genau das, was fällig gewesen war.

Lewis erschien Basils unwissende Begeisterung geschmacklos, und sein instinktiver Versuch, sie zu dämpfen, hatte zu ihrer gegenseitigen Gereiztheit beigetragen.

»Ich werde dir sagen, was du sehen wirst«, sagte er düster. »Sie werden dich beim Rauchen erwischen und einlochen.«

»Werden sie nicht, weil ich nicht rauchen werde. Ich will für Football trainieren.«

»Football! Heißa, Football!«

»Also ehrlich, Lewis, du magst wohl gar nichts, was?«

»Ich mag Football nicht. Ich laufe nicht gern los und laß mir aufs Auge hauen«. Lewis sprach voller Heftigkeit, denn seine Mutter hatte seine Furchtsamkeit immer zur Vernunft geadelt. Basils Antwort, obgleich sie nach seiner Meinung in freundlicher Absicht gegeben wurde, war eine von den Bemerkungen, die Feindschaften fürs Leben erzeugen.

»Du wärst sicher viel beliebter in der Schule, wenn du Football spieltest«, empfahl er von oben herab.

Lewis hielt sich nicht für unbeliebt. Er betrachtete die Dinge überhaupt nicht auf diese Weise. Er war verblüfft.

»Warte nur ab!« rief er wütend. »Sie werden dir deine Frechheiten schon austreiben!«

»Schnauze«, sagte Basil und zupfte gelassen an den Bügelfalten seiner ersten langen Hosen. »Schnauze, bitte.«

»Ich glaube, jeder wußte, daß du der Frechste in der Tageslandschule warst!«

»Schnauze!« sagte Basil noch einmal, aber weniger selbstgewiß. »Schnauze, gefälligst!«

»Du wirst ja wohl wissen, was in der Schulzeitung über dich gestanden hat –«

Jetzt war von Basils Gelassenheit nichts mehr zu merken.

»Schnauze!« sagte er finster, »sonst schmeiße ich auch noch deine Bürste aus dem Zug.«

Das Ausmaß dieser Drohung tat seine Wirkung, Lewis lehnte sich in seinen Sitz zurück, schnaubte und brummelte, war aber zweifellos ruhiger. Seine Bemerkung bezog sich auf eines der unrühmlichsten Vorkommnisse im Leben seines Genossen. In einer Zeitschrift, die von den Jungen in Basils voriger Schule herausgegeben worden war, waren – unter der Überschrift ›Persönliches‹ – die folgenden Zeilen erschienen:

›Wenn irgend jemand bitte den jungen Basil vergiften könnte oder sonst ein Mittel findet, um ihm das Maul zu stopfen, so wäre ihm die gesamte Schule – und auch ich – sehr dankbar.‹

Die beiden Jungen saßen sich wortlos wutschnaubend

gegenüber. Dann faßte Basil den festen Entschluß, dieses peinliche Stück Erinnerung wieder in der Versenkung verschwinden zu lassen. Das lag jetzt alles hinter ihm. Vielleicht war er ein bißchen vorlaut gewesen, aber jetzt machte er einen neuen Anfang. Einen Augenblick später entschwand die Erinnerung, und mit ihr entschwand der Zug und Lewis' unerfreuliche Gegenwart; wieder überkam ihn die Aura des Ostens und erfüllte ihn mit Sehnsucht. Eine Stimme rief ihn aus jener märchenhaften Welt, ein Mann stand neben ihm und hatte die Hand auf seiner Trainingsblusen-Schulter.

»Lee!«

»Ja, bitte?«

»Von dir hängt jetzt alles ab. Kapiert?«

»Kapiert, Sir.«

»Na schön«, sagte der Trainer, »dann leg los und hol uns den Sieg.«

Basil riß die Bluse von seinem schmächtigen Oberkörper und rannte auf das Spielfeld. Es blieben nur noch zwei Minuten Spielzeit und es stand 3 : 0 für den Gegner, aber als sie den jungen Lee erblickten – der das ganze Jahr über infolge der Intrige von Dan Haskins, dem Muskelprotz der Schule, und seiner Kreatur Wiesel Weems, am Spielen gehindert worden war –, da lief ein Hoffnungsschauer über die Zuschauertribüne von St. Regis.

»33 – 12 – 16 – 22!« brüllte Knirps Brown, der winzige Quarterback –

Das war sein Zeichen –

»Lieber Gott«, sagte Basil laut, »ich wünschte, wir würden nicht erst morgen ankommen.« Die unfreundliche Stimmung von vorhin hatte er schon vergessen.

II

St. Regis Schule, Eastchester,
18. November 19 –

›Liebe Mutter: Heut gibt's nicht viel neues, aber ich dachte ich sollte mal über mein Taschengeld schreiben. Die Jungen haben alle mehr Taschengeld als ich, man muß hier so viele Sachen anschaffen, z. B. Schuhbänder etc. Die Schule ist noch immer sehr nett und habe es gut hier, aber die Footballsaison ist vorbei und man kann nicht viel machen. Diese Woche fahre ich nach New York und schaue mir eine Show an. Ich weiß noch nicht, was gegeben wird, aber wahrscheinlich das Quacker-Mädchen oder Little Boy Blue und das ist beides sehr gut. Dr. Bacon ist sehr nett und im Ort gibt es einen guten Arzt. Jetzt mach ich Schluß weil ich Algebra lernen muß.

Dein dich liebender Sohn – Basil D. Lee‹

Als er den Brief in den Umschlag steckte, kam ein runzliger kleiner Junge in den verlassenen Lernsaal, in dem er saß, und stand da und starrte ihn an.

»Tag«, sagte Basil und runzelte die Stirn.

»Ich habe dich gesucht«, sagte der kleine Junge langsam und abschätzend. »Überall habe ich gesucht – drüben in deinem Zimmer und im Turnsaal, und sie haben gesagt, daß du dich vielleicht hier rein verdrückt hast.«

»Was willst du denn?« fragte Basil.

»Pluster dich mal nicht so auf, Bossy.«

Basil sprang hoch. Der kleine Junge machte einen Schritt rückwärts.

»Na los, hau doch zu«, piepste er nervös. »Los, schlag mich doch, weil ich bloß halb so groß bin – Bossy!«

Basil zuckte zusammen. »Wenn du das nochmal sagst, dann hau ich dich durch.«

»Nee, du wirst mich nicht hauen. Brick Wales hat gesagt, wenn du bloß einmal einen von uns anrührst –«

»Aber ich habe nie einen von euch angerührt.«

»Hast du nicht mal einen Haufen von uns weggejagt, und hat Brick Wales nicht –«

»Mensch, was willst du überhaupt!« rief Basil verzweifelt.

»Du sollst zu Doktor Bacon kommen. Sie haben gesagt, ich soll dich suchen, und jemand hat gesagt, du hast dich hierher verdrückt.«

Basil steckte den Brief in die Tasche und ging hinaus – der kleine Junge und sein Geschimpfe hinterher. Er ging einen langen Gang entlang, in dem jener dumpfe Geruch hing, den man am besten als den Geruch abgelutschter Karamellbonbons beschreiben kann, wie er für Knabenschulen so typisch ist; er stieg eine Treppe hoch und klopfte an eine mächtige, aber hier nicht ungewöhnliche Tür.

Doktor Bacon saß an seinem Schreibtisch. Er war ein gut aussehender, rothaariger Geistlicher der Episcopal Church und fünfzig Jahre alt; sein ursprünglich lebhaftes Interesse an jungen Burschen war jetzt einem nervösen Zynismus gewichen, der das Los aller Schuldirektoren ist und sich auf ihnen wie grüner Schimmel festsetzt. Einige Vorbereitungen mußten getroffen werden, bevor Basil sich setzen durfte – eine Goldrandbrille wurde an einem schwarzen Band aus der Tiefe gehievt und auf Basil gerichtet, um sicherzustellen, daß sich niemand für ihn ausgab; große Haufen von Papier mußten auf dem Schreibtisch durchgewühlt werden – nicht, um irgend etwas zu finden, sondern aus Nervosität, wie jemand seine Karten mischt.

»Heute morgen bekam ich einen Brief von deiner Mutter – eh – Basil.« Wenn er beim Vornamen genannt wurde, schrak Basil hier immer zusammen. Niemand sonst hatte ihn in dieser Schule anders als Bossy oder Lee genannt. »Sie hat den Eindruck, daß deine Noten schwach geworden sind. Soviel ich weiß, hat man gewisse Opfer dafür gebracht, dich hierherschicken zu können, und sie erwartet –«

Basil wand sich innerlich vor Peinlichkeit, nicht wegen der schlechten Noten, sondern weil seine finanziellen Mängel hier so unverhüllt festgestellt wurden. Er wußte, daß er in einer Schule für reiche Kinder eines der ärmsten war.

Vielleicht erwachte in Doktor Bacon ein latentes Gefühl: er fühlte das Unbehagen des Jungen; erneut wühlte er in den Papieren herum und fing mit etwas anderem an.

»Aber deshalb habe ich dich heute nachmittag nicht hierher bestellt. Letzte Woche hast du um die Erlaubnis gebeten, am Samstag nach New York zu fahren. Du willst zu einer Matinee. Nun höre ich von Mr. Davis, daß du, kaum daß die Schule wieder angefangen hat, morgen schon Ausgangsverbot hast . . .«

»Jawohl, Sir.«

»Das macht keinen guten Eindruck. Ich würde dir aber dennoch den Ausflug nach New York gestatten, wenn man es arrangieren könnte. Unglücklicherweise stehen aber an diesem Samstag keine Lehrer zur Verfügung.«

Basil blieb der Mund offen stehen. »Aber – aber Doktor Bacon, ich weiß doch, daß es zwei Gruppen gibt, die fahren. Könnte ich nicht mit einer mit?«

Doktor Bacon durchwühlte mit größter Eile seine sämtlichen Papiere. »Unglücklicherweise ist die eine aus etwas älteren Knaben zusammengestellt worden, und für die andere Gruppe wurden die Vorbereitungen schon vor einigen Wochen getroffen.«

»Wie wär's denn mit der Gruppe, die mit Mr. Dunn fährt, um ›Quaker Girl‹ zu sehen?«

»Diese Gruppe meine ich eben. Die sind der Meinung, daß alles vorbereitet ist, und sie haben auch ihre Sitzplätze nebeneinander bestellt.«

Plötzlich begriff Basil. Als er den Ausdruck seiner Augen bemerkte, sprach Doktor Bacon eilig weiter.

»Aber etwas könnten wir vielleicht doch machen. Es müssen natürlich mehrere Jungen in einer Gruppe sein, damit man die Kosten des Aufsichtslehrers unter ihnen aufteilen kann. Wenn du zwei andere Jungen auftreibst, die in einer Gruppe fahren wollen, gib mir ihre Namen bis fünf Uhr, und dann werde ich Mr. Rooney mit euch schicken.«

»Ich danke Ihnen«, sagte Basil.

Doktor Bacon zögerte. Unter der dicken Kruste von Zynismus, die sich in vielen Jahren gebildet hatte, machte sich das Bedürfnis bemerkbar, sich doch den ungewöhnlichen Fall dieses Jungen mal näher zu betrachten und herauszukriegen, weshalb er von allen am meisten verabscheut wurde. Unter den anderen Jungen und den Lehrern schien eine außerordentliche Feindseligkeit ihm gegenüber zu bestehen, und obgleich Doktor Bacon mit vielerlei Schülervergehen zu tun gehabt hatte, hatte er weder allein noch mit der Hilfe vertrauenswürdiger älterer Schüler den Finger auf den eigentlichen Grund legen können. Wahrscheinlich war es nicht ein einzelner Grund, sondern ein Zusammentreffen von Gründen; sehr wahrscheinlich war es eine jener ungreifbaren Fragen der Persönlichkeit. Doch erinnerte er sich, daß er Basil, als er ihn zuerst gesehen hatte, als besonders einnehmend empfunden hatte.

Er seufzte. Manchmal erledigten sich die Dinge von selber. Er neigte nicht zu grober Übereilung. »Sieh mal zu, daß wir nächsten Monat einen besseren Bericht nach Hause schicken können, Basil.«

»Jawohl, Sir.«

Schnell rannte Basil hinunter in den Erholungsraum. Es war Mittwoch und die meisten Jungen waren schon ins Dorf Eastchester ausgegangen; Basil, der noch immer Ausgehverbot hatte, durfte nicht mit. Wenn er sich die ansah, die um die Billardtische und das Klavier herumlungerten, stellte er fest, daß es schwer für ihn sein würde, überhaupt jemand zum Mitfahren zu bewegen. Denn Basil war sich durchaus bewußt, daß er der unbeliebteste Junge der Schule war.

Es war fast von Anfang an so gewesen. Eines Tages, weniger als vierzehn Tage, nachdem er angekommen war, sammelte sich plötzlich eine Menge von kleineren Jungen um ihn und fing an, ihn ›Bossy‹ zu nennen. Innerhalb der folgenden Woche hatte er zwei Raufereien, und jedes Mal waren die Umstehenden heftig und hörbar auf der Seite des anderen Jungen. Bald danach, als er bloß mal unbekümmert drängelte, um in den Eßsaal zu kommen, wie es alle anderen auch machten, drehte sich Carver, der Footballkapitän, um, packte ihn am Hals, hielt ihn fest und putzte ihn bösartig runter. Ganz harmlos gesellte er sich zu einigen, die am Klavier standen; sie sagten zu ihm »geh weg, wir haben dich hier nicht gern.«

Nach einem Monat erfaßte er erst richtig, wie unbeliebt er war. Das erschütterte ihn. Als er eines Tages eine besonders bittere Demütigung erfahren hatte, ging er in sein Zimmer hinauf und weinte. Eine Zeitlang versuchte er sich abseits zu halten, aber das half auch nichts. Er wurde beschuldigt, daß er sich mal hier mal dort verdrückte, gerade als ob er dabei einige besonders ruchlose Pläne verfolgte. Er war verwirrt und niedergeschlagen und betrachtete sein Gesicht im Spiegel; er versuchte dort das Geheimnis der Abneigung zu entdecken – im Augenausdruck, in seinem Lächeln.

Jetzt sah er ein, daß er von Anfang an einiges falsch gemacht hatte – er hatte geprahlt, beim Football hatte er den Eindruck von Feigheit gemacht, er hatte andere mit der Nase auf ihre Fehler gestoßen, und er hatte in der Klasse ostentativ sein ziemlich außergewöhnliches Allgemeinwissen vorgeführt. Aber er hatte sich um Besserung bemüht, und er konnte nicht verstehen, warum ihm die Anpassung mißlang. Offenbar war es zu spät. Er war für immer ein Außenseiter.

Tatsächlich war er ein Sündenbock geworden, der Bösewicht des ersten Augenblicks, der Schwamm, der alle äußere Bosheit und Reizbarkeit aufsaugte – so wie die ängstlichste Person in einer Gruppe die Angst aller anderen in sich aufsaugt, für alle anderen Angst aussteht. Seine Lage wurde auch nicht durch die allen ersichtliche Tatsache gebessert, daß sein unmäßiges Selbstvertrauen, mit dem er im September nach St. Regis gekommen war, nun gründlich zerstört war. Da konnten ihn Jungen straflos verhöhnen, die ein paar Monate vorher nicht einmal gewagt hätten, laut mit ihm zu reden.

Der Ausflug nach New York bedeutete ihm jetzt ungeheuer viel – eine Unterbrechung seines täglichen Elends, und außerdem einen kleinen Blick auf den ersehnten Himmel romantischer Gefühle. Da er aufgrund seiner Vergehen Woche für Woche immer wieder hinausgeschoben wurde – andauernd erwischte man ihn nach dem Lichtlöschen beim Lesen, sein Elend trieb ihn in solcherlei Flucht vor der Wirklichkeit –, vertiefte sich seine Sehnsucht allmählich, sie wurde ein heftiger Hunger. Es war ihm unerträglich, daß er immer noch nicht weg durfte, und wieder sagte er sich die kurze Liste der Jungen vor, die er vielleicht zum Mitfahren überreden konnte. In Frage kamen Fatty Gaspar, Treadway und Pieps Brown. Bei einem kurzen Besuch in ihren Zimmern zeigte es sich, daß sie, da es am Mittwoch immer erlaubt war, nachmittags nach Eastchester gegangen waren.

Basil zögerte keinen Moment. Er hatte nur bis fünf Uhr Zeit, und ihm blieb nur die Möglichkeit, ihnen zu folgen. Es war nicht das erste Mal, daß er das Ausgangsverbot übertreten hatte, obgleich sein letzter Versuch ein katastrophales Ende genommen und sein Verbot verlängert hatte. Er zog sich in seinem Zimmer einen dicken Pullover über – mit einem Mantel hätte er seine Absicht verraten –, zog wieder seine Jacke darüber und versteckte seine Mütze in der Hintertasche. Dann ging er die Treppe runter und machte sich mit angestrengt sorglosem Pfeifen auf den Weg über den Rasen zur Turnhalle. Dort blieb er eine Weile stehen, als ob er durch die Fenster hineinschaute, zuerst durch das nächste am Weg, dann durch das, das näher an der Ecke des Gebäudes war. Von da aus schlich er sich schnell, und auch wieder nicht zu schnell, zum Lilienbeet. Dann schoß er um die Ecke und über ein langes Rasenstück, das von den Fenstern aus nicht überblickt werden konnte; er hielt die Drähte eines Drahtzauns auseinander, kletterte durch und stand auf dem benachbarten Grundstück. Fürs erste war er frei. Er setzte die Mütze auf, gegen den kühlen Novemberwind, und setzte sich in Bewegung; bis zum Ort war es einen Kilometer.

Eastchester war ein Bauernort am Stadtrand, es gab eine kleine Schuhfabrik. Die Einrichtungen, die für die Fabrikarbeiter gedacht waren, wurden von den Schülern gern aufgesucht: ein Kino, ein Imbißwagen auf Rädern, der der ›Hund‹ genannt wurde, und die Bostoner Bonbon-Bude. Basil versuchte es zuerst mit dem ›Hund‹, und sofort stieß er auf einen Kandidaten.

Es war Pieps Brown, ein hysterischer Knabe, der hin und wieder Anfälle kriegte und den man geflissentlich mied. Viele Jahre danach sollte er ein brillanter Anwalt werden, aber zu jener Zeit wurde er von den Jungen von St. Regis als ein typischer Irrer betrachtet, da er den ganzen Tag lang seine Nervosität durch eine sonderbare Kollektion von Geräuschen milderte.

Er war gern in Gesellschaft von jüngeren Knaben, die nicht die Vorurteile der Älteren hatten, und war denn auch von einigen umgeben, als Basil des Weges kam.

»Ahheeee!« schrie er, »Heehee!« Er hielt seine Hand vor den Mund und bewegte sie schnell hin und her, wodurch ein ›Ua-Ua-Ua‹-Geräusch entstand. »Es ist Bossy Lee, Bossy Lee, 's ist Boss-Boss-Bossy Lee!«

»Moment mal, Pieps!« sagte Basil voller Angst – fast befürchtete er schon, der Junge könnte gänzlich überschnappen, bevor er ihn zum Mitkommen überreden konnte. »Du, Pieps, hör mal. Laß das, Pieps, wart doch mal. Kannst du Samstag nachmittag mit nach New York kommen?«

»Heee-hee!« schrie Pieps zu Basils Verzweiflung. »Heeehee!«

»Jetzt mal im Ernst, Pieps, sag doch, machst du's? Wir könnten zusammen fahren, wenn du fährst.«

»Ich muß zu einem Arzt«, sagte Pieps, plötzlich ganz ruhig. »Er will mal nachsehen, wie verrückt ich bin.«

»Kannst du ihn nicht rumkriegen, daß er an einem anderen Tag nachsieht?« sagte Basil humorlos.

»Heeeeyhey!« schrie Pieps.

»Is ja schon gut«, sagte Basil hastig. »Hast du Fatty Gaspar im Ort gesehen?«

Pieps ging völlig auf in seinen Kreischtönen, aber jemand anderes hatte den Dicken gesehen: Basil wurde zur Bostoner Bonbon-Bude geschickt.

Es war ein grelles Billigzucker-Paradies. Sein Duft, der schwer und übelkeitserregend war und auf den Handtellern der Erwachsenen klebrigen Schweiß erzeugte, lag wie ein erstickender Dunst über der ganzen Nachbarschaft; schon am Eingang trat er einem entgegen wie eine Moralpredigt. Innen saßen mehrere Jungen in einer Reihe, unter einem Fliegendreckmuster, das wie schwarzes Spitzenwerk aussah, und delektierten sich an schwersüßen Banana-Splits, Ahorn-Nußdesserts, Eisdesserts mit Schokolade und Nuß-Überzug, und mit Marshmallows. Basil traf den fetten Gaspar an einem Seitentisch.

Von vornherein war Fatty Gaspar Basils schwierigster und hoffnungslosester Kandidat. Er galt als ein netter Kerl – er war sogar so freundlich, daß er Basil höflich behandelt hatte und den ganzen Herbst über zuvorkommend gewe-

173

sen war. Basil merkte, daß er zu allen so war, aber es konnte doch sein, daß Fatty ihn mochte, wie früher ja auch manche Leute ihn gemocht hatten, und die Verzweiflung trieb ihn, es darauf ankommen zu lassen. Doch war es zweifellos nur eine Anmaßung, und als er näher an den Tisch kam und sah, wie die Gesichter der anderen beiden Jungen, die sich nach ihm umwandten, härter wurden, schwand Basils Hoffnung dahin.

»Hör mal, Fatty –«, sagte er und hielt inne. Dann brach es plötzlich aus ihm raus: »Ich hab Ausgangsverbot, aber ich bin trotzdem rausgelaufen, weil ich dich unbedingt sehen wollte. Doktor Bacon hat gesagt, ich könnte nach New York fahren, wenn ich noch zwei andere Jungen zum Mitfahren auftreiben würde. Ich habe Pieps Brown gefragt, aber er konnte nicht, und jetzt wollte ich dich mal fragen.«

Er verstummte, in wilder Verlegenheit, und wartete ab. Plötzlich brachen die beiden Jungen neben Fatty in brüllendes Gelächter aus.

»So irre ist Pieps auch nicht!«

Fatty Gaspar war unentschlossen. Am Samstag konnte er nicht nach New York, und normalerweise hätte er einfach, ohne es bös zu meinen, abgelehnt. Er hatte nichts gegen Basil, er hatte gegen überhaupt niemanden etwas. Aber Jungen haben keine starke Widerstandskraft gegenüber der allgemeinen Meinung, und das verächtliche Lachen der anderen beeinflußte ihn.

»Ich möchte nicht fahren«, sagte er gleichgültig. »Warum fragst du ausgerechnet mich?«

Dann gab er – wenn auch etwas beschämt – ein kleines abschätziges Lachen von sich und beugte sich wieder über sein Eis.

»Ich dachte einfach, ich könnte dich fragen«, sagte Basil.

Er wandte sich rasch ab, ging zur Theke und bestellte mit veränderter und hohler Stimme einen Erdbeereisbecher. Er aß ihn mechanisch und hörte gelegentliches Flüstern und Kichern vom Tisch hinter ihm. In seiner Benommenheit wollte er, ohne zu zahlen, hinausgehen, aber der Verkäufer rief ihn zurück, und noch einmal drang ein verächtliches Lachen zu ihm hin.

Einen Augenblick lang erwog er, ob er noch einmal zu dem Tisch gehen und einen der Jungen ohrfeigen sollte, aber er sah nicht, was ihm das nützen konnte. Sie würden dann den wahren Grund aussprechen, daß er es getan hatte, weil er niemand zum Mitfahren nach New York bewegen konnte. Er ballte die Fäuste in ohnmächtiger Wut und ging aus dem Laden.

Da stieß er sogleich auf den dritten Kandidaten, Treadway. Treadway war spät im Jahr nach St. Regis gekommen und man hatte ihn vorige Woche mit Basil zusammen in einen Raum quartiert. Der Umstand, daß Treadway seine Demütigungen dieses Herbstes nicht miterlebt hatte, ermutigte Basil zu einem natürlichen Umgang mit ihm, und ihr Verhältnis war, wenn auch nicht eng, so doch wenigstens ruhig.

»Hallo, Treadway«, rief er, noch immer in Erregung über die Vorfälle in dem Süßwarenladen, »kannst du am Samstag nachmittag mitfahren – nach New York ins Theater?«

Plötzlich blieb er stehen, denn er bemerkte, daß Treadway in der Gesellschaft von Brick Wales war, einem Jungen, mit dem er schon eine Rauferei gehabt hatte, einem seiner bösesten Feinde. Basil blickte von einem zum andern und bemerkte einen ungeduldigen Ausdruck in Treadways Gesicht und einen abwesenden Ausdruck in Brick Wales Gesicht; da wurde ihm klar, was geschehen war. Treadway paßte sich dem allgemeinen Schulleben an, und gerade eben war er über den Stand seines Zimmergenossen aufgeklärt worden. Genau wie Fatty Gaspar wollte er noch nicht mal zugeben, daß er für so einen freundschaftlichen Wunsch in Frage kam, sondern machte einen kurzen Strich durch ihr Verhältnis.

»Im Leben nicht«, sagte er kurz. »Adieu.« Und die beiden gingen hinter ihm weiter und in den Süßwarenladen hinein.

Wären diese kleinen Sticheleien, die um so bitterer waren, als sie ohne große Gemütbewegung ausgeteilt wurden, Basil im September zugestoßen, dann wären sie ihm unerträglich gewesen. Aber seitdem hatte er sich eine harte Schale zugelegt, und wenn sie ihn auch nicht anziehender machte, so ersparte sie ihm doch einige Feinheiten der Qual. Dennoch war ihm elend zumute; voller Verzweiflung und Selbstmitleid ging er noch ein kleines Stück in der anderen Richtung auf der Straße, bis er die heftigen Verzerrungen seines Gesichtes wieder beherrschen konnte. Dann wanderte er, mit einem kleinen Umweg, zurück zur Schule.

Er erreichte das Nachbargrundstück und wollte genauso zurück ins Schulgelände, wie er herausgekommen war. Er hatte sich zur Hälfte durch die Hecke gearbeitet, da hörte er, wie sich auf dem Fußweg Tritte näherten; er verharrte bewegungslos in seiner Angst vor Lehrern, die vielleicht in der Nähe waren. Die Stimmen kamen näher und wurden lauter; bevor er sich recht bewußt war, hörte er die Worte – regungslos vor Entsetzen:

»– na, und nachdem er es mit Pieps Brown versucht hatte, bettelte die trübe Tasse Fatty Gaspar an, ob er nicht mit ihm fahren würde, und Fatty sagte ›Wozu fragst du mich überhaupt?‹ Geschieht ihm ganz recht, daß er keinen auftreiben konnte.«

Es war die miese, triumphierende Stimme von Lewis Crum.

III

Als er wieder oben in sein Zimmer kam, fand er auf dem Bett ein Paket. Er wußte, was darin war, und hatte es schon lange mit Spannung erwartet, aber jetzt war er so deprimiert, daß er nur gleichgültig aufmachte. Es war eine Serie von acht Farbreproduktionen der Harrison-Fisher-Girls auf Glanzpapier, ohne Aufdruck oder zusätzliche Reklame, so daß man sie einrahmen konnte.

Die Bilder hatten die Unterschriften Dora, Marguerite, Babette, Lucille, Gretchen, Rose, Katherine und Mina. Zwei davon schaute Basil an, zerriß sie langsam und ließ die Fetzen in den Papierkorb fallen, so wie man sich der Kümmerlinge aus einem Wurf kleiner Hunde entledigt. Die anderen sechs heftete er mit Abständen ringsum an die Zimmerwände. Dann legte er sich aufs Bett und betrachtete sie.

Dora, Lucille und Katherine waren blond; Gretchen war hellbraun, Babette und Mina waren dunkel. Nach einigen Minuten hatte er heraus, daß er am meisten auf Dora und Babette schaute, und, etwas weniger, auf Gretchen, obgleich deren holländisches Häubchen unromantisch aussah und Geheimnisse ausschloß. Babette, eine dunkle, veilchenäugige Schönheit mit einem eng anliegenden Hut, fand er am anziehendsten; an ihr blieben seine Augen schließlich hängen.

»Babette«, flüsterte er zu sich selbst, »meine schöne Babette.«

Der Klang des Wortes, der so traurig und eindringlich war wie die Schlager ›Vilia‹, oder ›I am happy at Maxim's‹ auf der Schallplatte, ließ ein weiches Gefühl in ihm aufkommen, er legte sich auf sein Gesicht und weinte in das Kissen. Er faßte nach oben nach den Gitterstäben des Bettes, schluchzte und stöhnte, und fiel in ein bruchstückhaftes Selbstgespräch – wie er sie haßte und wen er haßte – er zählte ein Dutzend auf –, und was er ihnen alles antun wollte, wenn er groß und mächtig war. In früheren Augenblicken dieser Art hatte er Fatty Gaspar immer wegen seiner Freundlichkeit belohnt, aber jetzt erging es ihm wie den anderen. Basil hockte sich auf ihn, trommelte gnadenlos auf ihm herum, oder lachte höhnisch, wenn er als blinder Bettler auf der Straße an ihm vorbeiging.

Er nahm sich zusammen, als er Treadway hereinkommen hörte, aber er rührte sich nicht und sprach kein Wort. Er hörte zu, wie der andere im Zimmer hin und herging, und nach einiger Zeit wurde ihm bewußt, daß er unübliche Geräusche von Schranktüren und Schubladen hörte, die geöffnet und geschlossen wurden. Basil drehte sich um, sein Arm verdeckte sein tränennasses Gesicht. Treadway hatte einen Packen Hemden in der Hand.

»Was machst du denn da?« fragte er.

Sein Zimmergenosse schaute ihn eisig an. »Ich ziehe zu Wales rüber«, sagte er.

»Ach so.«

Treadway fuhr mit seiner Packerei fort. Er trug einen vollen Koffer hinaus, dann einen anderen, nahm ein paar Wimpel von der Wand ab und zerrte seinen Schrankkoffer auf den Gang hinaus. Basil beobachtete, wie er seine Toilettengegenstände in ein Handtuch einwickelte und dann einen letzten Rundblick auf die Wüstenei dieses Raums warf, um festzustellen, ob er was vergessen hatte.

»Wiedersehen«, sagte er zu Basil, ohne auch nur die Andeutung eines Ausdrucks im Gesicht.

»Wiedersehen.«

Treadway ging hinaus. Basil drehte sich wieder um und schluchzte in das Kissen.

»Arme Babette!« schluchzte er. »Arme kleine Babette! Arme kleine Babette!«

Die grazile und aufreizende Babette sah mit kokettem Blick von der Wand auf ihn herab.

IV

Dr. Bacon hatte ein Gefühl für Basils heftige Sehnsucht und vielleicht auch für sein tiefes Elend, und so sorgte er dafür, daß Basil schließlich doch nach New York fahren konnte. Er wurde von Mr. Rooney begleitet, dem Footballtrainer und Lehrer für Geschichte. Mit zwanzig hatte Mr. Rooney sich überlegt, ob er nicht zur Polizei gehen sollte oder ob er seinen Aufstieg durch ein kleines neuenglisches College bezahlen lassen wollte. Er war wirklich ein hartgesottener Typ, und Dr. Bacon hatte vor, ihn um

Weihnachten loszuwerden. Mr. Rooneys Verachtung für Basil beruhte auf dessen schwankendem und unzuverlässigem Verhalten während der letzten Footballsaison – er hatte seine eigenen Gründe dafür, daß er ihn nach New York mitnahm.

Basil saß schüchtern neben ihm im Zug und schaute an dem mächtigen Körper von Mr. Rooney vorbei auf die Bucht und die brachliegenden Felder von Westchester County. Mr. Rooney beendete die Lektüre seiner Zeitung, faltete sie zusammen und versank in brütendes Schweigen. Er hatte ein ausgiebiges Frühstück eingenommen, und die gegenwärtigen Umstände hatten es nicht zugelassen, daß er es mit sportlichen Übungen abarbeitete. Basil war, wie er sich erinnerte, ein frecher Junge, und es war an der Zeit, daß er sich frech benahm und somit gemaßregelt werden konnte. Diese untadelige Stille ärgerte ihn.

»Hör mal, Lee«, sagte er plötzlich mit einem fadenscheinigen Ausdruck von freundschaftlichem Interesse. »Warum wirst du nicht endlich vernünftig?«

»Bitte, Sir?« Basil wurde aus den erregenden Träumereien des Morgens aufgeschreckt.

»Ich habe gesagt, warum du nicht endlich vernünftig wirst«, sagte Mr. Rooney in einem etwas heftigen Ton. »Willst du denn die ganze Zeit, wo du hier bist, der Prügelknabe der Schule sein?«

»Nein, das möchte ich nicht.« Basil war ernüchtert. Konnte er das alles denn nicht mal für einen Tag loswerden?

»Du solltest nicht dauernd immer so frech sein. In Geschichte hätte ich dir ein paar Mal am liebsten den Hals umgedreht.«

Basil fiel keine entsprechende Antwort ein.

»Und dann draußen beim Football«, fuhr Mr. Rooney fort, »hast du dich überhaupt nicht eingesetzt. Du könntest besser als viele andere spielen, wenn du nur wolltest, so wie an dem Tag gegen die zweite Mannschaft von Pomfret; aber du hast dich nicht eingesetzt.«

»Ich hätte bei der zweiten Mannschaft nicht anfangen sollen«, sagte Basil. »Ich war zu leicht. Ich hätte in der dritten bleiben sollen.«

»Du hast gekniffen, das war alles. Du müßtest mal vernünftig werden. Im Unterricht denkst du dauernd an irgendwas anderes. Wenn du nicht lernst, dann kannst du nie aufs College.«

»Ich bin in der fünften Klasse der jüngste«, sagte Basil heftig.

»Du denkst wohl, du hast Mords was aufm Kasten, was?« Er schaute Basil wütend an. Dann aber schien sich etwas zu ereignen, wodurch sich seine Haltung änderte, und eine Zeitlang fuhren sie schweigend. Als der Zug durch die dichtgedrängten New Yorker Vorstädte eilte, redete er noch einmal mit sanfterer Stimme und mit einer Art, als hätte er lange Zeit über die Angelegenheit nachgedacht.

»Lee, ich werde dir vertrauen.«

»Jawohl, Sir.«

»Jetzt geh mal etwas essen und dann kannst du in deine Show gehen. Ich habe hier selbst ein bißchen was zu erledigen, und wenn ich damit fertig bin, will ich versuchen, auch ins Theater zu kommen. Wenn ich es nicht schaffe, dann treffe ich dich auf jeden Fall am Ausgang.«

Basils Herz tat einen Sprung. »Jawohl, Sir.«

»Du sagst in der Schule bitte nichts darüber – ich meine, darüber, daß ich was für mich erledigt habe.«

»Nein, Sir.«

»Wir werden ja sehen, ob du einmal deinen Mund halten kannst«, sagte er in spaßhaftem Ton. Dann, mit strengem Moral-Ton, fügte er hinzu: »Und kein Alkohol, ist das klar?«

»Nein, nein, Sir!« Der Gedanke schockierte Basil. Er hatte alkoholische Getränke noch nie probiert, noch nicht einmal an die Möglichkeit gedacht, abgesehen von dem unstofflichen und nicht alkoholischen Champagner erträumter Cafés.

Wie ihm Mr. Rooney geraten hatte, ging er zum Mittagessen ins Manhattan Hotel, das in der Nähe des Bahnhofs lag; er bestellte ein Club-Sandwich, Pommes frites und eine Schokoladencreme. Aus dem Augenwinkel beobachtete er die unbekümmerten, wohlgelaunten, blasierten New Yorker am Nebentisch; er dachte sich eine romantische Geschichte aus, in der all diese Leute, die vielleicht auch aus dem Mittelwesten stammten, am Ende gut wegkamen. Wie eine Last war die Schule von ihm abgefallen; sie war nur noch ein schwacher und ferner Lärm, den man nicht beachtete. Er zögerte sogar das Öffnen des Briefes hinaus, der mit der Morgenpost gekommen war und den er jetzt in der Tasche fühlte, weil er an seine Schuladresse gerichtet war.

Er hätte gerne noch eine Schokoladencreme gehabt, aber da er den Kellner nicht gerne noch einmal belästigen wollte, machte er den Brief auf und breitete ihn vor sich auf dem Tisch aus. Er kam von seiner Mutter:

»Lieber Basil: Ich schreibe dies in großer Eile, denn ich wollte Dich nicht mit einem Telegramm erschrecken. Großvater will ins Ausland reisen, um ein Heilbad aufzusuchen, und er will, daß Du und ich mitkommen. Wir denken daran, daß Du den Rest des Jahres in Grenoble oder Montreux zur Schule gehst und dort die Sprachen lernst, und daß wir dann in der Nähe sind. Das heißt, wenn Du willst. Ich weiß, wie gern Du St. Regis hast und wie gern Du Football und Baseball spielst, und das gäbe es dort natürlich nicht. Andererseits wäre es mal eine nette Abwechslung, auch wenn sich dadurch Dein Studium in Yale um ein Jahr verzögern würde. Also, wie immer, sollst Du es so machen, wie Du willst. Wir werden zu Hause fast schon wegfahren, wenn Du diesen Brief erhältst, und wir werden nach New York ins Waldorf kommen; Du kannst uns dort für ein paar Tage besuchen, auch wenn Du Dich entschließt, hierzubleiben. Denk mal drüber nach, Lieber.

In Liebe zu meinem Lieblingsjungen – Mutter.«

Basil stand von seinem Stuhl auf und hatte so etwas wie die Idee, daß er jetzt gleich ins Waldorf gehen und sich dort fest einschließen lassen sollte, bis seine Mutter ankam. Dann trieb es ihn doch, irgendeine Reaktion zu zeigen, er hob seine Stimme und rief zum ersten Mal in tiefem Erwachsenenton laut und ohne Hemmung nach dem Kellner. Nie mehr St. Regis! Nie mehr St. Regis! Er erstickte fast vor Glück.

»O mein Gott!« rief er bei sich, »mein Gott, mein Gott! Kein Doktor Bacon mehr, und kein Mr. Rooney, Brick

Wales und Fatty Gaspar. Kein Pieps Brown mehr, kein Ausgehverbot und nicht mehr ›Bossy‹ geschimpft werden.« Er brauchte sie nicht mehr zu hassen, denn sie waren machtlose Schatten in der statischen Welt, der er entglitt, von der er davontrieb, und er winkte. »Adieu!« Sie taten ihm leid. »Adieu!«

Es bedurfte des Lärm der Zweiundvierzigsten Straße, um seine rührselige Freude zu dämpfen. Vorsichtig, mit einer Hand an seinem Portemonnaie, um es vor den allgegenwärtigen Taschendieben zu schützen, bewegte er sich in Richtung Broadway. Was für ein Tag! Er würde Mr. Rooney sagen – ach was, er brauchte überhaupt nicht mehr dahin. Oder vielleicht sollte er doch zurückfahren und überall bekanntmachen, was er jetzt für Aussichten hatte, während sie immer wieder ihrer miesen, elenden Schulroutine nachgingen.

Er fand das Theater und trat in das Foyer mit seiner weiblichen Puderatmosphäre einer Nachmittagsvorstellung. Während er sein Billett hervorzog, fiel sein Blick ein paar Meter weiter auf ein stark modelliertes Profil; er war fasziniert. Es war das Profil eines gut gebauten blonden jungen Mannes von etwa zwanzig, mit starkem Kinn und scharfen grauen Augen. Einen Augenblick war Basils Hirn in wilder Umdrehung, dann kam es zur Ruhe und hatte einen Namen – und mehr als einen Namen! eine Legende! eine Himmelsinschrift! Was für ein Tag! Er hatte den jungen Mann noch nie zuvor gesehen, aber aus tausend Bildern wußte er, ohne den geringsten Zweifel, daß es Ted Fay war, der Footballkapitän von Yale, der letztes Jahr Harvard und Princeton fast eigenhändig geschlagen hatte. Basil empfand eine Art erlesenen Schmerz. Das Profil wandte sich ab; die Menge kreiselte;

der Held entschwand. Aber während der nächsten Stunden würde es Basil stets bewußt sein, daß auch Ted Fay hier war.

In der raschelnden, flüsternden, süß duftenden Dämmerung des Theaters las er das Programm. Es war genau die Show, die er sehen wollte, die tollste aller Shows, und schon das Programmheft hatte etwas sonderbar Weihevolles – ein kleineres Abbild der eigentlichen Veranstaltung. Aber als der Vorhang sich hob, da wurde es zu Abfall, den man achtlos zu Boden fallen ließ.

1. AKT *Der Dorfanger eines kleinen Ortes bei New York*
Es war zu blendend hell, um alles auf einmal zu begreifen, und von Anfang an hatte Basil das Gefühl, daß er etwas übersehen hatte. Er würde seine Mutter bitten, daß sie mit ihm nochmal hierher ginge, wenn sie kam – nächste Woche oder morgen.

Eine Stunde verging. Zu dieser Zeit war es sehr traurig – so eine Art fröhlicher Traurigkeit, aber doch traurig. Das Mädchen – der Mann. Wodurch wurden sie noch immer gehindert, zusammenzukommen? Ach, diese tragischen Irrtümer und falschen Vorstellungen. So traurig. Konnten sie sich nicht in die Augen blicken und erkennen?

In einer heftigen Glut aus Licht und Ton, voll von Entschlossenheit, Vorgefühl und einer Ahnung von Ungemach ging der Akt vorbei.

Er ging hinaus. Er suchte mit den Augen nach Ted Fay und sah, wie er nachdenklich an der gepolsterten Rückwand des Theaters lehnte, aber ganz sicher war er nicht. Er kaufte sich Zigaretten und zündete sich eine an; aber da er schon beim ersten Zug Musik zu hören glaubte, eilte er wieder hinein.

2. Akt *Das Foyer des Astor Hotels*

Ja, sie war wirklich wie Musik – eine herrliche Rose der Nacht. Der Walzer brachte ihr Auftrieb, ließ sie zu schmerzlicher Schönheit wachsen und ließ sie dann mit den letzten Takten wieder ins Alltagsleben abgleiten, so wie ein Blatt schräg zur Erde taumelt. Das große Leben von New York! Wer konnte sie dafür tadeln, daß sie von diesem ganzen Glitzern fortgerissen wurde und in den hellen Morgen gelber Fenster fortgetrieben, oder in eine ferne und bezaubernde Musik beim Öffnen und Schließen der Tür in den Tanzsaal? Die Glitzerstadt ließ sie hochleben.

Eine halbe Stunde verging. Ihr Geliebter brachte ihr Rosen, die waren wie sie selbst, und sie warf sie ihm verächtlich vor die Füße. Sie lachte und wandte sich dem anderen zu, und tanzte – tanzte verrückt und wild. Horch! Dieser feine Unterton der dünnen Hörner, diese abwärts geschwungene Note der größeren Streichinstrumente. Da war es wieder, schmerzhaft und dunkel, es wehte wie ein starker Windstoß des Gefühls über die Bühne und ergriff sie wieder, wie ein hilfloses Blatt im Wind:

›Rose Rose Rose der Nacht,
Schön wirst du sein im Frühlingsmond . . .‹

Einige Minuten danach ließ sich Basil von der Menge nach draußen tragen; er fühlte sich seltsam erschüttert und beschwingt. Das erste, was ihm in die Augen geriet, war

186

die fast vergessene und seltsam verwandelte Erscheinung des Mr. Rooney.

Von Mr. Rooney war tatsächlich der Lack ein wenig abgegangen. Erstmal trug er einen anderen und viel kleineren Hut als mittags, als er Basil verlassen hatte. Zweitens hatte sein Gesicht diesen irgendwie robusten Ausdruck verloren, es hatte eine reine und sogar etwas zerbrechliche Blässe angenommen; außerdem hingen ihm sein Schlips und sogar Teile seines Hemdes aus dem Mantel heraus, der unerklärlicherweise klatschnaß war. Wie Mr. Rooney innerhalb der kurzen Zeit von vier Stunden in einen solchen Zustand geraten konnte, kann nur durch den Druck erklärt werden, den die Enge eines Knaben-Internats auf einen lebhaften Freiluftmenschen ausübt. Mr. Rooney war zu einem arbeitsreichen Leben unter klaren Himmeln bestimmt, aber jetzt ging er, vielleicht sogar halb bewußt, einem unvermeidlichen Schicksal entgegen.

»Lee«, sagte er undeutlich, »du solltest langsam vernünftig werden. Ich werde dich mal ins Bild setzen!«

Um der düsteren Möglichkeit zu entgehen, im Foyer ins Bild gesetzt zu werden, kam Basil lieber auf ein anderes Thema zu sprechen.

»Kommen Sie nicht auch in die Vorstellung?« fragte er; für Mr. Rooney war das schmeichelhaft, denn unausgesprochen war damit zugestanden, daß er überhaupt in der Verfassung zu einem Theaterbesuch war. »Es ist eine wunderbare Show.«

Mr. Rooney nahm seinen Hut ab, wobei sein klatschnasses, verfilztes Haar sichtbar wurde. Ganz hinten in seinem Kopf kämpfte sich ein Bild seiner wahren Lage in sein Bewußtsein.

»Wir müssen in die Schule zurück«, sagte er mit düsterer Stimme, aber ohne Überzeugung.

»Aber es kommt noch ein Akt«, wandte Basil erschrocken ein. »Ich muß doch den letzten Akt noch sehen.«

Mr. Rooney schwankte, und es wurde ihm undeutlich bewußt, daß er sich diesem Jungen in die Hand gegeben hatte.

»Na schschön«, stimmte er zu. »Dann werd ich mal was essn. Ich wart auf dich nebenan.«

Er machte eine plötzliche Kehrtwendung, machte ein Dutzend unsichere Schritte und gelangte in einem weit ausholenden Bogen in die ans Theater angrenzende Bar. Basil ging wieder hinein, ziemlich erschüttert.

3. AKT *Der Dachgarten des Hauses von Mr. Van Astor. Nacht.*

Eine halbe Stunde verging. Es würde sich schließlich alles wieder einrenken. Der Komiker war jetzt in Hochform, überzeugend mit seinem frohen Lachen nach den Tränen, ein Versprechen von Glück stand am hellen tropischen Himmel. Noch ein reizendes beschwörendes Duett, dann war der lange Augenblick unvergleichlicher Schönheit plötzlich vorüber.

Basil trat ins Foyer und stand eine Weile in Gedanken, während die Menge hinausströmte. Der Brief seiner Mutter und das Theater hatten ihn von seiner Bitterkeit und Rachsucht befreit – er war wieder der Alte, er wollte das Richtige tun. Er überlegte, ob es das Richtige war, Mr. Rooney in die Schule zurückzubringen. Er ging auf die Bar zu, verlangsamte seine Schritte, als er dort war, öffnete rasch die Schwingtüre und warf einen kurzen Blick hinein. Er sah nur, daß Mr. Rooney nicht unter denen war, die an der Bar tranken. Er ging ein Stück die Straße vor, kam dann zurück und versuchte es nochmal. Es war, als hätten die Türen Zähne und könnten ihn beißen; er hatte den altmodischen Abscheu eines Jungen aus dem Mittelwesten vor Kneipen. Beim dritten Mal hatte er Erfolg. Mr. Rooney war hinten im Raum an einem Tisch, fest eingeschlafen.

Basil ging wieder nach draußen; er marschierte auf und ab und überlegte. Er würde Mr. Rooney eine halbe Stunde Zeit lassen. Wenn er dann nicht herausgekommen war, dann würde er heim in die Schule fahren. Schließlich hatte ihn Mr. Rooney seit der letzten Footballsaison erledigt – Basil wollte einfach mit der ganzen Sache nichts zu tun haben, wie er auch in ein paar Tagen mit der Schule nichts mehr zu tun haben würde.

Er war die Straße schon mehrmals auf und ab gegangen, einmal warf er einen Blick in eine kleine Seitengasse neben dem Theater, und seine Augen blieben an einem Schild ›Bühneneingang‹ hängen. Er konnte die Schauspieler herauskommen sehen.

Er wartete. Frauen strömten an ihm vorbei, aber damals gab es noch keinen Starkult, und er dachte, diese unauffälligen Mädchen seien Garderobepersonal oder sowas. Dann kam plötzlich ein Mädchen heraus, und neben ihr ein Mann, und Basil kehrte um und lief ein paar Schritte die Straße zurück, als fürchtete er, sie könnten ihn erkennen – und lief wieder vor, schwer atmend wie in einer Herzattacke, denn das Mädchen, eine strahlende kleine neunzehnjährige Schönheit war *sie*, und der junge Mann an ihrer Seite war Ted Fay.

Arm in Arm gingen sie an ihm vorbei, und Basil folgte ihnen unaufhaltsam. Während sie gingen, lehnte sie sich

an Ted Fay, in einem hinreißenden Bild enger Vertraut-
heit. Sie überquerten den Broadway und traten in das
Knickerbocker Hotel; Basil folgte ihnen in kurzem
Abstand und konnte gerade noch sehen, daß sie in einen
langen Saal gingen, um ihren Nachmittagstee einzunehmen. Sie setzten sich an ein Zweiertischchen, sagten etwas
Undeutliches zu einem Kellner und beugten sich dann,
endlich allein, eifrig zueinander. Basil sah, daß Ted Fay
ihre behandschuhte Hand hielt.

Der Teeraum war von dem Hauptdurchgang nur durch
eine Hecke von eingetopften Fichten getrennt. An dieser
ging Basil entlang, bis hin zu einer Sitzecke, fast neben
ihrem Tisch und setzte sich dort.

Ihre Stimme war leise und ersterbend, nicht so fest, wie
sie im Theater geklungen hatte, und sehr traurig: »Aber
natürlich, Ted.« Während einer langen Zeit ihrer fortge-
setzten Unterhaltung wiederholte sie nur ›Aber natürlich,
Ted‹. Teds Worte waren so leise, daß Basil sie nicht hören
konnte.

»– sagt nächsten Monat, und er will sich nicht mehr
vertrösten lassen . . . irgendwie schon, Ted. Ich kann es
schwer erklären, aber für Mutter und mich hat er alles
getan . . . Wir dürfen uns nichts vormachen. Es war eine
narrensichere Rolle, und jedes Mädchen, dem er sie gab,
hatte es damit geschafft. Er war furchtbar rücksichtsvoll.
Er hat alles für mich getan.«

Die Heftigkeit seiner Erregung schärfte Basils Ohren;
er konnte jetzt auch Ted Fays Stimme hören:

»Und du sagst, du liebst mich.«

»Aber willst du denn nicht einsehen, ich habe schon
vor mehr als einem Jahr versprochen, ihn zu hei-
raten.«

»Sag ihm die Wahrheit – daß du mich liebst. Bitte ihn, dich freizugeben.«

»Das ist kein Musical, Ted.«

»Das war gemein«, sagte er bitter.

»Es tut mir leid, Ted, Liebster, aber ich werde verrückt, wenn du so weiter machst. Du machst es mir so schwer.«

»Ich gehe sowieso fort von New Haven.«

»Nein, du gehst nicht. Du wirst dort bleiben und im Frühjahr Baseball spielen. Du bist doch das Ideal für all diese Jungen! Also, wenn du –«

Er lachte kurz auf. »Du mußt gerade über Ideale reden!«

»Warum nicht? Ich erfülle nur meine Verpflichtungen gegen Beltzmann; du mußt eben damit fertig werden wie ich auch – daß wir uns nicht haben können.«

»Jerry! Bedenke doch, was du machst! Mein ganzes Leben lang, wenn ich diesen Walzer höre –«

Basil sprang auf und eilte den Gang zurück, durch das Foyer und hinaus aus dem Hotel. Er war in einem Zustand heftiger Gefühlsverwirrung. Er verstand nicht alles, was er gehört hatte, aber durch seinen heimlichen Einblick in das Privatleben dieser beiden, denen doch alles, was er sich nach seiner kurzen Erfahrung vorstellen konnte, zu Füßen lag, hatte er erfahren, daß das Leben für jeden ein Kampf war, aus der Entfernung manchmal großartig, aber doch immer schwierig, überraschend einfach und ein bißchen traurig.

Sie würden weitermachen. Ted Fay würde nach Yale zurückkehren, ihr Bild in die Schreibtischschublade stecken und würde im Frühling home-runs schlagen, um 8:30 würde der Vorhang aufgehen, und sie würde in ihrem

Leben etwas Junges und Warmes vermissen, das sie an diesem Nachmittag noch gehabt hatte.

Draußen war es dunkel, und der Broadway war ein flammender Waldbrand, als Basil langsam dorthin wanderte, wo es am hellsten war. Er betrachtete die großen hellstrahlenden Flächen, die da aufeinander trafen, und fühlte etwas wie Zustimmung und Besitzerstolz. Er würde es jetzt oft sehen, er würde sein rastloses Herz in der größeren Rastlosigkeit eines ganzen Landes aufgehen lassen – er würde herkommen, so oft er von der Schule wegkonnte.

Aber das war jetzt alles anders – er sollte ja nach Europa fahren. Basil wurde sich plötzlich darüber klar, daß er nicht nach Europa fahren würde. Sein Schicksal nahm Gestalt an, und er konnte sich ihm nicht entziehen, nur um sich einige schmerzvolle Monate leichter zu machen. Nacheinander die Welten der Schule, des College und der Stadt New York für sich zu erobern, das war doch sein eigentlicher Traum, dem er von der Kindheit bis ins Jünglingsalter nachgehangen hatte, und nun hätte er ihn beinahe aufgegeben – nur wegen Sticheleien einiger Jungen – und wäre schmählich in irgendeine Seitengasse fortgelaufen. Er zitterte heftig wie ein Hund, der aus dem Wasser kam, und er mußte dabei zugleich an Mr. Rooney denken.

Einige Minuten später trat er in die Bar, an den fragenden Blicken des Barmannes vorbei und zu dem Tisch, wo Mr. Rooney noch immer saß und schlief. Basil rüttelte ihn sanft, dann nachdrücklich. Mr. Rooney regte sich und erkannte Basil.

»Werde mal vernünftig«, murmelte er in seiner Benommenheit. »Wer' vernünftig un lass mich in Ruh.«

»Ich bin schon vernünftig«, sagte Basil. »Ehrlich, ich bin schon vernünftig, Mr. Rooney. Sie müssen jetzt mit mir zur Toilette kommen und sich sauber machen, und dann können Sie im Zug wieder schlafen, Mr. Rooney. Bitte, Mr. Rooney, kommen Sie mit –«

v

Es war eine lange harte Zeit. Im Dezember bekam Basil wieder Ausgehverbot und durfte bis März nicht raus. Eine allzu nachsichtige Mutter hatte ihn nie zu regelmäßiger Arbeit angehalten, und diesen Mangel konnte nur das Leben heilen; aber er nahm zahllose neue Anläufe und scheiterte und versuchte es wieder.

Nach Weihnachten schloß er mit einem Neuling namens Maplewood Freundschaft, aber sie hatten einen dummen Streit; während des Wintersemesters, der Zeit, in der eine Jungenschule in sich verkapselt ist und ihre natürliche Wildheit sich nur teilweise im Hallensport entlädt, wurde Basil recht oft wegen seiner wirklichen oder eingebildeten Untaten geschnitten oder gekränkt, und er war viel allein. Andererseits gab es Ted Fay, und die ›Rose der Nacht‹ auf der Schallplatte: – ›Mein ganzes Leben lang, wenn ich diesen Walzer höre –‹, und er erinnerte sich an die Lichter von New York und stellte sich vor, was er nächsten Herbst beim Football leisten würde, und das glänzende Wunschbild von Yale und die Frühlingshoffnung in der Luft.

Fatty Gaspar und noch ein paar waren jetzt nett zu ihm. Einmal als er und Fatty zufällig zusammen aus der Stadt nach Hause gingen, gab es ein langes Gespräch über

193

Schauspielerinnen – ein Gespräch, mit dem Basil klugerweise nachher nicht hausieren ging. Die kleineren Jungen stellten plötzlich fest, daß sie ihn in Ordnung fanden, und einer der Lehrer, der ihn bis dahin nicht gemocht hatte, legte eines Tages, als sie in die Klasse gingen, seine Hand auf seine Schulter. Schließlich würden sie alle vergessen – vielleicht schon im Sommer. Im September würden dann frische Neulinge da sein, und im nächsten Jahr würde er unbelastet neu anfangen.

Eines Nachmittags im Februar, als er Basketball spielte, passierte etwas Tolles. Er und Brick Wales waren Stürmer in der zweiten Mannschaft, und im heftigsten Getümmel hallte die Turnhalle wider von heftigem Klatschgeräusch der Zusammenstöße und von schrillen Schreien.

»Hier rüber!«

»Bill! Bill!«

Basil war mit dem Ball über das Spielfeld gerannt und Brick Wales, der ohne Deckung stand, rief danach.

»Hierher! Lee! Hey Leey!«

Lee-y!

Basil wurde rot und machte einen ungenauen Paß. Sie hatten ihn mit einem Spitznamen gerufen. Es war provisorisch und kümmerlich, aber mehr als die kahle Nacktheit seines Nachnamens oder ein Spitzname von der bösen Sorte. Brick Wales spielte weiter, ohne sich bewußt zu sein, daß er irgend etwas Besonderes gemacht oder dazu beigetragen hatte, daß ein anderer Junge aus dem Heer der Verbitterten, Egoistischen, Nervösen und Unglücklichen erlöst wurde. Es ist uns nicht gegeben, jene seltenen Momente zu erfassen, in denen ein Mensch weit geöffnet ist und die kleinste Berührung ihn verdorren läßt oder heilt. Einen Augenblick später, und wir können ihn in dieser Welt nie wieder erreichen. Er gesundet nicht durch unsere wirksamsten Arzneien, und erliegt nicht unseren schärfsten Schwertern.

Lee-y! Man konnte das kaum aussprechen. Aber Basil nahm das Wort diese Nacht mit ins Bett und dachte darüber nach; er behielt es bis zuletzt dicht bei sich und schlief leicht ein.

Basil findet sich fabelhaft

I

Nach den Semesterprüfungen im Juni stiegen Basil Duke Lee und noch fünf andere Jungen von St. Regis School in den Zug, der nach Westen fuhr. Zwei stiegen in Pittsburgh aus, einer zweigte südwärts nach St. Louis ab, und zwei blieben in Chicago; von da ab war Basil im Abteil allein. Es war das erste Mal in seinem Leben, daß er dringend nach Ruhe verlangte, und jetzt atmete er sie in vollen Zügen; denn, obwohl die Dinge sich zum Ende hin besser entwickelt hatten, war es ein unglückliches Schuljahr für ihn gewesen.

Er trug einen jener ganz flachen Derbyhüte, die im Jahr 12 des Jahrhunderts in Mode waren, und einen blauen Tagesanzug, der für seinen ständig an Länge zunehmenden Körper schon etwas zu kurz geworden war. Darin steckte er abwechselnd als ein körperloser Geist, der sich seiner Person kaum bewußt war und in einem Nebel von Eindrücken und Gefühlen dahinschwebte, und als ein von Wetteifer besessenes Individuum, das sich verzweifelt bemühte, den Lauf der Ereignisse und dait die Stufen seiner eigenen Entwicklung vom Kind zum Manne zu steuern. Er glaubte, mit Anstrengung sei alles zu erreichen – das gängige Prinzip der amerikanischen Erziehung –, und sein extremer Ehrgeiz verführte ihn ständig zu übertriebenen Erwartungen. Er wollte ein großer Sportler sein, volkstümlich, strahlend und immer glücklich. In diesem Jahr auf der Schule, wo er als »Neuer« für fünfzehn Jahre häuslichen Verwöhntwerdens bestraft worden war, hatte er sich unnützerweise in sich zurückgezogen, und das beeinträchtigte jene Achtung für andere, die der Anfang der Weisheit ist. Offenbar würde er, noch ehe er im Umgang mit der Welt besondere Erfolge erränge, die Erfahrung machen, daß es sich dabei um einen Kampf handelte.

Den Nachmittag verbrachte er in Chicago mit Spazierengehen in den Straßen, wobei er Begegnungen mit der Unterwelt vermied. Er kaufte sich einen Kriminalroman mit dem Titel ›Mitten in der Nacht‹, und um fünf holte er seinen Handkoffer von der Gepäckaufbewahrung ab und bestieg den Zug Chicago-Milwaukee und St. Paul. Sogleich traf er eine Altersgenossin, die ebenfalls von der Schule nachhause fuhr.

Margaret Torrence war vierzehn; ein ernst veranlagtes Mädchen, das sozusagen traditionsgemäß als schön galt, weil es als kleines Mädchen hübsch gewesen war. Anderthalb Jahre zuvor war es Basil nach einem atembeklemmenden Ringen gelungen, sie auf die Stirn zu küssen. Jetzt war es eine Begegnung von überschwenglicher Freude; für einen Augenblick bedeuteten sie einander die Heimat, den blauen Himmel der Vergangenheit, die Sommernachmittage, die vor ihnen lagen.

An jenem Abend saß er mit Margaret und ihrer Mutter im Speisewagen. Margaret sah, daß er nicht mehr der überaus selbstsichere Junge von vor einem Jahr war; sein strahlendes Wesen wirkte etwas gedrückt, und sein abwägender Gesichtsausdruck – ein Zeichen seiner kürzlich gemachten Entdeckung, daß andere einen ebenso starken

Willen hatten wie er und womöglich mächtiger waren – erschien Margaret als eine reizvolle Melancholie. Eine Aura des Friedens nach überstandenem Kampf umgab ihn. Margaret hatte ihn immer gern gemocht; in ihrer ernsten, gewissenhaften Art liebte sie ihn manchmal – eine Liebe, die er niemals erwidern konnte – und jetzt konnte sie es kaum erwarten, allen zu erzählen, wie liebenswert er geworden war.

Nach dem Essen gingen sie zurück in den Aussichtswagen und saßen auf der verlassenen hinteren Plattform, während der Zug sie zwischen den dunklen weiten Ländereien hindurch unverkennbar westwärts beförderte. Sie sprachen über gemeinsame Bekannte und wo sie die Osterferien verbracht hatten und über Theaterstücke, die sie in New York gesehen hatten.

»Basil, wir werden ein Automobil anschaffen«, sagte sie, »und ich werde fahren lernen.«

»Das ist fein.« Und er fragte sich, ob sein Großvater ihn in diesem Sommer wohl manchmal mit dem Elektro-Auto fahren lassen würde.

Das Licht aus dem Wageninnern fiel auf ihr junges Gesicht, und er redete ungestüm, fortgerissen von dem Glück, bald nachhause zu kommen: »Weißt du was? Weißt du, daß du das hübscheste Mädchen in der Stadt bist?«

In dem Augenblick, als diese Bemerkung in Margarets Herzen mit dem Erlebnis des aufregenden Abends verschmolz, erschien Mrs. Torrence auf der Plattform, um sie zu Bett zu holen.

Basil, ohne sich recht bewußt zu sein, daß sie gegangen war, saß noch eine Weile allein auf der Plattform, im Einklang mit sich für eine weitere Stunde und zufrieden, daß bis morgen alles unbestimmt und gestaltlos bliebe.

II

Fünfzehn ist von allen Lebensaltern am schwierigsten zu bestimmen – den Finger darauf zu legen und zu sagen »Ja, so war ich damals«. Der melancholische Jaques aus Shakespeares ›Wie es euch gefällt‹ läßt sich nicht dazu herbei, es zu erwähnen, und alles, was man darüber wissen kann, ist, daß es irgendwo zwischen Dreizehn, dem reiferen Knabenalter, und Siebzehn, wenn man eine Art Abklatsch eines jungen Mannes ist, eine Periode gibt, in der die Jugend stündlich zwischen der einen und der anderen Welt fluktuiert – unablässig vorwärts in völlig neue Erfahrungen gestoßen und vergebens bemüht, sich zurückzustrampeln zu jenen Tagen, da man für nichts zur Rechenschaft gezogen wurde. Zum Glück hat keiner unserer Altersgenossen genauere Erinnerungen als wir selbst, wie wir uns in jenen Tagen verhalten haben; nichtsdestoweniger soll jetzt der Vorhang beiseite geschoben werden, um uns eine nähere Betrachtung von Basils Tollheit in jenem Sommer zu ermöglichen.

Zunächst einmal gab Margaret Torrence in einem jener Anfälle von Idealismus, die gerade besonders nüchtern eingestellte Mädchen heimsuchen, es verzückt als ihre Meinung kund, daß Basil fabelhaft sei. Ihre Freundinnen, die das ganze Jahr über in der Schule an alles Mögliche glauben gelernt hatten und die im Augenblick nicht so recht wußten, woran sie jetzt glauben sollten, nahmen dies als Tatsache hin. Basil wurde mit einemmal zu einer Legende. Es gab ein großes Gekicher, wenn Mädchen ihm auf der Straße begegneten, aber er dachte sich überhaupt nichts dabei.

Eines Abends, nach der ersten Woche zuhause, gingen

er und Riply Buckner zu einem abendlichen Treffen auf Imogene Bissels Veranda. Als sie den Weg herauf kamen, steckten Margaret und zwei andere Mädchen plötzlich die Köpfe zusammen, flüsterten fieberhaft und jagten dann einander unter seltsamem Gekreisch rund um den Vorplatz – eine ganz unmotivierte Szene, die erst ihr Ende fand, als Gladys Van Schellinger, eindrucksvoll von einer Zofe ihrer Mutter begleitet, in einer Limousine vorfuhr.

Alle waren einander ein wenig fremd geworden. Die im Osten auf der Schule gewesen waren, kamen sich etwas überlegen vor; doch das wurde mehr als ausgeglichen durch die Tatsache, daß es während ihrer Abwesenheit mit der paarweisen Romantik, den kleinen Streitereien und Eifersüchteleien und Abenteuern weitergegangen war, wovon die Bedauernswerten überhaupt nichts wußten.

Nachdem es um neun Eis gegeben hatte, saßen sie miteinander auf den warmen steinernen Stufen in stiller Verwunderung, halbwegs zwischen kindischer Neckerei und halb erwachsener Koketterie. Noch voriges Jahr hätten die Jungen auf Fahrrädern ihre Runden um den Platz gedreht; jetzt schienen sie auf ein Ereignis zu warten.

Sie alle wußten, daß es kommen würde, die langweiligsten Mädchen und die scheuesten Jungen; die romantische Welt einer Sommernacht, die sich schwer und süß auf ihre Sinne legte, verband sich für sie mit dem Gedanken an andere. Ihre Stimmen schwebten in einer Art bruchstückhafter Harmonie zu Mrs. Bissel hinein, die lesend an einem offenen Fenster saß.

»Nein, paß auf. Du machst es kaputt. Beh-sil!«

»Rip-lie!«

»Hab schon!«

Gelächter.

»– in der Mondscheinbucht
Hörten wir ihre Stimmen rufen –«

»Hast du gesehen –«

»Nicht, Conny – nicht! Das kitzelt. Hör auf!«

Gelächter.

»Gehn wir morgen zum See?«

»Ich geh Freitag.«

»Elwood ist heimgekommen.«

»Ist Elwood zuhause?«

»– hast mir das Herz gebrochen –«

»Nun aber Schluß!«

»Hör auf!«

Basil saß neben Riply auf der Balustrade und hörte dem singenden Joe Gorman zu. Es gehörte zu den bitteren Enttäuschungen seines Lebens, nicht so singen zu können, daß ›die Leute es aushielten‹, und so kam er plötzlich dazu, Joe Gorman zu bewundern, indem er dessen Persönlichkeit die Klarheit jener Töne zuschrieb, die so selbstverständlich auf der abendlichen Luft dahinschwebten.

Sie zauberten für Basil einen anderen Abend hervor, aufregender als dieser, und andere ferner entrückte und verzückte Mädchen. Er war traurig, als die Stimme verklang, die Sitze neu verteilt wurden und eine geschäftige Stille eintrat – das uralte Spiel Drei-Fragen-hinter-der-Tür hatte begonnen.

»Was ist deine Lieblingsfarbe, Bill?«

»Grün«, wirft ein Freund ein.

»Pst! Laß ihn selbst sagen.«

Bill sagt »Blau«.

»Wie heißt das Mädchen, das dir am liebsten ist?«

»Mary«, sagt Bill.

»Mary Haupt! Bill ist in Mary Haupt vernarrt!«

Das war ein etwas schielendes Mädchen, allen vertraut und die Häßlichkeit in Person.

»Wen würdest du lieber küssen als jede andere?«

Ein spitzes Kichern stach in die Dunkelheit.

»Meine Mutter.«

»Nein, welches Mächen?«

»Keine.«

»Das ist unfair. Pfand geben! Jetzt du, Margaret.«

»Sag die Wahrheit, Margaret.«

Sie sagte die Wahrheit, und im nächsten Moment konnte Basil nur verdutzt von seinem hohen Sitz herunterblicken; er hatte soeben erfahren, daß sie ihm vor allen anderen den Vorzug gab.

»Oh, ja-a!« rief er zweifelnd aus. »Oh, ja-a! Wie wär's mit Hubert Blair?«

Er fing wieder ein kleines Gerangel mit Riply Buckner an, und dabei fielen sie beide von der Balustrade. Das Spiel entwickelte sich nun zu einer Erforschung von Gladys Van Schellingers sorgsam behütetem Herzen.

»Was ist dein Lieblingssport?«

»Croquet.«

Das Eingeständnis wurde mit einem milden Kichern begrüßt.

»Welcher Junge ist dir am liebsten?«

»Thurston Kohler.«

Enttäuschtes Gemurmel.

»Wer ist das?«

»Ein Junge im Osten.«

Das war entschieden eine Ausflucht.

»Welcher Junge hier?«

Gladys zögerte. »Basil«, sagte sie schließlich.

Die Gesichter, die sich der Balustrade zuwandten, waren diesmal weniger spöttisch, weniger lustig. Basil tat die Sache ab mit einem »Oh, ja-a! Natürlich! Oh, ja-a!« Aber die Anerkennung schmeichelte ihm – ein vertrautes angenehmes Gefühl.

Imogene Bissel, eine kleine dunkle Schönheit und das beliebteste Mädchen in dem Kreis, nahm Gladys' Platz ein. Die Inquisitoren waren der gastronomischen Fragen überdrüssig – sie kamen mit ihrer ersten Frage gleich zur Sache.

»Imogene, hast du je einen Jungen geküßt?«

»Nein.« Wilde Ausrufe des Unglaubens. »Nein, noch nie!« erklärte sie entrüstet.

»Schön. Und bist du je geküßt worden?«

Errötend, aber ganz still nickte sie und fügte hinzu: »Ich konnte nichts dagegen machen.«

»Von wem?«

»Das sage ich nicht.«

»Oh-h-h! Wie wär's mit Hubert Blair?«

»Was ist dein Lieblingsbuch, Imogene?«

»*Beverly of Graustark.*«

»Beste Freundin?«

»Passion Johnson.«

»Wer ist das?«

»Oh, nur so ein Mädchen in der Schule.«

Mrs. Bissel hatte zum Glück ihren Fensterplatz verlassen.

»Welchen Jungen magst du am liebsten?«

Imogene antwortete ungerührt: »Basil Lee.«

Diesmal schwiegen alle, tief beeindruckt. Basil war nicht besonders überrascht – unsere eigene Beliebtheit überrascht uns nie –, aber er wußte, daß dies nicht die unsagbar schönen Mädchen waren, die man sich aus Büchern und aus Augenblicksbegegnungen zurechtmacht und deren Stimmen er für einen Moment aus Joe Gormans Gesang herausgehört hatte. Und als jetzt zum erstenmal drinnen das Telefon klingelte und eine Tochter nachhause gerufen wurde, und die Mädchen wie schnatternde Vögel in Gladys Van Schellingers Limousine verstaut wurden, hielt er sich abseits im Schatten, damit es nicht schien, als wolle er sich hervortun. Dann, in der vagen Hoffnung, er würde, wenn er nur nahe genug mit Joe Gorman bekannt sei, es schaffen, zu singen wie er, sprach er ihn an und forderte ihn auf, mit ihm auf ein Glas Soda zu Lambert's zu gehen.

Joe Gorman war ein großer schlanker Junge mit weißen Augenbrauen und stumpfen Gesichtszügen, der erst kürzlich in ihren »Kreis« aufgenommen worden war. Er mochte Basil, der letztes Jahr, wie er meinte, mit ihm »angegeben« hatte, nicht besonders, aber er war auf nützliche Informationen aus und im Augenblick von Basils Erfolg bei Mädchen überwältigt.

In Lamberts Lokal war es nett, mit großen Faltern, die gegen die Glastür flogen, und matten Pärchen in weißen Kleidern und hellen Anzügen, die verstreut an den kleinen Tischen saßen. Über ihren Sodas schlug Joe vor, daß Basil über Nacht mit zu ihm käme; Basils Erlaubnis wurde telefonisch eingeholt.

Indem sie aus dem hellen Lokal in die Dunkelheit traten, versank Basil in eine Unwirklichkeit, in der er sich von außen zu sehen glaubte, und die erfreulichen Begebenheiten des Abends wurden nachgerade neu und bedeutungsvoll.

Von Joes Gastfreundschaft entwaffnet, begann er weiter darüber zu reden.

»Komische Sache das, heute abend«, sagte er mit einem geringschätzigen Lächeln.

»Was denn?«

»Nun, alle diese Mädchen, die mir ausgesprochen den Vorzug gaben.« Die Bemerkung berührte Joe unangenehm. »Es ist wirklich komisch«, fuhr Basil fort. »Auf der Schule war ich eine Zeitlang sozusagen unbeliebt, weil ich arrogant war, nehme ich an. Aber die Sache liegt wohl so, daß manche Jungen bei Jungen und manche bei Mädchen beliebt sind.«

Er hatte sich Joe ausgeliefert, aber er war sich dessen nicht bewußt; selbst Joe stellte bei sich nur den Wunsch fest, das Thema zu wechseln.

»Wenn ich mein Auto bekomme«, sagte Joe oben in seinem Zimmer, »könnten wir Imogene und Margaret auf kleine Fahrten mitnehmen.«

»Fein.«

»Du könntest Imogene haben, und ich würde Margaret nehmen oder wen ich sonst gerade will. Ich weiß natürlich, daß sie mich nicht so mögen wie dich.«

»Allerdings. Es ist eben nur, weil du noch nicht lange zu unserm Kreis gehörst.«

In diesem Punkt war Joe empfindlich, und die Bemerkung gefiel ihm nicht. Aber Basil fuhr fort: »Du solltest dich etwas mehr um die älteren Leute bemühen, wenn du beliebt sein willst. Du hast heute abend nicht einmal Mrs. Bissel begrüßt.«

»Ich habe Hunger«, sagte Joe rasch. »Laß uns runtergehen in die Anrichte und etwas Eßbares auftreiben.«

Nur mit ihren Pyjamas angetan, gingen sie hinunter.

Hauptsächlich um Basil von dem Thema abzubringen, begann Joe mit leiser Stimme zu singen:

>*Oh, du wundervolles Kind,*
>   *Du großes – stolzes –*«

Aber der Abend, nach einem Monat erniedrigenden Zwangs in der Schule, war für Basil zu viel gewesen. Er wurde ein wenig unangenehm. In der Meinung, er sei um seinen Rat gefragt worden, legte er in der Küche wieder los:

»Zum Beispiel solltest du nicht diese weißen Schlipse tragen. Kein Mensch, der im Osten zur Schule geht, trägt so etwas.« Joe, ein bißchen rot geworden, wandte sich vom Kühlschrank um, und Basil kamen leichte Zweifel. Aber er setzte ihm weiter zu: »Du solltest deine Familie dazu bringen, dich im Osten auf die Schule zu schicken. Das wäre ein großer Vorteil für dich. Zumal wenn du im Osten aufs College willst, müßtest du erst mal im Osten zur Schule gehen. Die treiben es dir schon aus.«

Joe, der nicht wußte, was ihm eigentlich ausgetrieben werden mußte, fand die Folgerung geschmacklos. Auch kam ihm Basil im Augenblick nicht so vor, als wenn er dadurch besonders gewonnen hätte.

»Willst du kaltes Huhn oder Schinken?« Sie rückten Stühle an den Küchentisch. »Etwas Milch?«

»Danke.«

Berauscht von den drei Mahlzeiten, die er seit dem Abendessen gehabt hatte, erwärmte sich Basil immer mehr für das Thema. Stück für Stück baute er Joes Leben vor ihm auf, entwickelte ihn glanzvoll aus einem besseren mittelwestlichen Dorftrottel zu einem angeberischen Oststaatler, der nur aus guten Manieren bestand und für Mädchen unwiderstehlich war. Joe ging in den Vorraum, um die Milch wegzustellen, und blieb einen Augenblick am offenen Fenster stehen, um etwas von der reinen Luft einzuatmen; Basil folgte ihm. »Die Sache ist die: wenn es einem Jungen auf der Schule nicht ausgetrieben wird, dann gewiß auf dem College«, sagte er.

In einem Anfall von Verzweiflung öffnete Joe die Tür und trat hinaus auf die hintere Veranda. Basil folgte ihm. Das Haus lag am Rand des Hanges, auf dem sich das Wohnviertel befand, und die beiden Jungen standen einen Moment schweigend und blickten auf die verstreuten Lichter der Unterstadt. Vor dem Mysterium des unbekannten menschlichen Lebens, das da unten in den Straßen pulsierte, empfand Basil seine eigenen Worte als inhaltsleer und fade.

Er fragte sich plötzlich, was er eigentlich gesagt hatte und warum es ihm so wichtig vorgekommen war, und als Joe wieder leise zu singen anfing, kam die friedliche Stimmung des frühen Abends, seine beste Seite mit ihrer Einsicht und Beständigkeit, wieder über ihn. Das eitle Geschmeicheltsein, das alberne Gehabe von vorhin, fiel von ihm ab, und als er jetzt sprach, war es fast nur ein Flüstern:

»Laß uns einmal um den Block gehen.«

Der Bürgersteig fühlte sich warm unter ihren bloßen Füßen an. Es war erst Mitternacht, aber der Platz war verlassen bis auf sie beide, deren weißliche Gestalten sich kaum gegen die besternte Dunkelheit abhoben. Sie schnaubten vor Vergnügen über ihr Wagnis. Einmal überquerte vor ihnen ein Schatten mit lauten menschlichen Schuhen die Straße, aber der Laut diente nur dazu, ihre eigene Schemenhaftigkeit zu unterstreichen. Indem sie rasch durch die von Gaslampen erzeugten Lichtungen zwischen den Bäumen hindurchschlüpften, umrundeten sie den Block, und als sie sich dem Gorman-Haus näherten, liefen sie noch schneller, als kämen sie wirklich aus einem Mittsommernachtstraum.

Oben in Joes Zimmer lagen sie in der Dunkelheit wach.

»Ich habe zu viel geredet«, dachte Basil. »Ich bin wohl ganz schön aufdringlich gewesen und habe ihn womöglich ganz verrückt gemacht. Aber vielleicht hat er über unserem Rundgang um den Block alles, was ich gesagt habe, vergessen.«

Aber ach! Joe hatte nichts vergessen – bis auf die Ratschläge, mit denen Basil ihm hatte nützen wollen.

»Sowas von Arroganz habe ich noch nie gesehen«, sagte er grimmig zu sich. »Er denkt, er ist fabelhaft. Er denkt, er ist so verdammt beliebt bei Mädchen.«

III

Ein Faktor von weitreichender Bedeutung war in diesem Sommer in Erscheinung getreten; mit einemmal war es in Basils Kreis die große Sache, ein Automobil zu besitzen. Vergnügen schien nur noch über große Entfernungen hinweg möglich zu sein, an Seen in der weiteren Umgebung oder in entlegenen Landclubs. Hinunter in die Stadt zu spazieren galt nicht mehr als standesgemäßer Zeitvertreib. Andererseits mußte die Entfernung von nur einem Häuserblock von einem zum anderen dieser jungen Leute unbedingt im Auto zurückgelegt werden. Um die Eigentümer bildeten sich abhängige Gruppen, und jene begannen eine, zumindest für Basil, beunruhigende Herrschaft auszuüben.

Am Morgen vor einem Tanzabend am See rief er Riply Buckner an.

»Hallo, Rip, wie kommst du heute abend hinaus zu Connie?«

»Mit Elwood Leaming.«

»Hat er noch viel Platz?«

Riply schien ein bißchen verlegen. »Wieso, ich glaube nicht. Weißt du, er nimmt Margaret Torrence mit und ich Imogene Bissel.«

»Ach so!«

Basil runzelte die Stirn. Er hätte alles dies eine Woche früher arrangieren müssen. Nach einer Weile rief er Joe Gorman an.

»Gehst du heute abend zu den Davies', Joe?«

»Warum, ja.«

»Hast du Platz in deinem Auto – ich meine, könnte ich mit dir fahren?«

»Nun, ja, ich denk schon.«

In seiner Stimme war ein merklicher Mangel an Wärme.

»Bist du ganz sicher, daß du Platz hast?«

»Sicher. Wir holen dich um viertel vor acht ab.«

Basil begann um fünf mit den Vorbereitungen. Zum zweiten Mal in seinem Leben rasierte er sich und vervollständigte die Operation dadurch, daß er sich unter der Nase einen kurzen geraden Schnitt beibrachte. Es blutete gewaltig, aber auf den Rat von Hilda, dem Stubenmädchen, staute er schließlich den Fluß durch kleine Schnipsel Toilettenpapier. Eine ganze Menge dieser Schnipsel war nötig, so daß er, um das Atmen zu erleichtern, sie mit einer Schere zurechtstutzte, und mit diesem einigermaßen peinlichen Schnurrbart aus Papier und geronnenem Blut auf der Oberlippe wanderte er ungeduldig im Haus umher.

Um sechs begann er wieder daran zu arbeiten, indem er das Papier abweichte und die sich ständig neu rötende Schnittwunde betupfte. Sie trocknete allmählich ein, aber als er seine Mutter überstürzt begrüßte, brach sie wieder auf, und das Toilettpapier mußte wieder in Funktion treten.

Um viertel vor acht, angetan mit einem blauen Jackett und weißen Flanellhosen, legte er eine letzte Schicht Puder über den Schandfleck, betupfte sie vorsichtig mit seinem Taschentuch und eilte hinaus zu Joe Gormans Wagen. Joe fuhr selbst, und vorne neben ihm saßen Lewis Crum und Hubert Blair. Basil kletterte allein auf den geräumigen Rücksitz, und sie fuhren ohne Aufenthalt aus der Stadt und weiter zur Black Bear Road, und die drei, mit dem Rücken zu ihm, sprachen leise miteinander. Anfangs glaubte er, sie würden unterwegs noch andere Jungen aufnehmen, aber jetzt war er schockiert und dachte einen Augenblick daran, auszusteigen, aber das hieße zugeben, daß er beleidigt war. Sein Sinn und damit auch sein Gesicht verhärtete sich ein wenig, und er saß für den Rest der Fahrt, ohne zu reden oder angeredet zu werden.

Nach einer halben Stunde kam das Haus der Davies in Sicht, ein gewaltiger, unregelmäßig angelegter Bungalow auf einer kleinen Halbinsel im See. Lichterketten betonten seine Umrisse und spiegelten sich als flimmernde Linien auf der in Gold und Rosa schimmernden Wasserfläche, und als sie näher kamen, wehten ihnen vom Rasen tiefe Töne von Baßsaxophon und Schlagzeug entgegen.

Drinnen sah sich Basil suchend nach Imogene um. Sie war von einer Schar von Tänzern umgeben, aber sie erblickte Basil; als sie ihm sogleich vertraut zulächelte, tat sein Herz einen Sprung.

»Du kannst den vierten haben, Basil, und den elften und die zweite Extratour . . . Was hast du denn mit deiner Lippe gemacht?«

»Beim Rasieren geschnitten«, sagte er hastig. »Und beim Souper?«

»Da muß ich Riply als Tischherrn nehmen, weil er mich hergebracht hat.«

»Nein, das wirst du nicht«, sagte Basil bestimmt.

»Doch, das wird sie«, beharrte Riply, der gleich bei der Hand war. »Warum führst du nicht dein eigenes Mädchen zu Tisch?«

– aber Basil hatte kein Mädchen, obwohl er sich dessen noch gar nicht bewußt war.

Nach dem vierten Tanz führte Basil Imogene bis ans Ende des Landestegs, wo sie ein Motorboot zum Niedersitzen fanden.

»Und was jetzt?« sagte sie.

Er wußte es nicht. Wäre er wirklich in sie verliebt gewesen, hätte er es gewußt. Als ihre Hand einen Augenblick auf seinem Knie lag, beachtete er das überhaupt nicht. Statt dessen redete er unentwegt. Er erzählte ihr von seinen Würfen in der zweiten Baseballmannschaft der Schule und wie sie einmal die erste Mannschaft in einem Fünf-Runden-Spiel besiegt hatten. Er erzählte ihr, die Sache sei die, daß manche Jungen bei Jungen beliebt wären und manche Jungen bei Mädchen – er zum Beispiel sei bei Mädchen beliebt. Kurzum, er lud alles bei ihr ab.

Auf die Dauer hatte er das Gefühl, unverhältnismäßig viel von sich gesprochen zu haben, und so teilte er ihr plötzlich mit, daß sie ihm von den Mädchen am liebsten sei.

Imogene saß da und seufzte ein bißchen im Mondschein. In einem anderen Boot jenseits des Stegs, das in der Dunkelheit kaum zu sehen war, saß eine Vierergruppe. Joe Gorman sang gerade:

> *»Meine kleine Liebe –*
> *– der liebste Mann*
> *Sicherlich mein Herz ge –«*

»Ich dachte mir, du würdest es wohl gerne erfahren«, sagte Basil zu Imogene. »Ich dachte, womöglich dächtest du, ich hätte eine andere lieber. Bei dem Fragespiel gestern abend ist die Reihe nicht an mich gekommen.«

»Was?« fragte Imogene versonnen. Sie hatte den gestrigen Abend vergessen, alle Abende außer diesem, und sie dachte gerade über den bezaubernden Schmelz in Joe Gormans Stimme nach. Ihm hatte sie den nächsten Tanz zugesagt; er wollte ihr die Worte eines neuen Liedes beibringen. Fast schon komisch, was Basil ihr da alles erzählt hatte. Er sah gut aus, war anziehend undsoweiter, aber – sie wünschte, daß es vorbei wäre. Sie amüsierte sich überhaupt nicht.

Drinnen begann die Musik – »Everybody's Doing It«, gespielt mit vielen kleinen nervösen Schnörkeln der Violinen.

»Oh, hör doch!« rief sie, setzte sich auf und begann mit den Fingern zu schnippen. »Weißt du, wie Ragtime geht?«

»Hör mal, Imogene« – halb merkte er, daß etwas unwiderruflich dahin war – »laß uns diesen Tanz hier pausieren; du kannst Joe sagen, du hättest's vergessen.«

Sie stand rasch auf. »Oh, nein, das geht nicht!«

Widerstrebend folgte Basil ihr nach drinnen. Das war

nicht gut gelaufen – wieder hatte er zuviel geredet. Mißgestimmt wartete er auf den elften Tanz, damit er sich dann anders benehmen könnte. Er war jetzt überzeugt, in Imogene verliebt zu sein. Diese Selbsttäuschung erzeugte bei ihm ein Gefühl der Beengtheit in der Kehle, ein Trugbild von Sehnsucht und Begehren.

Schon vor dem elften Tanz bemerkte er, daß irgend etwas organisiert wurde, wovon man ihn absichtlich ausschloß. Es gab Geflüster und Diskussion zwischen einigen der Jungen und unnatürliches Verstummen, sobald er in die Nähe kam. Er hörte Joe Gorman zu Riply Buckner sagen: »Wir gehen doch nur für drei Tage. Wenn Gladys nicht mitkann, frag doch Connie. Die Gouvernanten werden –« er veränderte den Satz, als er Basil erblickte – »und wir gehen alle zu Smith's auf einen Eiscreme-Soda.«

Später nahm Basil Riply Buckner beiseite, konnte ihm aber keinerlei Information entlocken: Riply hatte Basils Versuch, ihm Imogene zu entreißen, nicht vergessen.

»Es ging um nichts Besonderes«, behauptete er hartnäkkig. »Wir gehen nur zu Smith's, ehrlich . . . Wie hast du dich denn an der Lippe geschnitten?«

»Beim Rasieren.«

Als sein Tanz mit Imogene kam, war sie noch zerstreuter als vorhin, tauschte geheimnisvolle Zeichen mit mehreren Mädchen aus, während sie sich im Raum umherbewegten. Wieder führte er sie hinaus zu dem Boot, aber es war besetzt, und so gingen sie auf dem Steg auf und ab, wobei er mit ihr zu sprechen versuchte, während sie vor sich hinsummte

»Mein kleiner allerliebster Mann –«

»Imogene, hör einmal zu. Was ich dich fragen wollte,

als wir vorhin in dem Boot waren, betraf den Abend mit dem Fragespiel. War es dir wirklich ernst mit dem, was du da gesagt hast?«

»Ach, wozu willst du immer noch über dieses alberne Spiel reden?«

Es war ihr zu Ohren gekommen – und nicht einmal, sondern mehrmals –, daß Basil dachte, er sei fabelhaft – eine Neuigkeit, die ebenso leicht umherflatterte wie zwei Wochen früher das Gerücht, daß er bei allen in Gunst stünde. Imogene stimmte gern mit jedem überein – und so hatte sie der Ansicht mehrerer erboster Jungen beigepflichtet, daß Basil gräßlich sei. Nun fiel es ihr gerade wegen ihres unloyalen Verhaltens schwer, keine Abneigung gegen Basil zu hegen.

Aber Basil dachte, daß nur durch sein Pech die Tanzpause zu Ende ging, ehe er sein Vorhaben in die Tat umsetzen konnte; dabei hatte er gar nicht gewußt, was er eigentlich gewollt hatte.

Schließlich sagte Margaret Torrence, die er so vernachlässigt hatte, ihm während der Tanzpause die Wahrheit.

»Gehst du mit auf den Ausflug zum St. Croix River?« fragte sie. Sie wußte, daß er nicht mitgehen würde.

»Was für'n Ausflug?«

»Joe Gorman hatte die Idee. Ich gehe mit Elwood Leaming.«

»Nein, ich gehe nicht mit«, sagte er mürrisch. »Ich könnte gar nicht.«

«Oh!«

»Ich mag Joe Gorman nicht.«

»Ich glaube, er mag dich ebenso wenig.«

»Wieso? Hat er etwas gesagt?«

«Oh, nichts.«

»Aber was? Sag mir, was er gesagt hat.«

Nach kurzem Zögern sagte sie es ihm, gleichsam widerstrebend: »Nun, er und Hubert Blair sagten, du meintest – du meintest, du wärst fabelhaft.« Innerlich kamen ihr Zweifel.

Aber sie dachte daran, daß er sie nur zu einem Tanz aufgefordert hatte. »Joe sagte, du hättest ihm erzählt, daß alle Mädchen dich fabelhaft fänden.«

»Ich habe nie etwas dergleichen gesagt«, entrüstete sich Basil, »niemals!«

Er begriff – Joe Gorman hatte das alles angezettelt, sich Basils Redseligkeit – eine Schwäche, die all seine wirklichen Freunde ihm stets nachgesehen hatten – zunutze gemacht, um ihn unmöglich zu machen. Die Welt war plötzlich eine einzige Schurkerei. Er beschloß, nachhause zu gehen.

In der Garderobe wurde er von Bill Kampf angesprochen: »Hallo, Basil, was hast du mit deiner Lippe gemacht?«

»Beim Rasieren geschnitten.«

»Sag, gehst du mit auf diesen Ausflug, den sie nächste Woche machen wollen?«

»Nein.«

»Nun, paß auf, ich habe eine Cousine aus Chicago, die zu uns zu Besuch kommt, und Mutter sagte, ich könnte einen Jungen übers Wochenende einladen. Sie heißt Minnie Bibble.«

»Minnie Bibble?« wiederholte Basil mit einigem Widerwillen.

»Ich dachte, du wärst vielleicht mit von der Partie, aber Rip Buckner meinte, ich solle dich fragen, und so dachte ich –«

»Ich muß zuhause bleiben«, sagte Basil rasch.

»Ach, komm doch, Basil«, fuhr er fort. »Es ist nur für zwei Tage, und sie ist ein nettes Mädchen. Sie würde dir gefallen.«

»Ich weiß nicht«, überlegte Basil. »Ich werd's dir sagen, Bill. Ich muß die Straßenbahn erreichen, um nachhause zu kommen. Ich werde übers Weekend hinauskommen, wenn du mich jetzt mit deinem Wagen rüber nach Wildwood fährst.«

»Gewiß, mach ich.«

Basil schlenderte hinaus auf die Veranda und sprach Connie Davies an.

»Auf Wiedersehen«, sagte er. So sehr er sich auch bemühte, seine Stimme klang förmlich und hochmütig. »Ich habe mich glänzend amüsiert.«

»Schade, daß du so früh gehen mußt, Basil.« Aber zu sich sagte sie: »Er ist viel zu eingebildet, um sich zu amüsieren. Er denkt, er ist fabelhaft.«

Von der Veranda aus konnte er Imogenes Lachen unten am Ende des Bootsstegs hören. Schweigend ging er die Stufen hinunter und auf den Weg, um Bill Kampf zu treffen; dabei machte er einen großen Bogen um andere Promenierende, als wollte er ihr Vergnügen nicht durch seinen Anblick beeinträchtigen.

Es war ein gräßlicher Abend gewesen.

Zehn Minuten später setzte Bill ihn neben der wartenden Straßenbahn ab. Ein paar letzte Ausflügler stiegen zu, und die Bahn rumpelte und klirrte durch den Abend in Richtung St. Paul.

Zwei Mädchen, die Basil gegenübersaßen, blickten herüber und stießen sich leise an, aber er nahm keine Notiz davon – er dachte daran, wie sehr sie es alle bedauern würden – Imogene und Margaret, Joe, Hubert und Riply.

»Seht ihn euch jetzt an!« würden sie reuevoll sagen. »Mit fünfundzwanzig Präsident der Vereinigten Staaten! Ach, wären wir an jenem Abend nur nicht so häßlich zu ihm gewesen!«

Er dachte, er sei fabelhaft!

IV

Erminie Gilbert Labouisse Bibble befand sich im Exil. Ihre Eltern hatten sie im Mai von New Orleans nach Southampton gebracht in der Hoffnung, daß sportliche Betätigung in frischer Luft, wie es sich für ein Mädchen von fünfzehn gehört, ihre Gedanken von der Liebe ablenken würde. Aber ob Norden oder Süden, ein ganzer Schwarm stürmischer Jugend war um sie. Noch vor dem ersten Juni galt sie als »verlobt«.

Aus dem, was hier vorausgeschickt wurde, möge man nicht entnehmen, daß die etwas herben Züge der zwanzigjährigen Miss Bibble schon in Erscheinung getreten wären. Sie war von einer strahlenden Frische; andernfalls hätte ihr junges Haupt nicht unausgegorene Jünglinge an die Bläue junger Veilchen erinnert, mit Fenstern, die in eine reine Seele blicken ließen und hinter denen taufrische Rosen hervorschimmerten.

Sie war im Exil. Sie sollte nach Glacier National Park gehen, um auf andere Gedanken zu kommen. Aber es war vorausbestimmt, daß sie dabei auf Basil treffen und in ihm eine Art Initialzündung bewirken würde, indem sie ihn von seiner Ichbezogenheit befreite und ihn einen ersten verwirrenden Blick in die Welt der Liebe tun ließ.

Zuerst sah sie in ihm einen stillen anmutigen Jungen mit einem etwas nachdenklichen Gesicht, Zeichen seiner kürzlich gemachten Wiederentdeckung, daß andere einen ebenso starken Willen hatten wie er und womöglich mehr Kraft. Minnie – wie einige Monate zuvor Margaret Torrence – nahm das für einen reizvollen Anflug von Traurigkeit. Beim Dinner war er gegenüber Mrs. Kampf höflich mit einer Art von Galanterie, die er von seinem Vater hatte, und er hörte sich Mr. Bibbles Ausführungen über das Wort »kreolisch« so sichtlich interessiert und verständnisvoll an, daß Mr. Bibble dachte, »Das ist mal ein junger Mann, an dem etwas dran ist«.

Nach dem Dinner fuhren Minnie, Basil und Bill nach Black Bear Village ins Kino, und die allmähliche Ausstrahlung von Minnies Charme und Persönlichkeit gab nun der ganzen Liebesaffäre den Reiz des Persönlichen.

Die Sache war die, daß alle Liebesaffären von Minnie auf viele Jahre hinaus eine Familienähnlichkeit aufwiesen. Sie sah Basil an – ein Blick von kindlicher Offenheit; dann tat sie die Augen weiter auf, als seien ihr irgendwelche komischen Bedenken gekommen, und dann lächelte sie – lächelte –

Bei aller redlichen Offenheit dieses Lächelns war doch seine Wirkung – wegen der lieblichen Umrisse von Minnies Gesicht und ganz unabhängig von ihrer augenblicklichen Stimmung – prickelnd und einladend. Wann immer es auf ihrem Gesicht erschien, fühlte Basil sich plötzlich geschwellt und emporgetragen und landete erst wieder unten, wenn das Lächeln einen Punkt erreicht hatte, wo es zur Grimasse hätte werden müssen, sich statt dessen aber entschloß, sanft dahinzuschmelzen. Es war wie eine Droge. Nach kurzer Zeit hatte er nur den einen Wunsch, dieses Lächeln voll höchsten Entzückens zu betrachten.

Dann aber wünschte er zu sehen, wie weit er damit kommen könnte.

In einem gewissen Stadium einer solchen Beziehung zwischen jungen Menschen wirkt die Gegenwart eines Dritten stimulierend. Ehe noch der zweite Tag richtig angefangen hatte und ehe Minnie und Basil noch über den Punkt gegenseitiger plumper Komplimente über ihrer beider Schönheit und Anmut hinausgelangt waren, begannen sie schon daran zu denken, wann sie ihren Gastgeber Bill Kampf einmal loswerden könnten.

Am Spätnachmittag, als sich die erste Abendkühle herabgesenkt hatte und sie sich vom Schwimmen frisch und leicht fühlten, saßen sie in einer gepolsterten Hollywoodschaukel, die reichlich mit Kissen versehen und von dem dichten Weinlaub der Veranda beschattet war. Basil legte seinen Arm um sie und lehnte sich an ihre Wange, und Minnie brachte es dahin, daß er statt dessen ihre frischen Lippen berührte. Und er war immer ein gelehriger Schüler gewesen.

Da saßen sie wohl eine Stunde, während Bills Stimme sie von überall erreichte, mal vom Landesteg, dann aus der Halle oben, dann von der Pagode am Ende des Gartens, und drei gesattelte Pferde im Stall knirschten mit ihrer Trense, und rund um sie verrichteten die Bienen getreulich ihr Werk an den Blüten. Dann kehrte Minnie in die Wirklichkeit zurück, und sie gaben sich darein, entdeckt zu werden –

»Sowas, wir haben euch beide gesucht.«

Und Basil, mit einer bloßen Armbewegung, schwebte

wie durch ein Wunder nach oben, um sich zum Dinner zu kämmen.

»Sie ist ganz gewiß ein wunderbares Mädchen. O Gott, sie ist wirklich wunderbar!«

Er durfte den Kopf nicht verlieren. Beim Dinner und danach hörte er unentwegt mit höflichem Interesse zu, als Mr. Bibble sich über Saatschädlinge ausließ.

»Aber ich langweile Sie. Ihr jungen Leute wollt unter euch sein.«

»Keineswegs, Mr. Bibble. Es hat mich sehr interessiert – wirklich.«

»Nun, amüsiert euch nur weiter. Ich habe nicht gemerkt, wie die Zeit verging. Heutzutage trifft man so selten einen jungen Mann mit guten Manieren und einem gesunden Menschenverstand, mit dem ein alter Mann wie ich für immer auskommen muß.«

Bill ging mit Basil und Minnie bis ans Ende des Bootssteges. »Hoffentlich haben wir morgen gutes Segelwetter. Ach ja, ich muß noch rüber in den Ort, um jemand für meine Crew anzuheuern. Wollt ihr mitkommen?«

»Ich denk, ich sitze hier noch eine Weile und dann gehe ich zu Bett«, sagte Minnie.

»Ist recht. Und du kommst mit, Basil?«

»Ich – nun, gewiß, wenn du mich mithaben willst, Bill.«

»Du wirst auf einem Segel sitzen müssen, das ich mit rübernehme, um es ausflicken zu lassen.«

»Ich will dich aber nicht beengen.«

»Du beengst mich nicht. Ich geh und hol den Wagen.«

Als er gegangen war, sahen sie einander verzweifelt an. Aber er kam eine ganze Stunde nicht zurück – irgend etwas mit dem Segel oder mit dem Wagen, das ihn so lange aufhielt. Doch die Drohung, daß er jede Minute zurückkommen könnte, blieb und machte alles noch schmerzlicher und atembeklemmender.

Nach und nach stiegen sie in das Motorboot, saßen dort eng beieinander und flüsterten: »Diesen Herbst –« »Wenn du nach New Orleans kommst –« »Wenn ich nach Yale gehe übernächstes –« »Wenn ich auf eine Schule im Norden komme –« »Wenn ich von Glacier Park zurück bin –« »Küß mich noch einmal.« . . . »Du bist fürchterlich. Weißt du, daß du fürchterlich bist? . . . Du bist entschieden zum Fürchten –«

Das Wasser plätscherte gegen die Pfosten; manchmal stieß das Boot sanft gegen den Steg; Basil löste ein Tau und stieß ab, und das Boot wurde zu einer kleinen nächtlichen Insel. . . .

. . . als er am nächsten Morgen seine Reisetasche packte, öffnete sie die Tür zu seinem Zimmer und stand neben ihm. Ihr Gesicht glänzte in freudiger Erregung; ihr Kleid war weiß und frisch gestärkt.

»Basil, paß auf! Ich muß dir was sagen: Vater unterhielt sich nach dem Frühstück mit Onkel George und sagte ihm, daß er noch nie einen so netten, ruhigen und vernünftigen Jungen getroffen hätte wie dich, und da Vetter Bill in diesem Monat Privatunterricht nehmen muß, fragte Vater Onkel George, ob er meinte, deine Familie würde dich für zwei Wochen mit uns nach Glacier Park lassen, damit ich jemand zur Gesellschaft hätte.« Sie nahmen sich bei den Händen und tanzten ausgelassen im Zimmer umher. »Sag aber nichts davon, denn ich glaube, er wird erst an deine Mutter schreiben müssen undsoweiter. Basil, ist das nicht wunderbar?«

So war es denn kein trauriger Abschied, als Basil um elf aufbrechen mußte. Mr. Bibble, der wegen einer Zeitung in die Stadt fuhr, wollte Basil zu seinem Zug bringen, und während das Auto anfuhr, leuchteten die Augen der beiden jungen Leute und in ihren winkenden Händen war ein heimliches Einverständnis.

Basil ließ sich überglücklich auf den Sitz zurücksinken. Er entspannte sich – daß er mit seinem Besuch Erfolg gehabt hatte, war zu schön. Er liebte sie – er liebte sogar ihren Vater, der da neben ihm saß, ihren Vater, der den Vorzug genoß, ihr so nahe zu sein, sich an ihrem Lächeln berauschen zu können.

Mr. Bibble zündete sich eine Zigarre an. »Schönes Wetter«, sagte er. »Feines Klima bis weit in den Oktober.«

»Wundervoll«, pflichtete Basil bei. »Mir fehlt der Oktober, da ich doch in den Osten zur Schule muß.«

»Aufs College vorbereiten?«

»Ja, Sir; für Yale.« Dann fiel ihm etwas Neues, Erfreuliches ein. Er zögerte, aber er wußte, daß Mr. Bibble, der ihn gern mochte, seine Freude teilen würde. »Ich habe in diesem Frühjahr meine Vorprüfungen gemacht und soeben etwas darüber gehört – ich habe in sechs von sieben Fächern glänzend bestanden.«

»Gut für Sie!«

Wieder zögerte Bill, dann fuhr er fort: »Ich bekam A in alter Geschichte und B in englischer Geschichte und A in Englisch. Und ich bekam C in Algebra und in Latein A und B. Nur A in Französisch habe ich nicht geschafft.«

»Gut!« sagte Mr. Bibble.

»Ich hätte alle Fächer schaffen können«, fuhr Basil fort, »aber ich habe mich anfangs nicht sehr angestrengt. Ich war der Jüngste in der Klasse und das ist mir sozusagen zu Kopf gestiegen.«

Es war gut, wenn Mr. Bibble wußte, daß er keinen Dummkopf mit nach Glacier National Park nahm. Mr. Bibble tat einen langen Zug aus seiner Zigarre.

Im nachhinein fand Basil, daß seine letzte Bemerkung nicht den richtigen Ton gehabt hatte, und er modifizierte sie ein wenig.

»Ich war nicht eigentlich aufgeblasen, aber ich brauchte mir nie viel Mühe zu geben, weil ich in Englisch die meisten Bücher schon vorher gelesen hatte und in Geschichte auch eine ganze Menge.« Er brach ab und versuchte es dann wieder: »Ich meine, wenn man sagt ›aufgeblasen‹, denkt man an einen Jungen, der nur so geschwollen herumgeht und sagt: ›Oh, seht nur, wieviel ich weiß!‹ Nein, so einer war ich nicht. Ich meine, ich bildete mir nicht ein, alles zu wissen, aber ich war sozusagen –«

Während er noch nach einem ausweichenden Wort suchte, machte Mr. Bibble »Hm!« und wies mit seiner Zigarre auf eine Stelle im See.

»Da liegt ein Boot«, sagte er.

»Ja«, sagte Basil. »Ich verstehe nicht viel vom Segeln. Habe mich nie darum gekümmert. Natürlich bin ich ein bißchen draußen gewesen, nur die Fock gehalten undsoweiter, aber die meiste Zeit sitzt man nur so herum und hat nichts zu tun. Ich bin mehr für Football.«

»Hm«, sagte Mr. Bibble. »Als ich so alt war wie Sie, war ich jeden Tag mit einem kleinen Segelboot draußen im Golf.«

»Ich nehme an, das macht Spaß, wenn man's mag«, räumte Basil ein.

»Die glücklichste Zeit meines Lebens.«

Der Bahnhof kam in Sicht. Es fiel Basil ein, daß er wohl eine letzte freundliche Geste machen sollte.

»Ihre Tochter, Mr. Bibble, ist entschieden sehr anziehend«, sagte er. »Ich komme im allgemeinen mit Mädchen gut zurecht, aber ich habe im allgemeinen nicht viel für sie übrig. Aber ich finde, Ihre Tochter ist das anziehendste Mädchen, dem ich je begegnet bin.« Dann, als der Wagen hielt, kamen ihm leise Zweifel, und er fügte mit einem geringschätzigen Lächeln hinzu: »Auf Wiedersehen. Hoffentlich habe ich nicht zuviel geredet.«

»Keineswegs«, sagte Mr. Bibble. »Wünsche Ihnen viel Glück. Auf Wiedersehen.«

Ein paar Minuten später, als Basils Zug aus der Halle gefahren war, stand Mr. Bibble an dem Kiosk, kaufte eine Zeitung und mußte schon seine von der Julihitze feuchte Stirn abtupfen.

»Ja, mein Lieber! Das war mir eine Lehre, daß man nichts überstürzen soll«, erboste er sich. »Nicht auszudenken, diesen Grünschnabel die ganze Zeit in Glacier Park nur von sich schwätzen zu hören! Gott sei Dank für diese kleine Autofahrt!«

Zuhause angekommen, hockte Basil buchstäblich nur da und wartete. Unter keinen Umständen verließ er das Haus, außer, um sich mal eben im Drugstore etwas Erfrischendes zu holen und von dort in vollem Galopp zurückzukommen. Ein Klingeln des Telefons oder an der Tür gab ihm einen Schock, als säße er auf dem elektrischen Stuhl.

Am gleichen Nachmittag verfaßte er ein kurioses geographisches Poem, das er sogleich an Minnie sandte:

Ob in Paris mit all seinen Blumen,
Ob zu den Rosen von Rom du eilst,
Und auch im tränenseligen Wien
Ist Traurigkeit, wo immer du weilst.
Ich denk' an jenen Abend am See
Mit Mondenschein und Sternenglanz,
Und ein schmerzlicher Duft
Parfümierte die Luft,
Und span'sche Gitarren spielten zum Tanz.

Aber der Montag verging und der halbe Dienstag, und keine Nachricht kam. Dann, am späten Nachmittag des zweiten Tages, als er sinnlos von Zimmer zu Zimmer ging und aus verschiedenen Fenstern auf eine langweilige menschenleere Straße hinunterblickte, kam ein Anruf von Minnie.

»Ja?« Sein Herz schlug gewaltig.

»Basil, wir fahren heute nachmittag.«

»Fahren!« wiederholte er ausdruckslos.

»Oh, Basil, es tut mir so leid. Vater hat sich anders entschlossen und will niemand mit in den Westen nehmen.«

»Oh!«

»Es tut mir so leid, Basil.«

»Ich hätte womöglich gar nicht mitkommen können.«

Einen Augenblick war es still.

Er spürte ihre Gegenwart über den Draht und konnte kaum atmen, viel weniger sprechen.

»Basil, kannst du mich hören?«

»Ja.«

»Wir kommen vielleicht auf der Rückfahrt wieder

vorbei. Auf alle Fälle denke daran, daß wir uns im Winter in New York sehen werden.«

»Ja«, sagte er und fügte plötzlich hinzu: »Kann sein, wir sehen uns nie wieder.«

»Aber natürlich sehen wir uns. Man ruft mich, Basil. Ich muß gehen. Leb wohl.«

Er blieb neben dem Telefon sitzen, leidverstört. Eine halbe Stunde später fand ihn das Dienstmädchen über den Küchentisch gebeugt. Er wußte, was passiert war, wußte es so gut, als wenn Minnie es ihm berichtet hätte. Er hatte denselben alten Fehler gemacht, hatte den guten Eindruck von drei Tagen in einer halben Stunde verspielt. Es wäre kein Trost für ihn gewesen, wenn es diesmal noch gut gegangen wäre. Irgendwann auf der Fahrt hätte er sich wieder gehen lassen, und es wäre vielleicht noch schlimmer geworden – wenn auch vielleicht nicht so traurig. Sein einziger Gedanke jetzt war, daß er sie verloren hatte.

Er lag auf seinem Bett, verstört, mißverstanden, unglücklich, aber nicht besiegt. Noch jedesmal hatte die gleiche Vitalität, die ihm Geißelhiebe eintrug, ihn befähigt, das Blut wie Wasser abzuschütteln, nicht zu vergessen, sondern seine Wunden mit sich zu tragen zu neuen Fehlschlägen und neuen Läuterungen – seinem unbekannten Schicksal entgegen.

Zwei Tage danach sagte seine Mutter ihm, sein Großvater habe ihm erlaubt, mit dem Elektro-Auto zu fahren, wenn es nachmittags frei wäre, unter der Bedingung, es einmal die Woche zu waschen und die Batterien zu laden. Zwei Stunden später war er schon damit draußen, glitt mit der Höchstgeschwindigkeit, die das Getriebe hergab, die Crest Avenue entlang, wobei er sich zurücklehnte, als säße er in einem tollen Flitzer. Imogene Bissel, die vor ihrem Haus stand, winkte ihm zu, und er brachte das Fahrzeug etwas unsicher zum Stehen.

»Du hast ein Auto bekommen!«

»Es gehört Großvater«, sagte er bescheiden. »Ich dachte, du wärst mit auf dieser Tour nach St. Croix.«

Sie schüttelte den Kopf. »Mutter wollte mich nicht gehen lassen – nur ein paar Mädchen sind mitgefahren. Drüben in Minneapolis hat es einen großen Autounfall gegeben, und Mutter wollte mich nicht in einem Auto fahren lassen, wenn der Fahrer nicht über achtzehn wäre.«

»Hör mal, Imogene, glaubst du, deine Mutter meinte auch Elektro-Autos?«

»Wie? Keine Ahnung – weiß ich nicht. Ich könnte gehen und sie fragen.«

»Sag deiner Mutter, es macht nicht mehr als zwölf Meilen die Stunde«, rief er ihr nach.

Eine Minute später kam sie freudig erregt den Weg herunter. »Ich darf mit, Basil«, rief sie. »Mutter hat noch nie von irgendwelchen Karambolagen mit Elektro-Autos gehört. Was wollen wir machen?«

»Was uns beliebt«, sagte er leichthin. »Ich habe nicht gemeint, daß dieser Bus nur zwölf Meilen die Stunde macht – er schafft fünfzehn. Paß auf, wir gehen hinunter zu Smith's und trinken eine Rotweinlimonade.«

»Fein, Basil Lee!«

Der gefangene Schatten

I

Basil Duke Lee schloß die Haustür hinter sich, ging hinein und knipste die Eßzimmerlampe an. Von oben kam verschlafen die Stimme seiner Mutter:

»Basil, bist du es?«

»Nein, Mutter, es ist 'n Räuber.«

»Ich finde zwölf Uhr recht spät für einen Jungen von fünfzehn Jahren.«

»Wir haben noch bei Smith eine Soda getrunken.«

Immer wenn man ihm eine neue Verantwortung aufbürden wollte, war er »schon bald sechzehn«, wenn es sich aber um ein Vorrecht handelte, hieß es »ein Junge von fünfzehn Jahren«.

Er hörte Schritte von oben; Mrs. Lee, im Kimono, kam die halbe Treppe herunter.

»Hat euch das Stück gefallen, dir und Riply?«

»Ja, sehr.«

»Wovon handelt es?«

»Ach, über diesen Mann. 'n Stück wie alle anderen.«

»Hatte es keinen Titel?«

»›Sind Sie Freimaurer?‹«

»So.« Sie blieb noch stehen und hing mit liebevollem Blick an seinem klugen und aufgeweckten Gesicht. »Willst du noch nicht zu Bett gehen?«

»Ich will mir noch etwas zu essen holen.«

»Sonst was Neues?«

Er antwortete nicht. Er stand im Wohnzimmer vor einem verglasten Bücherschrank und blickte mit glänzenden Augen über die Reihen.

»Wir wollen ein Stück aufführen«, sagte er plötzlich. »Ich werde es schreiben.«

»Oh, das wird gewiß hübsch werden. Aber bitte, geh bald zu Bett. Gestern warst du auch lange auf und hast dunkle Ringe um die Augen.«

Basil nahm jetzt »Van Bibber und Andere« aus dem Bücherschrank; darin las er, während er einen großen Teller mit Erdbeeren und süßer Sahne aufaß. Wieder im Wohnzimmer, setzte er sich zur Verdauung ein paar Minuten ans Klavier und starrte auf den bunten Umschlag eines Liedes aus »Mitternachtssöhne«. Darauf waren drei Männer in Frack und Zylinder zu sehen, die – offensichtlich in übermütiger Stimmung – vor dem leuchtenden Hintergrund von Times Square den Broadway hinabschlenderten.

Wenn man ihn gefragt hätte, würde Basil seine besondere Vorliebe für dieses Kunstprodukt entschieden abgestritten haben. Aber es war augenblicklich sein Geschmack.

Er ging nach oben.

Aus einem Schubfach seines Schreibtisches nahm er ein Aufsatzheft und schlug es auf.

Basil Duke Lee
St. Regis School
Eastchester, Conn.
Fünfte Klasse Französisch

und auf der nächsten Seite unter Unregelmäßigen Verben:

Präsens
je connais   nous con
tu connais
il connaît

Er blätterte noch eine Seite um.

Mr. Washington Square
Musikalisches Lustspiel von
Basil Duke Lee
Musik von Victor Herbert

1. Akt
Auf der Veranda des Millionärsclubs in der Nähe von
New York
Der Eingangschor, Leilia *und Debütantinnen*
Wir singen nicht leis, wir singen nicht laut,
    Denn wer hört schon den ersten Chor.
  Wir fühlen uns wohl in unserer Haut,
    Denn wer hört schon den ersten Chor.
Wir sind ein Debütantinnenkranz, so lustig,
                wie's nur geht,
    Uns macht keiner so leicht was vor,
  Wir haben am meisten Witz und Verstand
             von der ganzen Sozietät.
    Aber wer hört schon den ersten Chor.
Leilia *(tritt vor):* So, Mädchen, ist Mr. Washington
Square heute schon hier gewesen?

Basil blätterte eine Seite weiter. Leilia bekam keine Antwort auf ihre Frage. Statt dessen stand dort eine ganz neue Überschrift in Großbuchstaben:

Hic! Hic! Hic!
Humoreske in einem Akt
von
Basil Duke Lee

Szene

Moderne Wohnung in der Gegend vom Broadway, New York City. Es ist fast Mitternacht. Wenn der Vorhang aufgeht, hört man ein Klopfen an der Tür. Nach einigen Minuten öffnet sie sich, und herein kommt ein eleganter Mann in Frack und Zylinder und ein Begleiter. Er hat offenbar schwer getrunken, denn seine Rede ist schwerfällig, seine Nase gerötet, und er kann sich kaum aufrecht halten. Er knipst das Licht an und kommt auf die Mitte der Bühne.

Stuyvesant: Hic! Hic! Hic!
O'Hara *(sein Begleiter):* Pardon, Sie sagen den ganzen Abend immer dasselbe.

Basil blätterte eine Seite um und noch eine; er las schnell, aber nicht uninteressiert.

Prof. Pumpkin: Also, Sie wollen doch ein gebildeter junger Mann sein, vielleicht können Sie mir dann sagen, was »dieser« auf lateinisch heißt.
Stuyvesant: Hic! Hic! Hic!
Prof. Pumpkin: Richtig. Wirklich sehr gut, ich werde –

Hier brach die Farce von Hic! Hic! Hic! mitten im Satz

ab. Auf der folgenden Seite begann, mehrfach dick unterstrichen, ein neues Stück – mit so sicherer Handschrift, als wären die vorherigen Bühnenwerke nicht in den Anfängen steckengeblieben.

DER GEFANGENE SCHATTEN
Komisches Melodram in drei Akten
von
BASIL DUKE LEE

SZENE

Alle drei Akte spielen in der Bibliothek im Haus der VAN BAKERS in New York. Der Raum ist gut möbliert, mit einer roten Stehlampe auf einer Seite, einigen gekreuzten Speeren und Helmen an der Wand usw. Ein Diwan gibt dem Raum einen orientalischen Anstrich.

Wenn der Vorhang aufgeht, sieht man MISS SAUNDERS, LEILIA VAN BAKER und ESTELLA CARRAGE an einem Tisch sitzen. MISS SAUNDERS ist eine etwa vierzigjährige alte Jungfer, sehr geziert. LEILIA ist hübsch mit schwarzen Haaren. ESTELLA ist blond. Sie sind ein auffälliges Trio.

»Der gefangene Schatten« füllte den Rest der Kladde und lief am Ende noch auf lose Blätter über. Beim Lesen dort angelangt, saß Basil eine Weile tief in Gedanken. In den New Yorker Theatern hatte es in dieser Saison eine Reihe von Schelmenstücken gegeben. Zwei davon hatte er gesehen, und deren Atmosphäre, Tonfall und Szenerie stand ihm lebendig vor Augen. Sie waren enorm eindrucksvoll gewesen, eröffneten den Ausblick in eine Welt jenseits ihrer Fenster und Türen, die größer und strahlender war als sie selbst, und mehr als der Wunsch, ein Plagiat von »Offizier 666« zu schreiben, hatte ihn diese imaginäre Welt zu dem vor ihm liegenden Stück inspiriert. An den

Kopf einer neuen Seite setzte er in Druckbuchstaben II. Akt und begann zu schreiben.

So verging wohl eine Stunde. Mehrmals holte er sich Rat in einer Sammlung von Witzbüchern und in einem alten »Hausbuch des Humors«, in welchem die verblaßten, viktorianischen Scherze von Bischof Wilberforce und Sidney Smith aufbewahrt waren. Als er in seinem Stück an der Stelle war, wo eine Tür sich langsam öffnet, hörte er ein Knarren auf der Treppe. Er sprang entsetzt auf, zitternd, aber nichts rührte sich; nur eine helle Motte flog gegen den Lampenschirm, von weitem tönte der Glockenschlag der halben Stunde über die Stadt, und im Baum vor dem Fenster flatterte ein Vogel auf.

Als er gegen halb fünf zum Badezimmer hinüberging, sah er mit Schrecken, daß vor dem Fenster schon der Morgen graute. Es fuhr ihm durch den Sinn, daß man von Leuten nach durchwachter Nacht behauptete, sie würden wahnsinnig; so stand er versteinert auf dem Flur und lauschte verzweifelt in sich hinein, ob auch er wahnsinnig würde. Alles erschien ihm widernatürlich und irreal. Wie von Sinnen stürzte er in sein Schlafzimmer und begann, als wolle er die weichende Nacht einholen, sich die Kleider vom Leibe zu reißen. Als er ausgezogen war, warf er einen letzten wehmütigen Blick auf den Stapel von Manuskriptseiten – er hatte schon die ganze folgende Szene fertig im Kopf. Als Kompromiß mit dem beginnenden Wahnsinn ging er zu Bett und schrieb dort noch eine Stunde weiter.

Spät am nächsten Morgen wurde er von einer der unbarmherzigen skandinavischen Schwestern, die – theoretisch – die dienstbaren Geister der Lees waren, rauh geweckt. »Elf Uhr«, rief sie. »Schon fünf Stunden drüber!«

»Laß mich in Ruh«, stammelte Basil. »Was kommst du und weckst mich auf?«

»'s ist jemand unten.« Er schlug die Augen auf. »Außerdem hast du gestern abend die ganze Sahne aufgegessen«, fuhr Hilda fort. »Deine Mutter hatte keine zum Kaffee.«

»Die ganze Sahne«, rief er. »Wieso, es war noch welche da.«

»Ist aber sauer geworden.«

»Das ist ja entsetzlich«, rief er aus und setzte sich auf. »Entsetzlich!«

Sie weidete sich einen Augenblick an seinem Schrecken. Dann sagte sie: »Riply Buckner ist unten.« Damit ging sie hinaus und schloß hinter sich die Tür.

»Schick ihn rauf!« rief er hinter ihr her. »Hilda, warum kannst du denn nie zuhören? Habe ich Post bekommen?«

Keine Antwort.

Nach kurzer Zeit trat Riply ein.

»Menschenskind, du bist noch im Bett?«

»Ich habe die ganze Nacht an dem Stück geschrieben. Der zweite Akt ist fast fertig.« Er wies auf den Schreibtisch.

»Darüber wollte ich gerade mit dir reden«, sagte Riply. »Meine Mutter meint, wir sollten uns an Miss Halliburton wenden.«

»Wozu?«

»Nur so, daß sie dabei ist.«

Miss Halliburton war eine reizende Person, vielseitig beschäftigt als Lehrerin für Französisch und für Bridge, eine inoffizielle Anstandsdame und Freundin der Jugend. Dennoch fand Basil, daß die Sache unter ihrer Leitung einen dilettantischen Beigeschmack bekäme.

»Sie würde sich nicht einmischen«, fuhr Riply fort und

gab offenbar die Gedankengänge seiner Mutter wieder. »Ich habe die organisatorische Leitung, und du bist der Regisseur, ganz wie wir es vorhatten, aber es würde gut sein, sie als Souffleuse dabeizuhaben und damit es bei den Proben ordentlich zugeht. Die Mütter der Mädchen sähen das gern.«

»Meinetwegen«, stimmte Basil zögernd zu. »Nun laß uns mal überlegen, wen wir als Besetzung brauchen. Da ist erstens die männliche Titelrolle – der Gentleman-Räuber, genannt ›Der Schatten‹. Nur stellt sich zu guter Letzt heraus, daß er ein junger Mann aus guter Familie ist, der eine Wette abgeschlossen hat, also gar kein richtiger Räuber.«

»Den spielst du.«

»Nein, du.«

»Unsinn, du bist der beste Schauspieler«, protestierte Riply.

»Nein, ich nehme eine kleinere Rolle, damit ich das Stück einstudieren kann.«

»Na, und habe ich etwa nicht die organisatorische Leitung?«

Die Auswahl der Schauspielerinnen, die sich vermutlich sehr dazu drängen würden, erwies sich als eine heikle Aufgabe. Sie einigten sich schließlich auf Imogene Bissel als weibliche Hauptdarstellerin, Margaret Torrence als ihre Freundin und Connie Davis als »MISS SAUNDERS, eine alte Jungfer, sehr geziert«.

Als Riply zu bedenken gab, daß verschiedene andere Mädchen es übelnähmen, wenn sie übergangen würden, führte Basil noch ein Dienstmädchen und eine Köchin ein, die hin und wieder »aus der Küche hereinschauen« könnten. Riplys weiterer Vorschlag, man müsse zwei oder drei

Mädchen haben, dazu eine Art »Hausnäherin« und eine Kinderfrau, wies er entschieden zurück. In einem so mit Weiblichkeit vollgepfropften Haus würde auch der schattenhafteste Gentleman-Räuber sich kaum noch bewegen können.

»Ich will dir zwei nennen, die wir nicht dabeihaben wollen«, sagte Basil nachdenklich – »das ist Joe Gorman und Hubert Blair.«

»Wenn Hubert Blair dabei ist, mache ich nicht mit«, bestätigte Riply.

»Ich auch nicht.«

Hubert Blairs frappante Erfolge bei Mädchen hatten Basil und Riply schon böse Eifersuchtsqualen bereitet.

Sie begannen, die, mit denen sie die Rollen besetzen wollten, anzurufen; dabei erlitt das Unternehmen sogleich seinen ersten Rückschlag. Imogene Bissel war im Begriff, nach Rochester, Minnesota, zu fahren, um sich den Blinddarm herausnehmen zu lassen, und würde erst in drei Wochen zurück sein.

Sie überlegten.

»Wie wär's mit Margaret Torrence?«

Basil schüttelte den Kopf. In seiner Vorstellung mußte Leilia van Baker mehr Eigenart und Temperament haben als Margaret Torrence. Nicht daß Leilia viel Gestalt angenommen hätte, selbst für Basil – jedenfalls weniger als die Geschwister Harrison Fisher, deren Bilder in der Schule die Wände zierten. Aber sie war nicht wie Margaret Torrence. Sie durfte nicht eine sein, die man eine halbe Stunde vorher telefonisch anrief und dann hatte man sie.

Er verwarf eine Kandidatin nach der anderen. Endlich blitzte ein Gesicht vor seinen Augen auf, wie in einem ganz anderen Zusammenhang, aber so hartnäckig, daß er schließlich den Namen nannte.

»Evelyn Beebe.«

»Wer?«

Obwohl Evelyn Beebe erst sechzehn war, gehörte sie mit ihren früh entwickelten Reizen schon zu einer älteren Gruppe, doch für Basil repräsentierte sie genau die Generation seiner Heldin Leilia van Baker. Es war ungefähr so, als wenn man Sarah Bernhardt für eine Rolle vorsähe, doch nachdem ihr Name sich bei ihm erst einmal festgesetzt hatte, verblaßten alle anderen Möglichkeiten dagegen.

Nachmittags läuteten sie am Hause von Beebes und erstarrten vor Verlegenheit, als Evelyn selbst öffnete und sie hereinbat, wobei sie so höflich war, sich ihre eigene Überraschung nicht anmerken zu lassen.

Plötzlich erspähte Basil durch die Portiere zum Wohnzimmer einen jungen Mann in Golfhosen und erkannte ihn auch.

»Ich glaube, wir kommen besser nicht herein«, faßte er sich schnell.

»Wir werden ein andermal wiederkommen«, fügte Riply hinzu.

Gemeinsam wollten sie zur Tür zurückstürzen, doch Evelyn vertrat ihnen den Weg.

»Seid doch nicht albern«, bat sie inständig. »Es ist nur Andy Lockheart da.«

Nur Andy Lockheart! – mit achtzehn Jahren Gewinner der Golfmeisterschaft des Westens, Kapitän der Junioren-Baseball-Mannschaft, ein hübscher Junge, bei allem, was er anfing, erfolgreich, das lebende Symbol der strahlenden, verführerischen Welt von Yale. Ein ganzes Jahr lang hatte Basil seinen Gang nachgeahmt und sich vergeblich bemüht, nach dem Gehör Klavierspielen zu lernen, was Andy Lockheart konnte.

Weil es ihnen einfach nicht gelang, so davonzukommen, sahen sie sich wohl oder übel ins Zimmer genötigt. Ihr Vorhaben erschien ihnen unsinnig und anmaßend.

Evelyn bemerkte ihre Verlegenheit und versuchte sie durch eine freundliche Neckerei zu versöhnen.

»Höchste Zeit, daß ihr mich einmal besucht«, sagte sie zu Basil. »Jeden Abend habe ich hier gesessen und auf euch gewartet – seit dem Ball bei Davies. Warum seid ihr nicht eher einmal gekommen?«

Er starrte sie verdutzt an, brachte es nicht einmal zu einem Lächeln und stammelte nur: »Ja, so war es wohl.«

»Wirklich. Nun setzt euch und sagt mir, warum ihr mich so vernachlässigt habt. Ich vermute, ihr wart beide hinter der schönen Imogene Bissel her.«

»Ach so –« sagte Basil. »Nein, ich hörte von irgend jemand, daß sie weggefahren ist wegen einer Blinddarmentzündung oder so –« Seine Rede versiegte in einem unhörbaren Gemurmel, während Andy Lockheart am Klavier eine Folge von schwermütigen Akkorden anschlug, die in einen Maxixe, das exzentrische Stiefkind des Tango, übergingen. Evelyn schob einen Teppich beiseite, lüpfte ein wenig den Rock und steppte mit großer Gewandtheit im Kreise.

Leblos wie zwei Kissen saßen sie auf dem Sofa und sahen ihr zu. Sie war fast schön zu nennen, mit ihrem großflächigen Gesicht, das in frischen Farben strahlte, als verberge sich dahinter eine ständige Lachlust. Ihre Stimme und ihr geschmeidiger Körper waren in Bewegung und Ton ein ständiges Imitieren und Karikieren, so daß selbst die, die sie nicht mochten, zugeben mußten: »Evelyn bringt einen doch immer zum Lachen.« Jetzt beendete sie ihren Tanz mit einem fingierten Stolperschritt und klammerte sich mit übertrieben schmerzverzerrtem Ausdruck ans Klavier, worüber Basil und Riply sich vor Lachen schüttelten. Sie sah, daß die beiden jetzt etwas auftauten, kam zu ihnen und setzte sich neben sie; und wieder mußten sie sehr lachen, als Evelyn bemerkte: »Entschuldigt, daß ich so unbeherrscht war.«

»Möchtest du nicht in einem Stück, das wir aufführen wollen, die Hauptrolle spielen?« fragte Basil plötzlich mit dem Mut der Verzweiflung. »Die Aufführung soll in der Martindale-Schule stattfinden, zugunsten der Kleinkinderfürsorge.«

»Das kommt mir aber unerwartet, Basil.«

Andy Lockheart drehte sich auf dem Klavierstuhl um. »Was wollt ihr aufführen? Einen Sketch?«

»Nein, eine Schelmenkomödie; sie heißt ›Der gefangene Schatten‹. Miss Halliburton wird's einstudieren.« Es erschien ihm plötzlich angebracht, sich hinter diesem Namen zu verschanzen.

»Warum spielt ihr nicht so etwas wie ›Die Privatsekretärin‹?« unterbrach Andy. »Das wäre ein Stück für euch. Wir haben's voriges Jahr in der Schule aufgeführt.«

»Nein, es ist schon alles abgemacht«, sagte Basil rasch. »Wir inszenieren dieses Stück, das ich geschrieben habe.«

»Du hast es selbst verfaßt?« rief Evelyn aus.

»Ja.«

»Ach du lieber Himmel!« sagte Andy. Er begann wieder Klavier zu spielen.

»Weißt du, Evelyn«, sagte Basil, »es ist nur für drei Wochen, und du sollst die Hauptrolle bekommen.«

Sie lachte. »O nein, das könnte ich nicht. Weshalb nehmt ihr nicht Imogene?«

»Sie ist krank, ich sagte es doch. Hör mal –«

»Oder Margaret Torrence?«

»Ich will niemand anders als dich.«

Diese Offenheit rührte sie, und sie schwankte einen Augenblick. Aber der Held der Golfmeisterschaften wandte sich mit einem spöttischen Lächeln vom Klavier um; da schüttelte sie wieder den Kopf.

»Ich werde nicht können, Basil. Ich glaube, ich muß mit den Eltern in den Osten verreisen.«

Basil und Riply erhoben sich zögernd.

»Teufel, du mußt mitmachen, Evelyn.«

»Könnte ich nur!«

Basil zauderte, während sich in seinem Kopf die Gedanken jagten; sein Wunsch, sie dabeizuhaben, war stärker als je. Tatsächlich, ohne sie lohnte es sich kaum, mit dem Stück anzufangen. Plötzlich verfiel er auf einen verzweifelten Ausweg und sprach es auch schon aus:

»Du würdest bestimmt fabelhaft sein. Und weißt du, die männliche Hauptrolle wird Hubert Blair spielen.«

Er hielt den Atem an – sah, wie sie zögerte.

»Auf Wiedersehen«, sagte er.

Sie begleitete sie zur Tür und hinaus auf die Veranda, mit leicht gerunzelter Stirn.

Beim Abschied fragte sie nachdenklich: »Was sagtest du, wie lange die Proben dauern?«

II

Drei Tage später, an einem Augustabend, las Basil auf Miss Halliburtons Veranda das Stück seinen Schauspielern vor. Er war sehr nervös und wurde anfangs mehrmals von Rufen wie »Lauter!« und »Nicht so schnell!« unterbrochen. Gerade als dann sein Auditorium sich über den schlagfertigen Wortwechsel der beiden Komiker zu amüsieren begann – ein Dialog, der schon in den Stücken von Weber und Fields alterprobt war –, gab es eine neue Unterbrechung durch die verspätete Ankunft von Hubert Blair.

Hubert war fünfzehn, ein etwas seichter Bursche, abgesehen von zwei oder drei Vorzügen, die allerdings außerordentlich stark ausgeprägt waren. Aber wie nur ein Vorzug genügt, auf weitere schließen zu lassen, so versäumten die jungen Damen nie, seine höchst platten Einfälle reizend zu finden, waren duldsam gegen die Unbeständigkeit seines Herzens und wollten durchaus nicht glauben, daß seine unerschütterliche Gleichgültigkeit sich nicht eines Tages besiegen lasse. Sie waren hingerissen von seinem strahlenden Selbstbewußtsein, seiner engelhaften Scheinheiligkeit, hinter der er es geschickt verstand, die Leute für sich einzunehmen, und von seiner körperlichen Anmut. Er war langbeinig, fabelhaft proportioniert und besaß jene Elastizität, die im allgemeinen nur für untersetzte Männer charakteristisch ist. Er war ständig in Bewegung und eine wahre Augenweide; Evelyn Beebe war nicht das einzige Mädchen von den älteren, die mysteriöse Hoffnungen in ihn setzten und ihn lange Zeit mit mehr als bloßer Neugier betrachteten.

Jetzt stand er also im Türrahmen und ließ sein keckes rundes Gesicht in scheinbarer Ehrfurcht erstarren.

»Pardon«, sagte er. »Bin ich hier richtig in der Ersten Methodisten-Episkopal-Kirche?« Alles lachte – sogar Basil. »Ich wußte nicht Bescheid. Dachte schon, ich sei vielleicht in der richtigen Kirche, aber in die falsche Bankreihe geraten.«

Wieder Gelächter, wenn auch etwas schüchterner. Basil wartete, bis Hubert sich neben Evelyn Beebe gesetzt hatte. Dann hob er von neuem zu lesen an, während die anderen fasziniert beobachteten, wie Hubert einen Stuhl auf den hinteren Beinen zu balancieren versuchte. Das Experiment war mit einem quietschenden Geräusch verbunden, das als Unterton die Lesung begleitete. Erst auf Basils verzweifeltes »Jetzt trittst du auf, Hubert«, wandte sich die allgemeine Aufmerksamkeit wieder dem Stück zu.

Basil las über eine Stunde. Als er, am Ende angelangt, die Aufsatzkladde schloß und schüchtern aufblickte, gab es einen spontanen Applaus. Bei allen grotesken Übertreibungen hatte er seine Modelle genau getroffen; es war etwas Interessantes dabei herausgekommen – ein richtiges Theaterstück. Er verweilte noch etwas, sprach mit Miss Halliburton und ging dann, noch vor Erregung glühend, nach Hause, wobei er in dem warmen Augustabend ein bißchen vor sich hin agierte.

Die erste Probenwoche war für Basil ein ewiges Hin und Her zwischen Bühne und Zuschauerraum mit Rufen wie »Nein! Sieh mal her, Connie, du mußt anders herauskommen – etwa so.« Dann kamen die ersten Rückschläge. Eines Tages erschien Mrs. van Schellinger auf der Probe und verkündete hinterher, daß sie Gladys »in einem Stück mit Verbrechern« nicht mitspielen lassen könne. Sie behauptete, dieses Element lasse sich leicht ausmerzen; zum Beispiel könne man aus den zwei Schurken einfach »zwei lustige Farmer« machen.

Basil hörte das mit Schrecken. Als sie gegangen war, versicherte er Miss Halliburton, er werde keine Zeile ändern. Zum Glück spielte Gladys nur eine Köchin, eine nachträglich eingefügte Rolle, die man einfach streichen konnte, aber ihre Abwesenheit machte sich in anderer Weise bemerkbar. Sie war still und fügsam, »das besterzogene Mädchen der Stadt«, und nach ihrem Abgang machte sich Zügellosigkeit bei den Proben breit. Diejenigen, die nur Stichworte hatten wie »Ich werde Mrs. van Baker fragen, Sir« im I. Akt und »Nein, Ma'am« im III. Akt, zeigten in der Zwischenzeit eine wachsende Tendenz zur Unruhe. Das ging dann so:

»Bitte, halt den Hund still oder schick ihn nach Hause!« oder:

»Wo ist jetzt wieder das Dienstmädchen? Wach auf, Margaret, um Himmels willen!« oder:

»Was gibt's da wieder zu lachen, verdammter Unfug!«

Vollends die taktvolle Behandlung von Hubert Blair wurde mehr und mehr zum Problem. Abgesehen von seiner Weigerung, seine Rolle zu lernen, war er als Bühnenheld befriedigend, aber hinter der Szene war es ein Kreuz mit ihm. Immer wieder machte er sein privates Theater mit Evelyn Beebe, jagte sie verliebt durch den ganzen Saal oder schnippte Erdnüsse über seine Schulter, die merkwürdigerweise stets auf der Bühne landeten. Zur Ordnung gerufen, knirschte er zwischen den Zähnen »Halt's Maul«, nicht laut, aber gerade so, daß Basil es verstehen konnte.

Evelyn Beebe jedoch erfüllte alle Hoffnungen Basils.

Einmal erzielte sie auf der Bühne atemlose Spannung, und Basil erweiterte zur Belohnung ihren Part. Er beneidete sie um den halbverliebten Jux, den sie und Hubert bei ihren gemeinsamen Auftritten hatten, und war auf eine gewisse unpersönliche Weise eifersüchtig, wenn die beiden fast jeden Abend nach der Probe in Huberts Wagen spazieren-fuhren.

So ging es vierzehn Tage weiter, als eines Nachmittags Hubert mit einer Stunde Verspätung erschien, sich recht und schlecht durch den ersten Akt quälte, um dann Miss Halliburton mitzuteilen, er müsse nach Hause gehen.

»Weshalb denn?« fragte Basil.

»Ich hab was zu tun.«

»Ist denn das so wichtig?«

»Was geht das dich an?«

»Natürlich geht's mich an«, sagte Basil hitzig, worauf Miss Halliburton sich vermittelnd einschaltete.

»Es braucht sich niemand deswegen zu erregen, Hubert. Basil meint nur, wenn es nicht so wichtig ist – sieh mal, wir bringen alle Opfer, damit das Stück ein Erfolg wird.«

Hubert hörte sichtlich gelangweilt zu.

»Ich muß in die Stadt fahren und Vater abholen.«

Er sah Basil eisig an, als wolle er ihn herausfordern, diese triftige Erklärung in Abrede zu stellen.

»So, und weshalb kamst du dann eine Stunde zu spät?« fragte Basil.

»Weil ich etwas für meine Mutter zu erledigen hatte.«

Während alle sie umdrängten, blickte er triumphierend in die Runde. Es war eine jener geheiligten Entschuldigun-gen, und nur Basil erkannte, daß sie unaufrichtig war.

»Ach, dummes Zeug!« sagte er.

»Wenn du das meinst – Bossy.«

Basil trat mit zornfunkelnden Augen einen Schritt auf ihn zu.

»Was hast du da gesagt?«

»Ich sagte ›Bossy‹. Wirst du nicht in der Schule so genannt?«

Das stimmte. Der Spitzname hatte ihn also bis nach Hause verfolgt, und selbst jetzt, als er bleich vor Wut wurde, überkam ihn eine ohnmächtige Verzweiflung bei dem Gedanken, wie dicht einem doch die Vergangenheit auf den Fersen ist. Er sah Schulgesichter ringsum, grinsend und lauernd. Hubert lachte.

»Raus hier!« sagte Basil mühsam beherrscht. »Los! Raus hier!«

Hubert lachte noch immer, zog sich aber zurück, als Basil auf ihn zutrat.

»Ich will sowieso in deinem Stück nicht mitmachen. Hatte von Anfang an keine Lust.«

»Dann geh sofort aus dem Saal.«

»Aber Basil!« Miss Halliburton bemühte sich, atemlos, um beide. Hubert lachte wieder und suchte nach seiner Mütze.

»Ich will mit deinem verrückten Stück nichts zu tun haben«, sagte er. Damit kehrte er ihnen erhobenen Hauptes langsam den Rücken und schlenderte zur Tür hinaus.

An diesem Nachmittag las Riply Buckner die Rolle von Hubert, aber die Probe war wie von einer Wolke überschattet. Miss Beebe ließ den gewohnten Schwung vermissen, und die anderen steckten flüsternd die Köpfe zusammen und verstummten, sobald Basil in die Nähe kam. Nach der Probe hielten Miss Halliburton, Riply und Basil eine Besprechung ab. Da Basil sich entschieden weigerte, die Hauptrolle zu übernehmen, entschloß man sich, einen gewissen Mayall De Bec aufzufordern, den Riply flüchtig kannte und der sich bei Aufführungen der Central-High-School einen Namen gemacht hatte.

Doch am nächsten Tag gab es eine Katastrophe, die nicht wiedergutzumachen war. Evelyn, die erkältet war und sich nicht wohl fühlte, eröffnete Basil und Miss Halliburton, daß sich die Pläne ihrer Familie geändert hätten – sie würden schon nächste Woche in den Osten fahren, sie könne also unter keinen Umständen dabeibleiben. Basil begriff. Nur Hubert hatte sie so lange bei der Stange gehalten.

»Dann also auf Wiedersehen«, sagte er düster.

Seine sichtliche Niedergeschlagenheit beschämte sie, und sie versuchte, sich zu rechtfertigen.

»Wirklich, ich kann nichts machen. Oh, Basil, es tut mir so leid!«

»Könnten Sie nicht eine Woche bei mir wohnen, wenn Ihre Familie abreist?« fragte Miss Halliburton unschuldig.

»Das wird nicht möglich sein. Vater will, daß wir alle zusammen fahren. Das ist der einzige Grund. Sonst würde ich gern bleiben.«

»Nun gut«, sagte Basil. »Auf Wiedersehen.«

»Basil, du bist doch nicht böse, nicht wahr?« Sie zerfloß ganz und gar in Reue. »Ich will ja alles tun, was ich kann. Ich werde noch diese Woche zu den Proben kommen, bis du eine andere hast, und werde ihr auf alle Weise zu helfen versuchen. Aber mein Vater sagt, wir müssen unbedingt fahren.«

Nach der Pause bemühte Riply sich vergebens, Basil Mut zuzusprechen, und rückte mit einigen Vorschlägen heraus, die Basil indessen verächtlich abtat. Margaret Torrence? Connie Davis? Sie konnten kaum die Rollen spielen, die sie hatten. Es schien Basil, als solle das ganze Unternehmen vor seinen Augen in Stücke brechen.

Es war noch früh, als er nach Hause kam. Er setzte sich abgespannt an sein Schlafzimmerfenster und beobachtete den kleinen Barnfield-Jungen, der einsam im Nachbargarten spielte.

Um fünf kam seine Mutter nach Hause und merkte sogleich, wie deprimiert er war.

»Teddy Barnfield hat Mumps«, sagte sie, um ihn abzulenken. »Deshalb muß er ganz allein spielen.«

»So?« antwortete er geistesabwesend.

»Es ist absolut nicht gefährlich, aber sehr ansteckend. Du hast's mit sieben Jahren gehabt.«

»Hm.«

Sie zögerte.

»Machst du dir Sorgen um dein Stück? Ist etwas schiefgegangen?«

»Nein, Mutter, ich möchte nur allein sein.«

Nach einer Weile stand er auf und ging zum Getränkeausschank an der Ecke hinüber, um eine Malzmilch zu trinken. Halb und halb beabsichtigte er, Mr. Beebe aufzusuchen und ihn zu bitten, ob er die Reise nicht aufschieben könne. Aber er war nicht sicher, daß das Evelyns einziger Grund war.

In diesen Gedanken wurde er durch das Auftauchen von Evelyns neunjährigem Bruder unterbrochen.

»Hallo, Ham, ich hörte, ihr wollt verreisen.«

Ham nickte.

»Nächste Woche, an die See.«

Basil sah ihn gedankenvoll an, als hielte er, wegen seiner

Nähe zu Evelyn, hier den Schlüssel in der Hand, der ihm die Macht geben könnte, sie umzustimmen.

»Wo gehst du hin?« fragte er.

»Ich geh mit Teddy Barnfield spielen.«

»Was!« rief Basil aus. »Wieso, weißt du denn nicht –« Er brach ab. Plötzlich kam ihm eine verwegene, verbrecherische Idee; die Worte seiner Mutter gingen ihm durch den Sinn: »Es ist absolut nicht gefährlich, aber sehr ansteckend.« Wenn der kleine Ham Beebe Mumps bekäme und Evelyn einfach nicht wegfahren *könnte* –

Kaltblütig faßte er einen raschen Entschluß.

»Teddy spielt hinten im Garten«, sagte er. »Wenn du zu ihm willst, und nicht durchs Haus, dann geh doch einfach hier die Straße runter und die Allee hinauf.«

»Gut. Danke schön«, sagte Ham treuherzig.

Basil blickte ihm eine Minute lang nach, bis er an der Ecke in die Allee einbog; er war sich bewußt, daß dies die schlimmste Untat war, die er je in seinem Leben begangen hatte.

III

Eine Woche später ließ Mrs. Lee ein frühes Abendessen anrichten – lauter Lieblingsgerichte von Basil: gehacktes Beefsteak, Pommes frites, Pfirsichscheiben mit Schlagsahne und Teufelsspeise.

Alle paar Minuten sagte Basil: »Donnerwetter, wieviel Uhr mag es sein?«, rannte in die Halle hinaus und sah nach. »Geht die Uhr auch richtig?« fragte er mit plötzlichem Mißtrauen. Es war das erstemal, daß er sich überhaupt für die Uhrzeit interessierte.

»Sie geht genau. Wenn du so schnell ißt, verdirbst du dir den Magen und kannst nicht gut Theater spielen.«

»Wie findest du die Programmankündigung?« fragte er schon zum drittenmal. »Riply Buckner jr. bringt Basil Duke Lees Komödie ›Der gefangene Schatten‹ zur Aufführung.«

»Ich find's sehr fein so.«

»Er ist aber nicht wirklich der Veranstalter.«

»Klingt trotzdem sehr gut.«

»Wie spät ist es wohl?« fragte er wieder.

»Du sagtest eben noch zehn nach sechs.«

»Ja, dann geh ich wohl besser.«

»Iß noch deine Pfirsiche, Basil. Sonst kannst du nicht gut spielen.«

»Ich habe gar nichts zu spielen«, sagte er bescheiden. »Nur eine ganz kleine Rolle, bei der es nicht so –« aber das war zu langwierig zu erklären.

»Und bitte, lächle mir nicht zu, wenn ich auftrete, Mutter«, bat er. »Tu, als sei ich irgendwer.«

»Darf ich nicht mal ›How-do-you-do‹ sagen?«

»Was?« Für Humor hatte er jetzt keinen Sinn. Er sagte Adieu. Während er sich zur Martindale-Schule aufmachte, hatte er alle Mühe, das Gegessene und nicht sein Herz zu verdauen, denn dieses war ihm irgendwie in den Magen gerutscht.

Als die hellerleuchteten Fenster aus dem Dunkel auftauchten, wuchs seine Erregung ins Unerträgliche; das Haus hatte nicht die geringste Ähnlichkeit mit dem Gebäude, das er drei Wochen lang so gleichmütig betreten hatte. Seine Schritte lösten in den leeren Gängen ein gewichtiges, ominöses Echo aus; oben war nur der Schuldiener dabei, die Stuhlreihen aufzustellen, und Basil wunderte sich über die leere Bühne, bis endlich jemand erschien.

Es war Mayall De Bec, der langaufgeschossene, gewandte, aber nicht besonders angenehme Jüngling, den sie aus der Unteren Crest-Avenue für die männliche Hauptrolle engagiert hatten. Mayall, kein bißchen nervös, versuchte ein belangloses Gespräch mit Basil anzuknüpfen. Er wollte wissen, ob Basil meine, Evelyn werde etwas dagegen haben, wenn er sie später nach der Aufführung einmal besuche. Basil vermutete: nein. Mayall sagte, er habe einen Freund, dessen Vater eine Brauerei besitzt und die hätten einen Zwölfzylinder.

Basil sagte: »Alle Wetter!«

Um Viertel vor sieben kamen die Teilnehmer in Grüppchen an – zuerst Riply Buckner mit den sechs Jungen, die er als Türschließer und Platzanweiser aufgetrieben hatte; dann Miss Halliburton, die versuchte, möglichst ruhig und zuversichtlich auszusehen. Evelyn Beebe kam, als wenn sie sich gnädig herablasse; ihr Blick schien Basil zu sagen: »Nun, sieht so aus, als wenn ich schließlich doch noch herhalten muß.«

Mayall De Bec hatte die Jungen zu schminken und Miss Halliburton die Mädchen. Doch bald mußte Basil erkennen, daß Miss Halliburton davon keine blasse Ahnung hatte, hielt es aber bei der kopflosen Verfassung der Dame für diplomatischer, nichts zu sagen, sondern führte lieber jedes einzelne Mädchen, wenn Miss Halliburton fertig war, zu Mayall, damit er Korrekturen anbringe.

Ein Ausruf von Bill Kampf, der an einem Guckloch im Vorhang stand, ließ Basil zu ihm eilen. Ein großer glatzköpfiger Mann mit Brille war hereingekommen und wurde zu einem Stuhl mitten im Saal geführt, wo er sich in das Programm vertiefte. Er war das Publikum. Hinter diesen erwartungsvollen Augen, die plötzlich so geheimnisvoll und unberechenbar aussahen, lag Durchfall oder Erfolg des Stückes beschlossen. Er hatte das Programm ausgelesen, nahm seine Brille ab und blickte um sich. Zwei alte Damen und zwei Jungen kamen herein; ihnen folgte noch ein Dutzend weitere.

»He, Riply«, rief Basil leise. »Sag ihnen, sie sollen die Kinder nach vorn setzen.«

Riply, der sich gerade in eine Polizistenuniform zwängte, blickte auf, wobei der lange schwarze Schnurrbart unwillig auf seiner Oberlippe zitterte.

»Hab' ich schon längst bedacht.«

Der Saal füllte sich zusehends und war jetzt schon von summender Unterhaltung belebt. Die Kinder in der ersten Reihe sprangen auf und nieder, alle redeten durcheinander und riefen nach hinten und nach vorn, nur die paar Dutzend Köchinnen und Dienstmädchen saßen still und steif paarweise im Raum verteilt.

Dann war plötzlich alles bereit. Kaum zu glauben! »Stopp! Stopp!« wollte Basil rufen. »Es kann noch nicht alles fertig sein. Es muß noch etwas fehlen – immer fehlte noch was«, aber der verdunkelte Saal und die Geige mit Klavier von Geyers Orchester, die jetzt »Triff mich im Schatten« intonierte, straften seine Worte Lügen. Miss Saunders, Leilia van Baker und Leilias Freundin, Estella Carrage, saßen schon auf der Bühne, und Miss Halliburton stand mit dem Soufflierbuch in den Kulissen. Mit einemmal hörte die Musik auf, und das Geplapper in der ersten Reihe erstarb.

»O Gott«, dachte Basil. »O mein Gott!«

Der Vorhang hob sich. Irgendwo klang eine deutliche

Stimme auf. Kam sie aus der befremdlichen Gruppe auf der Bühne?

Ich will's aber, Miss Saunders. Ich sag' Ihnen, ich will's.

Aber Miss Leilia, ich finde, die Zeitungen heute sind keine Lektüre für junge Mädchen.

Ist mir egal. Ich möchte von dem wunderbaren Gentleman-Räuber lesen, welcher der Schatten genannt wird.

Die Aufführung war tatsächlich schon im Gange. Noch bevor ihm das klarwurde, ging eine kleine Welle von Gelächter durch das Publikum, denn Evelyn parodierte gerade Miss Saunders hinter deren Rücken.

»Fertigmachen, Basil«, zischte Miss Halliburton.

Basil und Bill Kampf, die komischen Halunken, nahmen Victor van Baker, den liederlichen Sohn des Hauses, in ihre Mitte und schickten sich an, ihn durch die Tür zu bugsieren.

Merkwürdig, wie selbstverständlich es war, hier auf der Bühne zu sein und aller Augen ermutigend auf sich gerichtet zu sehen. Das Gesicht seiner Mutter tauchte vor ihm auf und andere Gesichter, die er kannte und die sich ihm einprägten.

Bill Kampf geriet über einer Zeile ins Stocken; Basil half ihm ein und spielte rasch darüber hinweg.

Miss Saunders: Sie sind also der Amtmann vom Sechsten Bezirk?
Rabbit Simmons: Ja, Ma'am.
Miss Saunders *(geziert den Kopf schüttelnd):* Nur – was ist eigentlich ein Amtmann?

CHINESE RUDD: Ein Amtmann ist ein Mittelding zwischen einem Politiker und einem Gauner.

Das war eins der Bonmots, auf die Basil besonders stolz war, aber nichts rührte sich im Publikum, nicht das kleinste Lächeln. Etwas später wischte sich Bill Kampf zerstreut die Stirn mit dem Taschentuch und starrte dann verdutzt auf die roten Flecken von seiner Schminke – da brüllte das Auditorium vor Lachen. Das war so die Stimmung im Theater.

MISS SAUNDERS: Dann glauben Sie also an Geister, Mr. Rudd?
CHINESE RUDD: Ja, Ma'am, natürlich glaube ich an Geister. Haben Sie welche da?

Dann kam die erste große Szene. Auf der verdunkelten Bühne wurde allmählich ein Fenster sichtbar, und Mayall De Bec, »im großen Abendanzug«, kletterte über das Fensterbrett. Auf Zehenspitzen ging er behutsam von einer Seite der Bühne zur andern, als Leilia Van Baker hereinkam. Im ersten Moment erschrak sie; doch er versicherte ihr, er sei ein Freund ihres Bruders Victor. Sie sprachen miteinander. Mit naiver Begeisterung erzählte sie ihm von ihrer Schwärmerei für den »Schatten«, von dessen Taten sie gelesen habe. Allerdings hoffe sie, »der Schatten« werde nicht gerade heute abend kommen, weil der ganze Familienschmuck dort links im Safe liege.
Der Fremdling war hungrig. Er hatte sich verspätet und daher heute noch nicht zu Abend gegessen. Ob sie wohl ein paar Biskuits und etwas Milch habe? Das wäre fein. Kaum hatte sie das Zimmer verlassen, da war er schon auf

den Knien bei dem Safe und ließ sich nicht einmal von dem prosaischen Wort »KUCHEN« abschrecken, das vorn auf dem Kasten gedruckt stand. Der Deckel sprang auf, aber er hörte Schritte und machte den Kasten wieder zu, gerade als Leilia mit den Biskuits und der Milch hereinkam.

So standen sie eine Weile und fanden offensichtlich Gefallen aneinander. Miss Saunders trat auf, sehr geziert, und wurde vorgestellt. Wieder imitierte Evelyn sie hinter ihrem Rücken, und das Publikum lachte schallend. Weitere Familienmitglieder erschienen und wurden mit dem Fremdling bekannt gemacht.

Was war das? Ein Klopfen an der Tür, und Mulligan, ein Polizist, kommt hereingelaufen.

Wir haben soeben Meldung von der Zentrale, daß der berüchtigte Schatten gesehen wurde, wie er hier ins Fenster kletterte. Niemand verläßt das Haus!

Der Vorhang fiel. Die ersten Reihen des Publikums – die jüngeren Brüder und Schwestern der Akteure – tobten vor Begeisterung. Die Schauspieler durften sich verbeugen.

Einen Augenblick später sah sich Basil mit Evelyn Beebe allein auf der Bühne. Wie eine etwas ramponierte Puppe stand sie in ihrer Aufmachung an einen Tisch gelehnt.

»Hallo, Basil«, sagte sie.

Sie hatte ihm noch nicht ganz verziehen, daß er sie, nachdem ihre Reise wegen des Mumps ihres kleinen Bruders aufgeschoben war, beim Wort genommen hatte, und Basil war ihr taktvoll ausgewichen; nun aber begegneten sie einander im Nachglühen der Aufregung und des Erfolgs.

»Du warst fabelhaft«, sagte er – »einfach fabelhaft!«

Er zauderte einen Augenblick. Er konnte nie Eindruck auf sie machen, denn sie wünschte sich jemand mehr in ihrem Alter, jemand, der ihre Sinne ansprach wie Hubert Blair. Sie spürte instinktiv bei Basil eine gewisse tiefere Veranlagung; überdies irritierten sie seine ständigen Bemühungen, die Menschen empfindsamer und nachdenklicher zu machen. Doch plötzlich, im Glanze dieses Abends, neigten sie sich zueinander und küßten sich freundschaftlich, und von dem Augenblick an waren sie Freunde fürs Leben, denn auch zum Streiten fehlte ihnen jede gemeinsame Basis.

Als sich der Vorhang zum zweiten Akt hob, stahl sich Basil über eine Treppe von der Bühne herab und über eine andere hinauf hinter das Auditorium, wo er im Dunkeln stand und alles beobachtete. Wenn das Publikum lachte, lachte auch er still in sich hinein und genoß die Sache, als hätte er das Stück nie zuvor gesehen.

Im zweiten und im dritten Akt gab es zwei Szenen, die einander sehr ähnlich waren. Beide Male war der Schatten allein auf der Bühne und wurde von Miss Saunders überrascht. Mayall De Bec, der nur zehn Proben gehabt hatte, verwechselte immer diese beiden Szenen. Was aber nun geschah, kam Basil völlig unerwartet. Bei Connies Auftritt sprach Mayall sein Stichwort aus dem dritten Akt und Connie fiel unwillkürlich mit der entsprechenden Replik ein.

Andere, die auftraten, gerieten ebenfalls in diese Nervosität, kamen aus dem Konzept und spielten plötzlich den dritten Akt mitten im zweiten. Das ging so schnell, daß selbst Basil einen Moment nur undeutlich merkte, da stimme etwas nicht. Dann stürzte er die Treppe hinab, eine andere hinauf und in die Kulissen und rief:

»Vorhang! Vorhang runter!«

Die Jungen standen erst starr vor Schrecken, dann sprang jemand an das Seil. Im nächsten Augenblick stand Basil, nach Atem ringend, vor dem Publikum.

»Meine Damen und Herren«, sagte er, »infolge einer Umbesetzung ist ein kleiner Irrtum unterlaufen. Entschuldigen Sie bitte, wenn wir die Szene noch einmal spielen.«

In einem Sturm von Gelächter und Applaus trat er in die Kulissen zurück.

»Nun los, Mayall«, rief er aufgeregt. »Allein auf die Bühne. Dein Text ist: ›Ich will doch mal sehen, ob die Juwelen alle echt sind‹, und Connies Auftritt heißt: ›Bitte sehr, lassen Sie sich durch mich nicht stören‹. Alles fertig. Vorhang auf!«

Im nächsten Augenblick war alles wieder im richtigen Gleis. Jemand rannte mit einem Glas Wasser für Miss Halliburton, die einem Nervenzusammenbruch nahe war, und am Schluß des Aktes konnten sich alle wiederum verbeugen. Zwanzig Minuten später war alles vorbei. Der Held schloß Leilia Van Baker in die Arme und gestand, daß er der Schatten sei »und ein gefangener Schatten obendrein«; der Vorhang ging auf und nieder, auf und nieder. Miss Halliburton wurde unter Widerstreben auf die Bühne gezerrt, und die Platzanweiser kamen mit Blumen beladen aus den Kulissen. Dann schwand alle Steifheit; die Akteure mischten sich zwanglos unter das Publikum, lachten und kamen sich wichtig vor, als sie von allen Seiten beglückwünscht wurden. Ein älterer Herr, den Basil nicht kannte, kam zu ihm herauf, schüttelte ihm die Hand und sagte: »Von Ihnen, junger Mann, wird man eines Tages noch hören«, und ein Zeitungsreporter fragte ihn, ob er wirklich erst fünfzehn sei. Es hätte alles leicht sehr schlimm und niederschmetternd für Basil ausgehen können, doch nun lag es schon hinter ihm. Noch als die Menge sich verlief, die letzten paar ihn ansprachen und dann hinausgingen, fühlte er eine große Leere in seinem Herzen. Es war vorbei, es war geschafft und auch schon verpufft – diese ganze Mühe, Begeisterung und Konzentration. Vor dieser Leere wurde ihm angst und bange.

»Gute Nacht, Miss Halliburton. Gute Nacht, Evelyn.«

»Gute Nacht, Basil. Gratuliere, Basil, gute Nacht.«

»Wo ist mein Mantel? Gute Nacht, Basil.«

»Laßt eure Kostüme bitte auf der Bühne. Sie werden morgen abgeholt.«

Er war fast der letzte, stieg noch einmal kurz auf die Bühne und blickte in den verlassenen Saal. Seine Mutter wartete auf ihn; zusammen gingen sie langsam heimwärts. Es war der erste kühle Abend im Jahr.

»Nun, ich fand, es ging alles sehr gut. Warst du zufrieden?« Er antwortete zuerst nicht. »Ich meine, ob du mit der Aufführung zufrieden warst?«

»Ja.« Er wandte den Kopf zur Seite.

»Was hast du?«

»Nichts.« Und dann: »Wem liegt schon daran?«

»Woran?«

»An allem.«

»Jeder hat etwas anderes, woran ihm liegt. Mir zum Beispiel liegst du am Herzen.«

Instinktiv wich er der Hand aus, die sich zärtlich nach ihm ausstreckte:

»O nicht, das meinte ich nicht.«

»Du bist abgespannt, mein Lieber.«

»Ich bin nicht abgespannt. Nur etwas traurig.«

»Das brauchst du aber nicht. Nach der Aufführung haben mir Leute gesagt –«

»Ach, das ist erledigt. Sprich mir nicht davon – nie mehr, mit keinem Wort.«

»Worüber bist du denn traurig?«

»Ach, über einen kleinen Jungen.«

»Welchen kleinen Jungen?«

»Ach, den kleinen Ham – das verstehst du doch nicht.«

»Wenn wir nach Hause kommen, mußt du ein heißes Bad nehmen, damit sich deine Nerven beruhigen.«

»Schön.«

Doch als er nach Hause kam, fiel er sogleich auf dem Sofa in tiefen Schlaf. Die Mutter zögerte. Dann deckte sie ihn mit einer Wolldecke und einem Schal zu, schob dem sich Sträubenden ein Kissen unter den Kopf und ging nach oben.

Lange Zeit kniete sie neben ihrem Bett.

»Gott, steh ihm bei! Steh ihm bei«, betete sie, »denn er braucht Hilfe, und ich kann sie ihm nicht geben – nie mehr.«

Nachweis

»Der Tanz«: Copyright 1926 by Consolidated Magazines Corp., Copyright renewed 1953 by Frances Scott Fitzgerald Lanahan;

»Kurzer Besuch daheim«: Copyright 1927 by Frances Scott Fitzgerald. Copyright renewed 1955 by Frances Scott Fitzgerald Lanahan;

»Das Stadion«: Copyright 1928 by The Curtis Publishing Company, Copyright renewed 1955 by Frances Scott Fitzgerald Lanahan;

»Die Skandaldetektive«: Copyright 1928 by F. Scott Fitzgerald, Copyright renewed 1956 by Frances Scott Fitzgerald Lanahan;

»Ein Abend auf dem Jahrmarkt«: Copyright 1928 by The Curtis Publishing Company, Copyright renewed 1956 by Frances Scott Fitzgerald Lanahan;

»Basil – der Frechste«: Copyright 1928 by The Curtis Publishing, Company, Copyright renewed 1956 by Frances Scott Fitzgerald Lanahan;

»Basil findet sich fabelhaft«: Copyright 1928 by F. Scott Fitzgerald, Copyright renewed 1956 by Frances Scott Fitzgerald Lanahan;

»Der gefangene Schatten«: Copyright 1928 by The Curtis Publishing Company, Copyright renewed 1956 by Frances Scott Fitzgerald Lanahan.

F. Scott Fitzgerald
im Diogenes Verlag

F. Scott Fitzgerald, geboren 1896 in St. Paul in Minnesota; der eigentliche Dichter der Roaring Twenties; der Sänger des Jazz- und Gin-Zeitalters; der Sprecher der Verlorenen Generation; Schöpfer des *Großen Gatsby* und des *Letzten Taikun*. Er starb 1940 in Hollywood.

»F. Scott Fitzgerald. Schade, daß er nicht weiß, wie gut er ist. Er ist der Beste.« *Dashiell Hammett*

Der große Gatsby
Roman. Aus dem Amerikanischen von Walter Schürenberg

Der letzte Taikun
Roman. Deutsch von Walter Schürenberg

Pat Hobby's Hollywood-Stories
Erzählungen. Deutsch und mit Anmerkungen von Harry Rowohlt

Wiedersehen mit Babylon
Erzählungen. Deutsch von Walter Schürenberg, Elga Abramowitz und Walter E. Richartz

Die letzte Schöne des Südens
Erzählungen. Deutsch von Walter Schürenberg, Elga Abramowitz und Walter E. Richartz

Der gefangene Schatten
Erzählungen. Deutsch von Walter Schürenberg, Anna von Cramer-Klett, Elga Abramowitz und Walter E. Richartz

Ein Diamant – so groß wie das Ritz
Erzählungen. Deutsch von Walter Schürenberg, Anna von Cramer-Klett, Elga Abramowitz und Walter E. Richartz

Der Rest von Glück
Erzählungen. Deutsch von Walter Schürenberg

Zärtlich ist die Nacht
Roman. Deutsch von Walter E. Richartz und Hanna Neves

Das Liebesschiff
Erzählungen. Deutsch von Christa Hotz und Alexander Schmitz

Der ungedeckte Scheck
Erzählungen 1931–1935. Deutsch von Christa Hotz und Alexander Schmitz

Die Schönen und Verdammten
Roman. Deutsch von Hans Christian Oeser. Mit einem Nachwort von Kyra Stromberg

Meistererzählungen
Ausgewählt und mit einem Nachwort von Elisabeth Schnack. Deutsch von Walter Schürenberg, Anna von Cramer-Klett und Elga Abramowitz

W. Somerset Maugham
im Diogenes Verlag

»Ein glänzender Beobachter. Menschen und Umwelt gewinnen bei ihm höchste Präsenz.« *D. H. Lawrence*

*Die Leidenschaft
des Missionars*
›Regen‹. Erzählung. Aus dem Englischen von Ilse Krämer

Meistererzählungen
Ausgewählt von Gerd Haffmans. Deutsch von Kurt Wagenseil, Tina Haffmans und Mimi Zoff

*Zehn Romane und
ihre Autoren*
Deutsch von Matthias Fienbork

Die halbe Wahrheit
Keine Autobiographie. Deutsch von Matthias Fienbork

*Gesammelte Erzählungen
in 10 Bänden*
Deutsch von Felix Gasbarra, Marta Hackel, Ilse Krämer, Helene Mayer, Claudia und Wolfgang Mertz, Eva Schönfeld, Wulf Teichmann, Friedrich Torberg, Kurt Wagenseil, Mimi Zoff u. a.

Honolulu

Das glückliche Paar

Vor der Party

Die Macht der Umstände

Lord Mountdrago

Das ewig Menschliche

*Ashenden oder
Der britische Geheimagent*

Entlegene Welten

Winter-Kreuzfahrt

Fata Morgana

*Das gesammelte Romanwerk
in bisher 13 Einzelbänden:*

Der Menschen Hörigkeit
Roman. Erstmals vollständig in deutscher Sprache. Deutsch von Mimi Zoff und Susanne Feigl

Rosie und die Künstler
Roman. Deutsch von Hans Kauders und Claudia Schmölders

*Silbermond und Kupfer-
münze*
Roman. Deutsch von Susanne Feigl

Auf Messers Schneide
Roman. Deutsch von N. O. Scarpi

Theater
Ein Schauspieler-Roman. Deutsch von Renate Seiller und Ute Haffmans

Damals und heute
Ein Machiavelli-Roman. Deutsch von Hans Flesch und Ann Mottier

Der Magier
Ein parapsychologischer Roman Deutsch von Melanie Steinmetz und Ute Haffmans

Oben in der Villa
Ein kriminalistischer Liebesroman. Deutsch von William G. Frank und Ann Mottier

Mrs. Craddock
Roman. Deutsch von Elisabeth Schnack

Südsee-Romanze
Roman. Deutsch von Mimi Zoff

Liza von Lambeth
Ein Liebesroman. Deutsch von Irene Muehlon

Don Fernando
oder Eine Reise in die spanische Kulturgeschichte. Deutsch von Matthias Fienbork

Der bunte Schleier
Roman. Deutsch von Anna Kellner und Irmgard Andrae

Amerikanische Literatur
im Diogenes Verlag

● **Woody Allen**

Werkausgabe seiner Drehbücher mit zahlreichen Szenenfotos:

Was Sie schon immer über Sex wissen wollten, aber nie zu fragen wagten. Deutsch von Walle Bengs. Mit 10 Fotos

Der Stadtneurotiker. ›Annie Hall‹. Drehbuch von Woody Allen und Marshall Brickman. Deutsch von Eckhard Henscheid und Sieglinde Rahm. Mit 19 Fotos

Manhattan. Drehbuch von Woody Allen und Marshall Brickman. Deutsch von Hellmuth Karasek und Armgard Seegers. Mit 20 Fotos

Zelig. Deutsch von Armgard Seegers. Mit 16 Fotos

Hannah und ihre Schwestern. Deutsch von Walle Bengs. Mit 22 Fotos

Verbrechen und andere Kleinigkeiten Deutsch von Willi Winkler. Mit 11 Fotos

Schatten und Nebel. Deutsch von Ilse Bezzenberger und Jürgen Neu. Mit 14 Fotos

Ehemänner und Ehefrauen. Deutsch von Jürgen Neu. Mit 19 Fotos

Bullets over Broadway. Deutsch von Jürgen Neu. Mit 19 Fotos

● **Ray Bradbury**

Der illustrierte Mann. Erzählungen. Deutsch von Peter Naujack

Fahrenheit 451. Roman. Deutsch von Fritz Güttinger

Die Mars-Chroniken. Roman in Erzählungen. Deutsch von Thomas Schlück

Die goldenen Äpfel der Sonne. Erzählungen. Deutsch von Margarete Bormann

Medizin für Melancholie. Erzählungen. Deutsch von Margarete Bormann

Das Böse kommt auf leisen Sohlen. Roman. Deutsch von Norbert Wölfl

Löwenzahnwein. Roman. Deutsch von Alexander Schmitz

Das Kind von morgen. Erzählungen. Deutsch von Christa Hotz und Hans-Joachim Hartstein

Die Mechanismen der Freude. Erzählungen. Deutsch von Peter Naujack

Familientreffen. Erzählungen. Deutsch von Jürgen Bauer

Der Tod ist ein einsames Geschäft. Roman. Deutsch von Jürgen Bauer

Der Tod kommt schnell in Mexico. Erzählungen. Deutsch von Walle Bengs

Die Laurel & Hardy-Liebesgeschichte und andere Erzählungen. Deutsch von Otto Bayer und Jürgen Bauer

Friedhof für Verrückte. Roman. Deutsch von Gerald Jung

Halloween. Roman. Deutsch von Dirk van Gunsteren

Lange nach Mitternacht. Erzählungen. Deutsch von Christa Schuenke

● **Harold Brodkey**

Erste Liebe und andere Sorgen. Erzählungen. Deutsch von Elizabeth Gilbert

● **Rosellen Brown**

Davor und danach. Vormals: *Mein Lieber Sohn.* Roman. Deutsch von Monika Elwenspoek und Otto Bayer

● **Truman Capote**

Ich bin schwul. Ich bin süchtig. Ich bin ein Genie. Ein intimes Gespräch mit Lawrence Grobel. Mit einem Vorwort von James A. Michener. Deutsch von Thomas Lindquist. Mit 15 Fotos

● **Frank Capra**

Autobiographie. Deutsch von Sylvia Höfer. Mit zahlreichen Abbildungen sowie einem Nachwort von Norbert Grob

● **David Carkeet**

Die ganze Katastrophe. Deutsch von Dirk van Gunsteren

● **Robert Carter**

Der Bestseller. Roman. Deutsch von Dirk van Gunsteren

● **Raymond Chandler**

Gefahr ist mein Geschäft und andere Detektivstories. Deutsch von Hans Wollschläger

Der große Schlaf. Roman. Deutsch von Gunar Ortlepp

Die kleine Schwester. Roman. Deutsch von Walter E. Richartz

Der lange Abschied. Roman. Deutsch von Hans Wollschläger

Das hohe Fenster. Roman. Deutsch von Urs Widmer

Die simple Kunst des Mordes. Briefe, Essays, Notizen, eine Geschichte und ein Roman-fragment. Herausgegeben von Dorothy Gardiner und Kathrine Sorley Walker. Deutsch von Hans Wollschläger

Die Tote im See. Roman. Deutsch von Hellmuth Karasek

Lebwohl, mein Liebling. Roman. Deutsch von Wulf Teichmann

Playback. Roman. Deutsch von Wulf Teichmann

Mord im Regen. Frühe Stories. Deutsch von Hans Wollschläger. Vorwort von Philip Durham

Erpresser schießen nicht und andere Detektivstories. Deutsch von Hans Wollschläger. Mit einem Vorwort des Verfassers

Der König in Gelb und andere Detektivstories. Deutsch von Hans Wollschläger

Englischer Sommer. Drei Geschichten und Parodien, Aufsätze, Skizzen und Notizen aus dem Nachlaß. Mit Zeichnungen von Edward Gorey, einer Erinnerung von John Houseman und einem Vorwort von Patricia Highsmith. Deutsch von Wulf Teichmann, Hans Wollschläger u.a.

Meistererzählungen. Deutsch von Hans Wollschläger

● **James Fenimore Cooper**
Der letzte Mohikaner. Ein Bericht über das Jahr 1757. Mit Anmerkungen und Nachwort Deutsch von L. Tafel

● **Stephen Crane**
Die rote Tapferkeitsmedaille. Roman. Deutsch von Eduard Klein und Klaus Marschke. Mit einem Nachwort von Stanley J. Kunitz und Howard Haycraft

Meistererzählungen. Herausgegeben, deutsch und mit einem Nachwort von Walter E. Richartz

● **Emily Dickinson**
Guten Morgen, Mitternacht. Gedichte und Briefe. Zweisprachig. Ausgewählt, aus dem Amerikanischen übertragen sowie mit einem Nachwort versehen von Lola Gruenthal.

● **Ralph Waldo Emerson**
Essays. Erste Reihe. Herausgegeben, Deutsch übersetzt und mit einem ausführlichen Anhang von Harald Kiczka

Repräsentanten der Menschheit. Plato, Swedenborg, Montaigne, Shakespeare, Napoleon, Goethe. Sieben Essays. Deutsch von Karl Federn. Mit einem Nachwort von Egon Friedell

Von der Schönheit des Guten. Betrachtungen und Beobachtungen. Ausgewählt, übertragen und mit einem Vorwort von Egon Friedell. Mit einem Nachwort von Wolfgang Lorenz

● **William Faulkner**
Brandstifter. Erzählungen. Deutsch von Elisabeth Schnack

Eine Rose für Emily. Erzählungen. Deutsch von Elisabeth Schnack

Rotes Laub. Erzählungen. Deutsch von Elisabeth Schnack

Sieg im Gebirge. Erzählungen. Deutsch von Elisabeth Schnack

Schwarze Musik. Erzählungen. Deutsch von Elisabeth Schnack

Die Freistatt. Roman. Deutsch von Hans Wollschläger. Mit einem Vorwort von André Malraux

Die Unbesiegten. Roman. Deutsch von Erich Franzen

Als ich im Sterben lag. Roman. Deutsch von Albert Hess und Peter Schünemann

Schall und Wahn. Roman. Mit einer Genealogie der Familie Compson. Deutsch von Helmut M. Braem und Elisabeth Kaiser

Go down, Moses. Chronik einer Familie. Deutsch von Hermann Stresau und Elisabeth Schnack

Der große Wald. Vier Jagdgeschichten. Deutsch von Elisabeth Schnack

Griff in den Staub. Roman. Deutsch von Harry Kahn

Der Springer greift an. Kriminalgeschichten. Deutsch von Elisabeth Schnack

Soldatenlohn. Roman. Deutsch von Susanna Rademacher

Moskitos. Roman. Deutsch von Richard K. Flesch

Wendemarke. Roman. Deutsch von Georg Goyert

Wilde Palmen und Der Strom. Doppelroman. Deutsch von Helmut M. Braem und Elisabeth Kaiser

Die Spitzbuben. Roman. Deutsch von Elisabeth Schnack

Eine Legende. Roman. Deutsch von Kurt Heinrich Hansen

Requiem für eine Nonne. Roman in Szenen. Deutsch von Robert Schnorr

Das Dorf. Roman. Deutsch von Helmut M. Braem und Elisabeth Kaiser
Die Stadt. Roman. Deutsch von Elisabeth Schnack
Das Haus. Roman. Deutsch von Elisabeth Schnack
New Orleans. Skizzen und Erzählungen. Deutsch von Arno Schmidt. Mit einem Vorwort von Carvel Collins
Frankie und Johnny. Uncollected Stories. Deutsch von Hans-Christian Oeser, Walter E. Richartz, Harry Rowohlt und Hans Wollschläger
Meistererzählungen. Übersetzt, ausgewählt und mit einem Nachwort von Elisabeth Schnack
Briefe. Nach der von Joseph Blotner editierten amerikanischen Erstausgabe von 1977, herausgegeben und übersetzt von Elisabeth Schnack und Fritz Senn

Außerdem erschienen:

Über William Faulkner
Aufsätze und Rezensionen von Malcolm Cowley bis Siegfried Lenz. Essays und Zeichnungen von sowie ein Interview mit William Faulkner. Chronik und Bibliographie. Herausgegeben von Gerd Haffmans

William Faulkner. Sein Leben. Sein Werk. Von Stephen B. Oates. Deutsch von Matthias Müller. Mit vielen Fotos, Werkverzeichnis, Chronologie und Register

● F. Scott Fitzgerald
Der große Gatsby. Roman. Deutsch von Walter Schürenberg
Der letzte Taikun. Roman. Deutsch von Walter Schürenberg
Pat Hobby's Hollywood-Stories. Erzählungen. Deutsch und mit Anmerkungen von Harry Rowohlt
Der Rest von Glück. Erzählungen. Deutsch von Walter Schürenberg
Ein Diamant – so groß wie das Ritz. Erzählungen. Deutsch von Walter Schürenberg, Anna von Cramer-Klett, Elga Abramowitz und Walter E. Richartz
Der gefangene Schatten. Erzählungen. Deutsch von Walter Schürenberg, Anna von Cramer-Klett, Elga Abramowitz und Walter E. Richartz
Die letzte Schöne des Südens. Erzählungen. Deutsch von Walter Schürenberg, Elga Abramowitz und Walter E. Richartz

Wiedersehen mit Babylon. Erzählungen. Deutsch von Walter Schürenberg, Elga Abramowitz und Walter E. Richartz
Zärtlich ist die Nacht. Roman. Deutsch von Walter E. Richartz und Hanna Neves
Das Liebesschiff. Erzählungen. Deutsch von Christa Hotz und Alexander Schmitz
Der ungedeckte Scheck. Erzählungen. Deutsch von Christa Hotz und Alexander Schmitz
Die Schönen und Verdammten. Roman. Deutsch von Hans-Christian Oeser. Mit einem Nachwort von Kyra Stromberg
Meistererzählungen. Ausgewählt und mit einem Nachwort von Elisabeth Schnack. Deutsch von Walter Schürenberg, Anna von Cramer-Klett und Elga Abramowitz

● Henry Louis Gates
Farbige Zeiten. Eine Jugend in Amerika. Mit einem Vorwort von Matthias Matussek. Deutsch von Christiane Buchner

● Hannah Green
Bevor du liebst. Roman. Deutsch von Annette Keinhorst

● Dashiell Hammett
Fliegenpapier und andere Detektivstories. Deutsch von Harry Rowohlt, Helmut Kossodo, Helmut Degner, Peter Naujack und Elizabeth Gilbert. Mit einem Vorwort von Lillian Hellman
Der Malteser Falke. Roman. Deutsch von Peter Naujack
Das große Umlegen und andere Detektivstories. Deutsch von Hellmuth Karasek, Walter E. Richartz und Wulf Teichmann
Rote Ernte. Roman. Deutsch von Gunar Ortlepp
Der Fluch des Hauses Dain. Roman. Deutsch von Wulf Teichmann
Der gläserne Schlüssel. Roman. Deutsch von Hans Wollschläger
Der dünne Mann. Roman. Deutsch von Tom Knoth
Fracht für China und andere Detektivstories. Deutsch von Antje Friedrichs, Elizabeth Gilbert und Walter E. Richartz
Das Haus in der Turk Street und andere Detektivstories. Deutsch von Wulf Teichmann
Das Dingsbums Küken und andere Detektivstories. Deutsch von Wulf Teichmann. Mit einem Nachwort von Steven Marcus

Meistererzählungen. Ausgewählt von William Matheson. Deutsch von Wulf Teichmann, Walter E. Richartz, Hellmuth Karasek und Elizabeth Gilbert

Außerdem erschienen:

Dashiell Hammett
Eine Biographie von Diane Johnson. Deutsch von Nikolaus Stingl. Mit zahlreichen Abbildungen

● O. Henry

Meistererzählungen. Deutsch von Christine Hoeppner, Wolfgang Kreiter, Rudolf Löwe und Charlotte Schulze. Mit einem Nachwort von Heinrich Böll

● Patricia Highsmith

Der talentierte Mr. Ripley. Roman. Deutsch von Barbara Bortfeldt
Ripley Under Ground. Roman. Deutsch von Anne Uhde
Ripley's Game oder Der amerikanische Freund. Roman. Deutsch von Anne Uhde
Der Junge, der Ripley folgte. Roman. Deutsch von Anne Uhde
Ripley Under Water. Roman. Deutsch von Otto Bayer
Venedig kann sehr kalt sein. Roman. Deutsch von Anne Uhde
Das Zittern des Fälschers. Roman. Deutsch von Anne Uhde
Lösegeld für einen Hund. Roman. Deutsch von Anne Uhde
Der Stümper. Roman. Deutsch von Barbara Bortfeldt
Zwei Fremde im Zug. Roman. Deutsch von Anne Uhde
Der Geschichtenerzähler. Roman. Deutsch von Anne Uhde
Der süße Wahn. Roman. Deutsch von Christian Spiel
Die zwei Gesichter des Januars. Roman. Deutsch von Anne Uhde
Kleine Geschichten für Weiberfeinde. Eine weibliche Typenlehre in siebzehn Beispielen. Deutsch von Walter E. Richartz. Zeichnungen von Roland Topor
Kleine Mordgeschichten für Tierfreunde. Deutsch von Anne Uhde
Der Schrei der Eule. Roman. Deutsch von Gisela Stege
Tiefe Wasser. Roman. Deutsch von Eva Gärtner und Anne Uhde
Die gläserne Zelle. Roman. Deutsch von Gisela Stege und Anne Uhde
Ediths Tagebuch. Roman. Deutsch von Anne Uhde

Der Schneckenforscher. Elf Geschichten. Deutsch von Anne Uhde. Mit einem Vorwort von Graham Greene
Leise, leise im Wind. Zwölf Geschichten. Deutsch von Anne Uhde
Ein Spiel für die Lebenden. Roman. Deutsch von Anne Uhde
Keiner von uns. Elf Geschichten. Deutsch von Anne Uhde
Leute, die an die Tür klopfen. Roman. Deutsch von Anne Uhde
Nixen auf dem Golfplatz. Erzählungen. Deutsch von Anne Uhde
Suspense oder Wie man einen Thriller schreibt. Deutsch von Anne Uhde
Elsie's Lebenslust. Roman. Deutsch von Otto Bayer
Geschichten von natürlichen und unnatürlichen Katastrophen. Deutsch von Otto Bayer
Meistererzählungen. Deutsch von Anne Uhde, Walter E. Richartz und Wulf Teichmann
Carol. Roman einer ungewöhnlichen Liebe Deutsch von Kyra Stromberg
›Small g‹ – eine Sommeridylle. Roman. Deutsch von Christiane Buchner
Drei Katzengeschichten. Deutsch von Anne Uhde.
Zeichnungen

Außerdem erschienen:

Patricia Highsmith – Leben und Werk. Mit Bibliographie, Filmographie und zahlreichen Fotos. Herausgegeben von Franz Cavigelli und Fritz Senn. Erweiterte und aktualisierte Neuausgabe 1996

● Carol Hill

Amanda. The Eleven Million Mile High Dancer. Roman. Deutsch von Manfred Ohl und Hans Sartorius

● John Irving

Das Hotel New Hampshire. Roman. Deutsch von Hans Hermann
Laßt die Bären los! Roman. Deutsch von Michael Walter
Eine Mittelgewichts-Ehe. Roman. Deutsch von Nikolaus Stingl
Gottes Werk und Teufels Beitrag. Roman. Deutsch von Thomas Lindquist
Die wilde Geschichte vom Wassertrinker. Roman. Deutsch von Edith Nerke und Jürgen Bauer
Owen Meany. Roman. Deutsch von Edith Nerke und Jürgen Bauer

Rettungsversuch für Piggy Sneed. Sechs Erzählungen und ein Essay. Deutsch von Dirk van Gunsteren
Zirkuskind. Roman. Deutsch von Irene Rumler
Die imaginäre Freundin. Vom Ringen und Schreiben. Deutsch von Irene Rumler. Mit zahlreichen Fotos
Witwe für ein Jahr. Roman. Deutsch von Irene Rumler

● Shirley Jackson
Wir haben schon immer im Schloß gelebt. Roman. Deutsch von Anna Leube und Anette Grube
Der Gehängte. Roman. Deutsch von Anna Leube und Anette Grube
Spuk im Hill House. Roman. Deutsch von Wolfgang Krege

● Donna Leon
Venezianisches Finale. Commissario Brunettis erster Fall. Roman. Deutsch von Monika Elwenspoek
Endstation Venedig. Commissario Brunettis zweiter Fall. Roman. Deutsch von Monika Elwenspoek
Venezianische Scharade. Commissario Brunettis dritter Fall. Roman. Deutsch von Monika Elwenspoek
Vendetta. Commissario Brunettis vierter Fall. Roman. Deutsch von Monika Elwenspoek
Acqua alta. Commissario Brunettis fünfter Fall. Roman. Deutsch von Monika Elwenspoek
Sanft entschlafen. Commissario Brunettis sechster Fall. Roman. Deutsch von Monika Elwenspoek
Latin Lover. Von Männern und Frauen. Deutsch von Monika Elwenspoek

● Michael Lewin
Der stumme Handlungsreisende. Roman. Deutsch von Michaela Link
Anruf vom Panther. Roman. Deutsch von Michaela Link
Wer viel fragt. Roman. Deutsch von Michaela Link

● Jack London
Südsee-Abenteuer. Erzählungen. Deutsch von Christine Hoeppener
Der Seewolf. Roman. Deutsch von Christine Hoeppener
Der Ruf der Wildnis. Roman. Deutsch von Günter Löffler

Wolfsblut. Roman. Deutsch von Günter Löffler
Meistererzählungen. Deutsch von Erwin Magnus. Mit einem Vorwort von Herbert Eisenreich

● Alison Lurie
Affären. Eine transatlantische Liebesgeschichte. Deutsch von Otto Bayer
Liebe und Freundschaft. Roman. Deutsch von Otto Bayer
Varna oder Imaginäre Freunde. Roman. Deutsch von Otto Bayer
Ein ganz privater kleiner Krieg. Roman. Deutsch von Hermann Stiehl
Die Wahrheit über Lorin Jones. Roman. Deutsch von Otto Bayer
Nowhere City. Roman. Deutsch von Otto Bayer
Von Kindern und Leuten. Roman. Deutsch von Otto Bayer
Frauen und Phantome. Erzählungen. Deutsch von Otto Bayer

● Carson McCullers
Die Ballade vom traurigen Café. Novelle. Deutsch von Elisabeth Schnack
Uhr ohne Zeiger. Roman. Deutsch von Elisabeth Schnack
Das Herz ist ein einsamer Jäger. Roman. Deutsch von Susanna Rademacher
Frankie. Roman. Deutsch von Richard Moering
Spiegelbild im goldnen Auge. Roman. Deutsch von Richard Moering
Wunderkind. Erzählungen. Deutsch von Elisabeth Schnack
Madame Zilensky und der König von Finnland. Erzählungen. Deutsch von Elisabeth Schnack
Meistererzählungen. Ausgewählt von Anton Friedrich. Deutsch von Elisabeth Schnack

● Ross Macdonald
Durchgebrannt. Roman. Deutsch von Helmut Degner
Geld kostet zuviel. Roman. Deutsch von Günter Eichel
Die Kehrseite des Dollars. Roman. Deutsch von Günter Eichel
Der Untergrundmann. Roman. Deutsch von Hubert Deymann
Dornröschen war ein schönes Kind... Roman. Deutsch von Wulf Teichmann
Unter Wasser stirbt man nicht! Roman. Deutsch von Hubert Deymann
Ein Grinsen aus Elfenbein. Roman. Deutsch von Charlotte Hamberger

Die Küste der Barbaren. Roman. Deutsch von Marianne Lipcowitz

Der Fall Galton. Roman. Deutsch von Egon Lothar Wensk

Gänsehaut. Roman. Deutsch von Gretel Friedmann

Der blaue Hammer. Roman. Deutsch von Peter Naujack

Der Drahtzieher. Sämtliche Detektivstories um Lew Archer I. Mit einem Vorwort des Autors. Deutsch von Hubert Deymann und Peter Naujack

Einer lügt immer. Detektivstories um Lew Archer II. Deutsch von Hubert Deymann

Sanftes Unheil. Roman. Deutsch von Monika Schoenenberger

Der Mörder im Spiegel. Roman. Deutsch von Dietlind Bindheim

Blue City. Roman. Deutsch von Christina Sieg-Welti und Christa Hotz

● Herman Melville

Moby-Dick. Roman. Deutsch von Thesi Mutzenbecher und Ernst Schnabel. Mit einem Essay von W. Somerset Maugham

Billy Budd. Novelle. Deutsch von Richard Moering. Mit einem Essay von Albert Camus

Meistererzählungen. Deutsch von Günther Steinig. Mit einem Nachwort von Hans-Rüdiger Schwab

● Margaret Millar

Die Feindin. Roman. Deutsch von Elizabeth Gilbert

Liebe Mutter, es geht mir gut… Roman. Deutsch von Elizabeth Gilbert

Ein Fremder liegt in meinem Grab. Roman. Deutsch von Elizabeth Gilbert

Die Süßholzraspler. Roman. Deutsch von Georg Kahn-Ackermann und Susanne Feigl

Von hier an wird's gefährlich. Roman. Deutsch von Fritz Güttinger

Fragt morgen nach mir. Roman. Deutsch von Anne Uhde

Der Mord von Miranda. Roman. Deutsch von Hans Hermann

Das eiserne Tor. Roman. Deutsch von Karin Reese und Michel Bodmer

Nymphen gehören ins Meer! Roman. Deutsch von Otto Bayer

Fast wie ein Engel. Roman. Deutsch von Luise Däbritz

Die lauschenden Wände. Roman. Deutsch von Karin Polz

Banshee die Todesfee. Roman. Deutsch von Renate Orth-Guttmann

Kannibalen-Herz. Roman. Deutsch von Jobst-Christian Rojahn

Gesetze sind wie Spinnennetze. Roman. Deutsch von Jobst-Christian Rojahn

Blinde Augen sehen mehr. Roman. Deutsch von Renate Orth-Guttmann

Wie du mir. Roman. Deutsch von Renate Orth-Guttmann

Letzter Auftritt von Rose. Roman. Deutsch von Nikolaus Stingl

Stiller Trost. Roman. Deutsch von Klaus Schomburg

Umgarnt. Roman. Deutsch von Monika Elwenspoek

Da waren's nur noch neun. Roman. Deutsch von Ilse Bezzenberger

Es liegt in der Familie. Roman. Deutsch von Klaus Schomburg

● Edgar Allan Poe

Werkausgabe in Einzelbänden, herausgegeben von Theodor Etzel. Deutsch von Gisela Etzel, Wolf Durian u.a.

Die schwarze Katze und andere Verbrechergeschichten

Die Maske des Roten Todes und andere phantastische Fahrten

Der Teufel im Glockenstuhl und andere Scherz- und Spottgeschichten

Die denkwürdigen Erlebnisse des Arthur Gordon Pym. Roman. Mit einem Nachwort von Jörg Drews

Meistererzählungen. Ausgewählt und mit einem Nachwort von Mary Hottinger

● Patrick Quentin

Das Mädchenopfer. Roman. Deutsch von Peter Neujack.

Fatal Woman. Roman. Deutsch von Jobst-Christian Rojahn

● Henry Slesar

Erlesene Verbrechen und makellose Morde. Geschichten. Auswahl und Einleitung von Alfred Hitchcock. Deutsch von Günter Eichel und Peter Naujack. Mit Zeichnungen von Tomi Ungerer

Ein Bündel Geschichten für lüsterne Leser. Sechzehn Kriminalgeschichten. Deutsch von Günter Eichel. Mit einer Einleitung von Alfred Hitchcock und vielen Zeichnungen von Tomi Ungerer

Aktion Löwenbrücke. Roman. Deutsch von Günter Eichel

Das graue distinguierte Leichentuch. Roman. Deutsch von Paul Baudisch und Thomas Bodmer

Vorhang auf, wir spielen Mord! Roman. Deutsch von Thomas Schlück

Ruby Martinson. Vierzehn Geschichten um den größten erfolglosen Verbrecher der Welt, erzählt von einem Freunde. Deutsch von Helmut Degner

Hinter der Tür. Roman. Deutsch von Thomas Schlück

Schlimme Geschichten für schlaue Leser. Deutsch von Thomas Schlück

Coole Geschichten für clevere Leser. Deutsch von Thomas Schlück

Fiese Geschichten für fixe Leser. Deutsch von Thomas Schlück

Böse Geschichten für brave Leser. Deutsch von Christa Hotz und Thomas Schlück

Die siebte Maske. Roman. Deutsch von Alexandra und Gerhard Baumrucker

Frisch gewagt ist halb gemordet. Geschichten. Deutsch von Barbara Rojahn-Deyk und Jobst-Christian Rojahn

Das Morden ist des Mörders Lust. Sechzehn Kriminalgeschichten. Deutsch von Barbara Rojahn-Deyk und Jobst-Christian Rojahn

Meistererzählungen. Deutsch von Thomas Schlück und Günter Eichel

Mord in der Schnulzenklinik. Roman. Deutsch von Jobst-Christian Rojahn

Rache ist süß. Geschichten. Deutsch von Ingrid Altrichter

Das Phantom der Seifenoper. Geschichten. Deutsch von Edith Nerke, Barbara Rojahn-Deyk und Jobst-Christian Rojahn

Teuflische Geschichten für tapfere Leser. Deutsch von Jürgen Bürger

Listige Geschichten für arglose Leser. Deutsch von Irene Holicki und Barbara Rojahn-Deyk

Eine Mordschance. Geschichten. Deutsch von Jobst-Christian Rojahn

Rategeschichten für kluge Köpfe. Deutsch von Jobst-Christian Rojahn

● **Jason Starr**
Top Job. Roman. Deutsch von Bernhard Robben

● **Jim Thompson**
Der Mörder in mir. Kriminalroman. Deutsch von Ute Tanner und Ulrike Wasel

Getaway. Kriminalroman. Deutsch von Günther Panske und Klaus Timmermann

Gefährliche Stadt. Kriminalroman. Deutsch von Ute Tanner und Werner Rehbein

Zwölfhundertachtzig schwarze Seelen. Kriminalroman. Deutsch von E. R. von Schwarze und Andre Simonoviescz. Mit einem Nachwort von Wolfram Knorr

After Dark, My Sweet. Roman. Deutsch von Andre Simonoviescz

Eine klasse Frau. Roman. Deutsch von Andre Simonoviescz

Revanche. Roman. Deutsch von Andre Simonoviescz

Muttersöhnchen. Roman. Deutsch von Andre Simonoviescz

Kill-off. Roman. Deutsch von Andre Simonoviescz

Es war bloß Mord. Roman. Deutsch von Thomas Stegers

Kein ganzer Mann. Roman. Deutsch von Thomas Stegers

Der King-Clan. Roman. Deutsch von Michael Georgi

Ein Satansweib. Roman. Deutsch von Andre Simonoviescz

● **Henry David Thoreau**
Walden oder Leben in den Wäldern. Deutsch von Emma Emmerich und Tatjana Fischer. Mit Anmerkungen, Chronik und Register. Vorwort von Walter E. Richartz

Über die Pflicht zum Ungehorsam gegen den Staat und andere Essays. Herausgegeben, Deutsch und mit einem Nachwort von Walter E. Richartz

● **Mark Twain**
Tom Sawyers Abenteuer. Roman. Deutsch von Lore Krüger. Mit einem Nachwort von Jack D. Zipes

Huckleberry Finns Abenteuer. Roman. Deutsch von Lore Krüger. Mit einem Essay von T. S. Eliot

Kannibalismus auf der Eisenbahn und andere Erzählungen. Deutsch von Günther Klotz

Die Million-Pfund-Note. Skizzen und Erzählungen I. Deutsch von Ana Maria Brock und Otto Wilck

Durch Dick und Dünn. Deutsch von Otto Wilck

Leben auf dem Mississippi. Deutsch von Otto Wilck

Die Arglosen im Ausland. Deutsch von Ana Maria Brock

Bummel durch Europa. Deutsch von Ana Maria Brock

Ein Yankee aus Connecticut an König Artus' Hof. Roman. Deutsch von Lore Krüger

Meistererzählungen. Vorwort N.O. Scarpi. Auswahl und Bearbeitung von Marie-Louise Bischof und Ruth Binde

Adams Tagebuch / Die romantische Geschichte der Eskimomaid. Eine klassische und eine moderne Liebesgeschichte. Deutsch von Marie-Louise Bischof und Ruth Binde

● Nathanael West
Schreiben Sie Miss Lonelyhearts. Roman. Deutsch von Fritz Güttinger. Mit einer Einleitung von Alan Ross
Tag der Heuschrecke. Ein Hollywood-Roman. Deutsch von Fritz Güttinger

● Valerie Wilson Wesley
Ein Engel über deinem Grab. Roman. Deutsch von Gertraude Krueger
In Teufels Küche. Roman. Deutsch von Gertraude Krueger
Todesblues. Roman. Deutsch von Gertraude Krueger

● Walt Whitman
Grashalme. Nachdichtung von Hans Reisiger. Mit einem Essay von Gustav Landauer

● Cornell Woolrich
Der schwarze Vorhang. Roman. Deutsch von Signe Rüttgers
Der schwarze Engel. Roman. Deutsch von Harald Beck und Claus Melchior
Der schwarze Pfad. Roman. Deutsch von Daisy Remus
Das Fenster zum Hof und vier weitere Kriminalstories. Deutsch von Jürgen Bauer und Edith Nerke

Walzer in die Dunkelheit. Roman. Deutsch von Jobst-Christian Rojahn
Die Nacht hat tausend Augen. Roman. Deutsch von Irene Holicki
Ich heiratete einen Toten. Roman. Deutsch von Matthias Müller
Im Dunkel der Nacht. Kriminalstories. Deutsch von Signe Rüttgers
Rendezvous in Schwarz. Roman. Deutsch von Matthias Müller. Mit einem Nachwort von Wolfram Knorr
Die wilde Braut. Roman. Deutsch von Jürgen Bürger

● Die schönsten Liebesgeschichten aus Amerika
Von Edgar Allan Poe bis Ernset Hemingway. Ausgewählt von John G. Machaffy

● Meistererzählungen aus Amerika
Geschichten von Edgar Allan Poe bis John Irving. Herausgegeben von Gerd Haffmans. Mit einleitenden Essays von Edgar Allan Poe und Ring Lardner, Zeittafel, bio-bibliographischen Notizen und Literaturhinweisen

Meistererzählungen der Weltliteratur im Diogenes Verlag

● **Alfred Andersch**
Mit einem Nachwort von Lothar Baier

● **Honoré de Balzac**
Ausgewählt von Auguste Amédée de Saint-Gall. Mit einem Nachwort versehen von Georges Simenon

● **Giovanni Boccaccio**
Meistererzählungen aus dem Decamerone. Ausgewählt von Silvia Sager. Aus dem Italienischen von Heinrich Conrad

● **Anton Čechov**
Ausgewählt von Franz Sutter. Aus dem Russischen von Ada Knipper, Herta von Schulz und Gerhard Dick

● **Miguel de Cervantes Saavedra**
Aus dem Spanischen von Gerda von Uslar. Mit einem Nachwort von Fritz R. Fries

● **Raymond Chandler**
Aus dem Amerikanischen von Hans Wollschläger

● **Agatha Christie**
Aus dem Englischen von Maria Meinert, Maria Berger und Ingrid Jacob

● **Stephen Crane**
Herausgegeben, aus dem Amerikanischen und mit einem Nachwort von Walter E. Richartz

● **Fjodor Dostojewskij**
Herausgegeben, aus dem Russischen und mit einem Nachwort von Johannes von Guenther

● **Friedrich Dürrenmatt**
Ausgewählt von Daniel Keel. Mit einem Nachwort von Reinhardt Stumm

● **Joseph von Eichendorff**
Mit einem Nachwort von Hermann Hesse

● **William Faulkner**
Ausgewählt, aus dem Amerikanischen und mit einem Nachwort von Elisabeth Schnack

● **F. Scott Fitzgerald**
Ausgewählt und mit einem Nachwort von Elisabeth Schnack. Aus dem Amerikanischen von Walter Schürenberg, Anna von Cramer-Klett, Elga Abramowitz und Walter E. Richartz

● **Nikolai Gogol**
Ausgewählt, aus dem Russischen und mit einem Vorwort von Sigismund von Radecki

● **Jeremias Gotthelf**
Mit einem Essay von Gottfried Keller

● **Dashiell Hammett**
Ausgewählt von William Matheson. Aus dem Amerikanischen von Wulf Teichmann, Walter E. Richartz, Hellmuth Karasek und Elizabeth Gilbert

● **O. Henry**
Aus dem Amerikanischen von Christine Hoeppner, Wolfgang Kreiter, Rudolf Löwe und Charlotte Schulze. Nachwort von Heinrich Böll

● **Hermann Hesse**
Zusammengestellt, mit bio-bibliographischen Daten und Nachwort von Volker Michels

● **Patricia Highsmith**
Ausgewählt von Patricia Highsmith. Aus dem Amerikanischen von Anne Uhde, Walter E. Richartz und Wulf Teichmann

● **E.T.A. Hoffmann**
Herausgegeben von Christian Strich. Mit einem Nachwort von Stefan Zweig

● **Franz Kafka**
Mit einem Essay von Walter Muschg sowie einer Erinnerung an Franz Kafka von Kurt Wolff

● **Gottfried Keller**
Mit einem Nachwort von Walter Muschg

● **D.H. Lawrence**
Ausgewählt, aus dem Englischen und mit einem Nachwort von Elisabeth Schnack

● **Muriel Spark**
Aus dem Englischen von Peter Naujack und Elisabeth Schnack

● **Stendhal**
Aus dem Französischen von Franz Hessel, M. von Musil und Arthur Schurig. Mit einem Nachwort von Maurice Bardèche

● **Robert Louis Stevenson**
Aus dem Englischen von Marguerite und Curt Thesing. Mit einem Nachwort von Lucien Deprijck

● **Adalbert Stifter**
Mit einem Nachwort von Julius Stöcker

● **Leo Tolstoi**
Ausgewählt von Christian Strich. Aus dem Russischen von Arthur Luther, Erich Müller und August Scholz

● **B. Traven**
Ausgewählt von William Matheson

● **Iwan Turgenjew**
Herausgegeben, aus dem Russischen übersetzt und mit einem Nachwort versehen von Johannes von Guenther

● **Mark Twain**
Mit einem Vorwort von N.O. Scarpi

● **Jules Verne**
Aus dem Französischen von Erich Fivian

● **H. G. Wells**
Ausgewählt von Antje Stählin. Aus dem Englischen von Gertrud J. Klett, Lena Neumann und Ursula Spinner